Commentaires à propos de La Lady qui venait du froid

« Absolument incroyable. Une intrigue et des personnages uniques, un rythme soutenu, et comme d'habitude merveilleusement sensuel ! Ce livre contient tout ce que j'aime et reflète ce que moi et n'importe qui d'autre voudrions dans une relation, un amour indéfectible... et c'était tellement doux et bon. »
— *Sara, Goodreads*

« Une histoire d'amour qui se lit d'une traite. J'ai adoré le fait que l'histoire remonte le temps pour raconter la romance de ce couple. On ressent la trahison, on vit leur séparation douloureuse et on se réjouit de leur réconciliation ! »
— *Kathy, Goodreads*

« Une histoire captivante qui m'a fait vivre des montagnes russes émotionnelles jusqu'à la fin. »
— *Nicola, Goodreads*

« C'est le genre d'histoire que le lecteur doit découvrir par lui-même pour l'apprécier pleinement. Sachez simplement que l'auteure a fait un travail incroyable en démontrant que le mariage est une rue à double sens, et que les deux partenaires doivent donner et prendre de manière équitable pour qu'il fonctionne. L'auteure a merveilleusement construit ses personnages en montrant comment leur vie a été changée et remodelée pour le mieux après la révélation des secrets de Pandora. Encore une fois, je ne veux rien expliquer en détail, car je gâcherais cette belle histoire. »
— *Romance Library*

« J'ai beaucoup aimé être sur le fil du rasoir avec ce mélange d'amour et de mystère. »

Traduit de l'anglais par Sophie Salaün

———

Conception de la couverture : EDH Graphics

Image de couverture : Period Images

Traduction française : Sophie Salaün

———

Un

Quand elle entendit son corsage se déchirer, Pandora serra les dents et repoussa les mains du soldat qui la patinaient[1]. *Bon sang! Ma mission va se trouver compromise par un maudit imbécile aux mains tremblantes?*

C'était sa faute. Elle aurait dû se montrer plus prudente. Son déguisement de bordelière[2], de prostituée de campement, était une arme à double tranchant. D'un côté, cela lui donnait accès au campement de l'armée; de l'autre, cela donnait le sentiment qu'elle était une proie facile pour le fantassin ivrogne et libidineux qui était en train de l'agresser. Elle avait choisi le sentier sombre à l'orée du camp pour éviter ce genre d'écueils, mais ce goujat avait surgi de nulle part.

— Réchauffons-nous en nous frottant, hein, ma colombe, dit-

---

1. Toutes les notes sont de la traductrice (NdT) : patiner = tripoter, badiner d'une façon indécente.
2. Prostituée.

il, ses mots formant de petits nuages dans la nuit hivernale. Et si nous partagions un peu de joie de Noël ?

Dans la lumière froide de la lune, elle vit ses yeux vitreux et son visage mal rasé, et son estomac se serra à cause de la puanteur de l'alcool et de la chair malpropre qu'il dégageait. Des souvenirs d'une autre époque remontèrent comme une vague sombre, mais elle les repoussa. À l'âge de dix-neuf ans, elle n'était plus une jeune fille sans défense. Elle avait tué des hommes bien plus forts et plus intelligents que le gredin qui se trouvait devant elle.

Elle l'avait même fait moins d'un quart d'heure plus tôt.

Elle se retrouvait donc avec un problème sur les bras : elle ne pouvait pas se permettre de laisser *un autre* cadavre dans le campement. Un décès pourrait être attribué à des causes naturelles, car le poison dont elle s'était servie était conçu pour imiter une mort due à une maladie cardiaque. En revanche, deux cadavres éveilleraient sans nul doute les soupçons.

Un bon espion ne laisse pas de brèche, disait toujours Octave. *Inspire, expire.*

Octave était son mentor, l'homme qui l'avait arrachée à la misère, qui lui avait offert une nouvelle vie et un nouveau but, ainsi que les outils nécessaires à l'exercice de son nouveau métier. Il lui avait même donné une nouvelle identité : *Pompeia*. Elle était la seule femme agent qu'il avait recrutée dans son cercle d'espions d'élite, et c'était un honneur et un privilège qu'elle ne prenait pas à la légère.

Non, elle ne décevrait pas Octave... ce qui signifiait qu'elle ne tuerait plus personne ce soir. Elle allait devoir faire preuve d'audace pour se sortir de cette situation. Heureusement, elle était douée pour les relations avec le sexe opposé.

Plaquant fermement ses paumes sur la poitrine de son agresseur, elle fit ressortir l'accent cockney[3] de son enfance.

— Une autre fois, mon chéri. J'ai deux gamins dans ma tente qui réclament leur dîner.

---

3. Londonien de l'est de Londres, caractérisé par son langage populaire.

Il n'y avait rien de tel que la mention d'enfants pour refroidir les ardeurs d'un homme.

— Qu'ils attendent! Je vais d'abord festoyer, ensuite ils pourront manger.

En souriant, il plaqua une main sur les fesses de Pandora et serra. *Dégoûtant.* Elle le repoussa et se mit hors de sa portée.

Feignant un regard d'excuse, elle lui dit :

— J'ai bien peur qu'il y ait un autre problème, monsieur. J'ai un incendie à bord, annonça-t-elle, agitant les sourcils. Je ne voudrais pas que votre mât soit brûlé par les flammes.

Si la menace d'une maladie vénérienne ne suffisait pas à l'arrêter, rien ne le pourrait.

— Une seule chose pourrait abaisser mon mât ce soir. Qu'il y ait le feu ou pas, je vais entrer, bafouilla-t-il.

Il se jeta sur elle, et, d'instinct, elle fit un pas en arrière, mais elle trébucha sur une pierre. Elle eut le souffle coupé lorsque son dos heurta le sol durci par le gel. Il ne perdit pas de temps et grimpa sur elle, tâtonnant pour relever ses jupes.

— Non! gronda-t-elle. Arrêtez! Lâchez-moi, espère d'ordure!

Il ne tint pas compte de ses protestations.

Et zut! Il ne lui laissait pas le choix. Elle allait devoir l'étrangler jusqu'à ce qu'il perde connaissance; peut-être que lorsqu'il reviendrait à lui, il oublierait ce qui s'était passé et croirait s'être évanoui. Ce n'était pas exactement la sortie qu'elle avait espérée, mais c'était bien mieux que de se faire violer dans le noir. Plantant les talons de ses bottes dans la terre, elle se prépara à faire jouer sa force, à inverser leurs positions pour pouvoir plaquer son bras contre sa trachée et lui couper la respiration.

Alors qu'elle était sur le point de passer à l'action, le poids de son agresseur disparut soudain. Clignant des yeux, elle le vit reculer à toute allure dans l'obscurité. L'instant d'après, elle se releva et distingua une autre silhouette qui apparaissait : celle-ci était grande, large d'épaules et puissante, à en juger par la facilité avec laquelle elle avait maîtrisé son assaillant. Après une brève lutte, l'homme tordit le bras de son adversaire et s'en servit pour le mettre à genoux. Le soldat jura et gémit, mais il ne pouvait pas s'échapper.

— Je pourrais vous faire passer en cour martiale pour ça! s'emporta l'inconnu.

Son captif cessa instantanément de se débattre.

— Lieutenant-colonel Harrington. *Monsieur,* bafouilla le soldat, mais sa voix contenait maintenant une note de peur. Je... je ne savais pas que c'était vous. Je... je vous demande pardon...

— Bradley, c'est ça?

Même dans la pénombre, Pandora perçut la réticence de Bradley dans son hochement de tête.

— Ou... oui, monsieur.

— Ce n'est pas mon pardon que vous devriez implorer, gronda Harrington.

Il relâcha Bradley et le poussa, puis il posa les yeux sur la jeune femme.

— Vous allez bien, mademoiselle?

— Je vais bien, parvint-elle à répondre.

Elle en avait trop vu, elle savait trop de choses pour être surprise par qui que ce soit. Mais le lieutenant-colonel Harrington n'était pas un homme comme les autres. Elle connaissait son nom, bien sûr, comme tous ceux qui se tenaient au fait des combats de l'Angleterre contre Napoléon. Au cours des dernières années, il était devenu l'un des héros de la nation, grâce au courage et à la bravoure dont il avait fait preuve sur le champ de bataille. À peine douze jours plus tôt, il avait participé aux vaillants efforts du lieutenant-général Hill pour repousser l'attaque française à Saint-Pierre. Le bruit courait que Wellington prévoyait d'accorder une décoration à Harrington.

Ce qui étonnait Pandora, ce n'était pas seulement la jeunesse de Harrington, qui devait avoir dans les vingt-cinq ans, ce qui était jeune pour un officier avec un tel grade et de tels mérites. Non, c'était aussi le fait que ce héros encensé s'adressait à elle avec autant de courtoisie que si elle était une débutante de Mayfair, et non pas la prostituée trop maquillée qu'elle incarnait en ce moment. Ses yeux farouches, dont elle ne pouvait distinguer la couleur dans la pénombre, étaient rivés sur son visage et ne s'attardaient pas sur l'étendue de chair qu'offrait son corsage déchiré.

— Vous voyez? Il ne s... s'est rien passé, monsieur, gémit Bradley en se relevant et en frottant son bras. Nous étions simplement en train de nous amuser un peu...

— Cela ne m'a pas semblé amusant, répliqua l'officier.

Le ton de Harrington présentait un côté dangereux qui donna la chair de poule à Pandora. Et, étonnamment, ce n'était pas dans le mauvais sens du terme.

— J'ai entendu cette femme vous dire non. Elle vous a demandé d'arrêter.

Blêmissant, Bradley fit néanmoins preuve d'imprudence :

— Mais ce n'est qu'une bordelière...

— Et cela vous donne le droit de l'agresser? s'exclama Harrington.

— N... non, monsieur, je ne voulais pas dire... c'est...

— Nous menons une guerre pour protéger ceux qui ne sont pas en mesure de se protéger eux-mêmes. C'est notre devoir en tant que soldats. Qu'est-ce que cela dit de vous que vous profitiez de quelqu'un de plus faible et de moins puissant que vous ?

Plus faible et moins puissant ? Pandora réprima un ricanement. Si elle avait choisi de recourir à son fidèle garrot, elle aurait pu étrangler Bradley avant qu'il ait pu émettre ne serait-ce qu'un couinement. Néanmoins, elle ne pouvait pas s'empêcher d'être charmée par le code moral de Harrington. Sa chevalerie était plutôt surannée, comme celle d'un chevalier d'antan. Cependant, même si elle prenait plaisir à le regarder ridiculiser ce lombric de Bradley, elle ne pouvait pas permettre que les choses deviennent encore plus incontrôlables. Elle devait maîtriser la situation. *Inspire, expire.*

Elle s'adressa au lieutenant-colonel avec l'allégresse pragmatique d'une prostituée.

— Il n'y a pas de mal, monsieur. Un simple malentendu, c'est tout. Je vous serais reconnaissante de bien vouloir le laisser partir.

Si la nouvelle se répand dans le camp, ce sera mauvais pour les affaires, si vous voyez ce que je veux dire.

Le regard de Harrington se posa sur elle, si attentivement que, pendant un instant, elle crut qu'il voyait au-delà de la perruque blonde et bouclée destinée à masquer ses traits, des couches de maquillage qu'elle avait méticuleusement appliquées, de la robe déchirée et de mauvais goût. Que, d'une manière ou d'une autre, il pouvait *la voir*...

Le cœur de la jeune femme s'emballa, sa respiration se bloqua dans sa gorge.

Se tournant vers Bradley, Harrington lui dit sèchement :

— Présentez-vous à ma tente à huit heures précises. Vous êtes renvoyé.

Bradley s'éclipsa comme un cabot, la queue entre les jambes.

Harrington s'avança vers elle, déboutonnant sa veste écarlate. Aussitôt, Pandora recula d'un pas, mais il fut trop rapide pour elle. Il s'approcha et... un instant plus tard, elle fut enveloppée de chaleur et d'un parfum propre et masculin.

Cet homme m'a donné sa veste ? Elle leva les yeux vers lui, déconcertée.

— Je vais vous raccompagner à votre tente, proposa-t-il.

— Non. Enfin, ce n'est pas nécessaire, monsieur, répondit-elle, reprenant ses esprits. Je trouverai mon chemin pour rentrer.

Il saisit son coude d'une main à la fois ferme et douce.

— Il fait sombre. Vous ne devriez pas sortir seule la nuit. Ce n'est pas prudent en présence d'un bataillon de soldats en état d'ébriété.

Ne voyait-il pas qu'elle était vêtue et maquillée comme une prostituée ? Les circonstances étaient idéales pour qu'elle puisse exercer son métier. Avant qu'elle ait pu trouver une réponse, il la guida dans l'obscurité vers le groupe de petites tentes éclairées au loin, où se trouvaient les suiveurs du campement.

— Puis-je vous demander votre nom, mademoiselle ? s'enquit-il.

Bon sang !

— C'est Kitty, monsieur. Kitty, euh…, commença-t-elle, puis son regard se porta sur des buissons morts. Kitty Brown.

— Marcus Harrington, à votre service. Je me dois de vous présenter des excuses, mademoiselle Brown, pour le comportement de mon subordonné. Soyez assurée qu'il sera puni pour son délit.

Pandora jeta un regard en biais à Harrington. Ses cheveux sombres arboraient une coupe courte et classique, et ses traits étaient taillés à la serpe et trop sévères pour être beaux. Mais beau était un mot trop insignifiant pour décrire un homme doté d'une telle aura d'autorité. Non, l'adjectif qui lui aurait le mieux convenu était… fascinant. D'une masculinité troublante. Magnétique pour les sens.

Ce n'est pas une promenade à Hyde Park, espèce d'idiote ! Concentre-toi. Tu dois t'en aller d'ici.

— Je vous serais reconnaissante, monsieur, si vous laissiez les choses telles qu'elles sont. Comme je l'ai dit, une fille doit bien gagner sa vie. Si la rumeur se répand, je n'aurai plus de travail, insista-elle en le regardant à travers des cils lourdement maquillés.

— Serait-ce si grave ?

Elle n'entendit aucun jugement dans sa voix. Rien qu'une simple curiosité.

Haussant les épaules, elle répondit :

— Il faut faire le nécessaire pour survivre, n'est-ce pas, monsieur ?

Dans son cas, cela signifiait protéger son pays par tous les moyens nécessaires. Une chose qu'il ne découvrirait jamais. L'avertissement d'Octave résonnait dans son esprit. *L'armée et l'espionnage sont comme l'huile et l'eau : les deux ne se mélangent pas. Ces idiots en uniforme sont trop conservateurs pour nous faire confiance, et nous sommes trop intelligents pour leur faire confiance.*

— L'importance de la survie est indéniable.

Les lèvres de Harrington formaient une ligne ferme. Il avait une belle bouche, même si elle était un peu sévère.

— Pourtant, chaque profession a ses inconvénients.

Pandora inclina la tête vers lui.

— Même la vôtre?

Il était un officier de haut rang, très respecté; il n'avait sûrement pas à se plaindre.

— Surtout la mienne.

— Quels sont les inconvénients de votre travail? ne put-elle s'empêcher de lui demander.

Dans le silence, le sol craqua sous leurs bottes. Au bout d'un moment, il lui répondit :

— Si j'échoue dans mon métier, des gens meurent. Si je réussis... des gens meurent.

La poitrine de Pandora se serra. Elle comprenait. Elle ne comprenait que trop bien.

— Si nous faisons ce qui doit être fait, poursuivit-elle.

— Exactement.

Le regard que Harrington lui lança lui donna l'impression d'être plus transparente que jamais. Quelque chose était en train de changer en elle, une sensibilité accrue qu'elle n'avait jamais ressentie auparavant. Une sensation intangible et foudroyante. Elle se rendit compte qu'ils approchaient de leur destination. Leur conversation allait bientôt prendre fin. Après cela, elle ne parlerait plus jamais à cet homme.

Sur un coup de tête, elle lui demanda :

— Si vous n'étiez pas officier, que seriez-vous, monsieur?

Il s'arrêta et se tourna face à elle.

— Savez-vous que personne ne m'a jamais posé cette question? lui répondit-il d'une voix étrange.

Elle regretta aussitôt son erreur.

— Cela ne me regarde pas, je ne veux pas être indiscrète...

— Un mari et un père, affirma-t-il.

Ces cinq mots, empreints d'un désir paisible, restèrent suspendus entre eux comme une guirlande de fumée. Les nuages se dissipèrent, révélant un ciel de velours étincelant de diamants. Mais pour Pandora, l'éclat des yeux de l'officier était encore plus brillant, car elle n'avait jamais rencontré un homme comme lui de toute sa vie, et elle avait la conviction que cela n'arriverait plus.

C'était un véritable gentleman. Un homme dont le feu intérieur n'était pas alimenté par l'ambition, la célébrité ou la fortune, mais par quelque chose de tout à fait différent. Ce pour quoi Harrington, le héros adulé de la Grande-Bretagne, se battait, ce à quoi il aspirait, c'était... une famille.

Il voulait une épouse et des enfants. Une famille dont il prendrait soin, qu'il protégerait et, elle le savait au plus profond de son âme, qu'il *aimerait*. C'était ce qui faisait battre le cœur de cet homme.

Elle prit soudain conscience que son propre pouls s'emballait dans ses veines. Le parfum de Harrington se répandit dans les narines de Pandora, sa veste la réchauffait de l'intérieur. Elle se rapprocha un peu plus de lui, de son visage dur et de ses yeux tristes...

— Lieutenant-colonel Harrington ! Monsieur ! s'exclama une voix haletante, en même temps que résonnaient des pas.

Leur moment était terminé.

— Que se passe-t-il ? s'enquit Harrington auprès du soldat qui s'approchait.

— C'est le commandant Starky, monsieur. Il a été retrouvé dans sa tente. Le médecin l'examine, il dit que son cœur a lâché...

— Allons-y, répondit Harrington qui se mit en route, avant de se tourner pour la regarder. Mademoiselle Brown ?

Le cœur de Pandora battait maintenant la chamade pour une raison bien différente que quelques instants auparavant. Elle pria pour que l'essoufflement de sa voix ne la trahisse pas.

— Oui, monsieur ?

— Joyeux Noël.

Un bref sourire effleura ses lèvres, mais il était suffisant. C'était même bien trop. Elle resta encore quelques précieuses secondes à le regarder disparaître dans la nuit.

— Joyeux Noël, Marcus Harrington, murmura-t-elle.

Puis elle disparut à son tour dans l'obscurité.

DEUX

LONDRES, SEPTEMBRE 1829

Marcus se réveilla en pleine forme, une habitude datant de l'époque où il était dans l'armée. Une autre partie de lui était également au garde-à-vous, mais cela n'avait rien à voir avec son passé militaire et tout à voir avec la magnifique femme pelotonnée sur le flanc à côté de lui. Son épouse. Sa Penny porte-bonheur[1], qui avait changé le cours de son existence depuis qu'il l'avait rencontrée lors d'un bal. Plus de douze ans de mariage et trois grands et forts garçons plus tard, il n'éprouvait que davantage de désir pour elle. Comme un bon vin, la passion entre eux était devenue plus prononcée, plus forte et satisfaisante avec le temps.

S'appuyant sur un coude, il admira son profil endormi. Ses cils étaient comme de superbes éventails noirs contre ses joues d'albâtre, ses traits sensuels étaient doux et gentiment relâchés. Un son s'échappa de ses lèvres roses : mi-soupir, mi-gémissement, il était aussi adorable qu'alléchant. Lorsqu'elle remua dans son

---

1. NdT : Jeu de mots, il compare sa femme à un « penny » porte-bonheur.

sommeil, son postérieur voluptueux se logeant contre son sexe, il ne put résister plus longtemps.

Dégageant délicatement les lourdes mèches couleur corbeau de sa nuque, il huma la courbe de son épaule. Il respira le parfum de sa peau réchauffée par le sommeil : jasmin et néroli, son essence propre et un puissant aphrodisiaque pour ses sens. Les lèvres de Marcus effleurèrent son épaule blanche et douce, tandis que sa main s'aventurait sous les couvertures. Son sang bouillonna dans ses veines quand il saisit un sein arrondi, dont il savoura la fermeté et le poids soyeux.

Tendrement, il fit rouler son mamelon entre son pouce et son index. Elle dormait encore, mais sa respiration était différente, plus rapide et plus superficielle. Souriant intérieurement, il joua encore un peu, tirant les couvertures pour voir ce qu'il faisait. La vue de ces seins pulpeux, de leur pointe rose dure et grivoise contre ses doigts, ne fit qu'attiser le feu qui couvait en lui.

La main de Marcus suivit le doux creux de sa taille jusqu'à l'évasement encore plus doux de sa hanche. Oh ! Comme il aimait les courbes de sa femme. Et le fait qu'au fil des ans, il l'avait convaincue de dormir nue... même s'il avait bien l'impression qu'elle ne dormait plus... Alors qu'il embrassait l'oreille de Penny, sa caresse descendit plus bas, jusqu'à l'un de ses endroits préférés.

La satisfaction l'envahit. Exactement comme il s'en était douté. Elle était mouillée, chaude et prête pour lui.

— Bonjour à toi aussi.

Ses mots, prononcés d'une voix gutturale alors qu'elle avait encore les yeux fermés, le firent sourire.

— Et la journée est déjà sur le point de s'améliorer, murmura-t-il.

— Vous êtes bien confiant, Lord Blackwood.

— Disons que c'est couru d'avance avec vous, Lady Blackwood.

— Je vois que *quelqu'un* a la grosse tête.

— En effet, oui.

Il fit glisser son érection contre la raie de ses fesses, la pointe arrondie poussant la douce naissance de sa colonne vertébrale.

— Très grosse, j'ai l'impression, se vanta-t-il.

— *Marcus !*

Mais comme elle riait et que son sexe, qu'il avait caressé pendant tout ce temps, était devenu de plus en plus humide, il ne prit pas sa remontrance à cœur. Il connaissait sa Penny, et elle aimait ses jeux. Il les aimait aussi.

Il passa une main possessive le long de la jambe soyeuse de sa femme, la ramenant sur la sienne. Cette position, dans laquelle ils étaient tous deux couchés sur le côté, offrait des perspectives plutôt intéressantes. N'étant pas homme à laisser passer une bonne occasion, il positionna son vit et s'enfonça en elle.

Oh, bon sang ! C'est si bon ! Toujours aussi bon.

— Penny, gémit-il.

Elle répondit en prononçant son prénom d'une voix essoufflée. Il n'avait pas besoin de davantage d'encouragements. La tenant fermement par la hanche, il s'enfonça dans son fourreau sensuel, de plus en plus profondément; le sexe de Penny était douillet, serré, et parfait pour lui. Il joua avec sa perle, tournant autour, la frottant, appuyant sur ce petit nœud sensible contre son membre d'une manière qui rendrait sa femme complètement folle. Elle gémit et se cambra sans retenue contre lui, et il tint bon : il ne voulait pas que ce plaisir prenne fin, pas tout de suite.

Serrant les dents, il garda un rythme mesuré. Il guetta son crescendo, ses respirations saccadées et le rougissement de ses seins qui se balançaient, trahissant le fait qu'elle était presque à son apogée. *Dieu merci.*

Haletante, elle bascula la tête en arrière pour le regarder. Ses magnifiques yeux violets brillaient d'amour et de passion, et, à cet instant, la vérité le frappa de plein fouet.

J'ai tout. Tout ce que j'ai toujours voulu.

Ses pensées s'évaporèrent dans le brasier de leur baiser. Dans l'amour et la volupté de leurs langues qui se mélangeaient, de leurs corps qui se rejoignaient. Il ne se laissa aller que lorsqu'il sentit qu'elle atteignait son paroxysme. Il s'enfonça en elle jusqu'à la garde et y resta, étouffant ses gémissements dans la chevelure de sa femme, tandis que son sexe frémissant tirait de lui son plaisir, et que cette chaleur partagée les unissait.

Trois

Tout en dégustant un chocolat, lady Pandora Blackwood, Penny pour son mari, triait une pile d'invitations à la table du petit déjeuner. Il ne s'agissait que d'un événement ordinaire, mais elle appréciait depuis peu la routine. Ce moment marquait la fin d'un danger encore trop récent : quatre mois plus tôt, un ennemi avait surgi de son passé. L'espion jadis célèbre qui se faisait appeler le Spectre avait réapparu pour les menacer, ses anciens collègues et elle. Après des mois de chantage et de menaces, le brigand avait attaqué son ancien camarade, Gabriel Ridgley, le marquis de Tremont.

Ce dernier s'était débarrassé du méchant.

Avec la disparition du Spectre, le monde était plus sûr, et les secrets de Penny resteraient à leur place. *Dans le passé.* Enfermés là où ils ne pouvaient pas faire de mal à ceux qu'elle aimait.

En silence, elle poussa un soupir de gratitude et de soulagement, avant de jeter un regard à son mari.

Assis à sa droite, Marcus passait en revue sa correspondance professionnelle tout en buvant son café. L'une des choses qu'elle adorait chez lui, et il était vrai qu'il y en avait beaucoup, était son apparence tellement convenable. C'était un parfait gentleman dont le style était caractérisé par la retenue. Parfois, il s'égarait un peu trop dans cette direction, et il lui fallait comploter avec son valet, Gibson, pour s'assurer qu'il n'ait pas l'air complètement funèbre.

Sous la tutelle du domestique, elle avait appris que l'art de l'habillement masculin résidait dans les détails. Elle veillait donc à ce que des boutons de manchette, des épingles à cravates et autres accessoires élégants trouvent régulièrement leur place dans la garde-robe de son mari. Gibson, pour sa part, utilisait ces objets pour obtenir un effet à la fois sobre et remarquable lorsqu'il habillait Marcus.

L'un des plaisirs secrets de Penny était de savoir que sous l'étoffe simple et impeccable et le gilet sombre se cachait un homme viril et au sang chaud, un époux qui, après une douzaine d'années de mariage, aimait encore la réveiller à la manière d'un jeune marié fougueux...

Marcus posa sa tasse; le léger froncement de ses sourcils sombres témoignait de sa concentration sur sa tâche. Le cœur de Penny battait la chamade tandis qu'elle le regardait. Dès leur rencontre, son âme l'avait reconnu comme sien, et les années qui s'étaient écoulées n'avaient fait qu'accentuer son attirance pour lui.

À l'âge de quarante et un ans, Marcus était encore plus attirant à ses yeux qu'il ne l'était à vingt-cinq ans. Il était devenu plus mince, plus dur, et les fils gris de son épaisse chevelure bronze foncé ajoutaient à son air distingué. Ses traits anguleux n'étaient peut-être pas d'une beauté classique, mais leur férocité exprimait l'intégrité et l'autorité. La force morale qui avait fait de lui un héros militaire. En réalité, son visage aurait pu être qualifié d'excessivement dur sans les subtiles rides de rire autour de ses yeux et de sa bouche. Et elle aimait à croire qu'elle et ses trois fils avaient contribué à les creuser.

Le regard de Marcus se porta soudain sur elle, et le sourire qui se lisait dans ses yeux d'un bleu acier fit frémir son sexe. Il lui prit la main et la serra comme seul le ferait un époux. Il se remit à ouvrir ses lettres tandis que le cœur de la jeune femme continuait de battre la chamade, tel celui d'une débutante idiote.

En tant que lady Pandora Blackwood, elle avait travaillé avec acharnement à construire sa réputation. Les invitations à ses soirées et à ses bals étaient les plus recherchées de toute la ville. Les experts mondains la décrivaient comme l'une des hôtesses les plus sophistiquées et les plus glamour de Londres. Tout le monde savait qu'elle et Marcus avaient fait un mariage d'amour, mais que diraient-ils s'ils savaient combien ses sentiments pour lui étaient intenses sous sa surface réservée ? S'ils savaient qu'elle l'aimait à la folie ? Qu'un seul contact de sa part lui donnait envie de monter à califourchon sur lui à la table du petit déjeuner, sans se préoccuper du fait que les domestiques pouvaient entrer à tout moment, et de le supplier de la prendre sur-le-champ ?

Il t'a fait l'amour il y a une heure à peine, espèce de dévergondée avide !

Les joues de Pandora s'échauffèrent. Tout comme d'autres parties d'elle.

Elle reprit les invitations alors que des images coquines défilaient dans sa tête. Marcus et elle partageaient une vie de couple passionnée, et ce matin-là en était un exemple, mais certaines limites ne devaient pas être franchies. Elle avait consacré les douze dernières années à devenir le genre d'épouse que Marcus voulait. À devenir son idéal, le moindre de ses fantasmes. Si l'ardeur était une bonne chose, un homme comme Marcus avait aussi besoin d'une épouse qui soit une lady.

Après tout, c'était de Mlle Pandora Hudson, fille unique de M. et Mme Harry Hudson, des Hudson du Devonshire, qu'il était tombé amoureux. C'était elle qu'il avait demandée en mariage et qu'il avait épousée. Pas Pandora Smith, ancien agent secret et fille bâtarde d'une prostituée.

En tant que lady, elle avait rendu son mari heureux. Elle continuerait à le rendre heureux. À cette fin, elle agirait comme la lady qu'elle était devenue... ou du moins, elle garderait ses pulsions charnelles pour l'heure du coucher.

— Que diable ?

Le juron de Marcus la fit sursauter, tout comme le cliquetis de son coupe-papier contre l'assiette de son petit déjeuner. Elle leva les yeux vers lui; elle ne lui avait jamais vu une telle expression. D'ordinaire, c'était un homme posé, mais à cet instant ses yeux brûlaient d'une rage intense. Il tenait une lettre serrée dans son poing. Il la jeta, s'écarta de la table et se leva brusquement. Debout, il fixa d'un regard noir le morceau de papier offensant.

— Que se passe-t-il? s'enquit Pandora, surprise.

— J'aurai la peau du malotru qui a écrit ceci! promit Marcus, l'air sinistre. Je le traquerai et, parbleu, il répondra de cette calomnie. Quand j'en aurai terminé avec lui, il regrettera d'être né...

— De *quoi* parles-tu, mon amour?

Elle tendit la main pour ramasser la missive froissée. Elle la lissa et sa gorge se noua. Une écriture qu'elle n'oublierait jamais. Des mots qui déchiraient le voile de son monde.

Le Spectre, songea-t-elle, comme engourdie. *Qui se venge depuis la tombe.*

— Penny?

Elle tourna ses yeux hébétés vers son mari.

— Sais-tu qui est responsable de cette diffamation? voulut-il savoir.

— Je... je...

Une chaleur atroce lui brûlait le ventre. Elle n'arrivait pas à faire fonctionner son cerveau. C'était comme si les rouages de son esprit étaient rouillés.

— Cela n'a pas d'importance, mon amour. Je le découvrirai, affirma Marcus, les muscles de la mâchoire crispés, les yeux réduits à des fentes d'acier. Qui que soit ce brigand, il paiera pour cette insulte.

Elle connaissait cette expression sur le visage de son mari : celle d'un croisé en quête de justice. La panique l'envahit. Une fois que Marcus s'était engagé dans une voie, rien ne pouvait l'arrêter. Sa détermination à faire ce qui était juste était inscrite dans sa nature. Il n'abandonnerait pas avant d'avoir obtenu ses réponses. Le Spectre était peut-être mort, mais si Marcus fouillait les allées sombres de son passé, qui pouvait dire quels squelettes il pourrait déterrer? Quels dangers pourraient le guetter?

— Non! dit-elle brusquement. Tu ne peux pas.

— Bien sûr que je le peux, répliqua-t-il sèchement. Et je le ferai. Personne ne peut calomnier ma femme sans en subir les conséquences.

Pense à quelque chose. Dans le milieu de l'espionnage, elle avait été autrefois tristement célèbre pour ses talents de déguisement et de dissimulation, mais lorsque le regard de son mari se posa sur le sien, son esprit bascula dans un désarroi désespéré. Et refusa d'inventer d'autres mensonges, d'autres manières de se sortir de ce désastre par l'esbroufe. Pour la première fois, son instinct de survie l'abandonna.

Une vague de transpiration glacée coula sous son corsage. Alors qu'elle s'humectait les lèvres, une chaleur révélatrice se répandit sur ses joues.

— Qu'y a-t-il, mon amour? Sais-tu qui a écrit cette calomnie...?

Tandis que Marcus l'observait, quelque chose changea dans son expression. Son incrédulité s'entendit dans sa voix lorsqu'il reprit la parole.

— C'est bien de la calomnie, n'est-ce pas?

Elle n'arrivait toujours pas à parler. Elle ne parvenait pas à contraindre ses lèvres à former le mot, un mensonge de plus, pour se sauver d'une destruction certaine. Ici, elle était confrontée à l'adversaire le plus mortel de tous : la vérité. Et elle se retrouvait soudain et inexplicablement à court de munitions. Pandora ne pouvait soutenir son regard, si intense et si perçant.

Des doigts calleux et familiers lui relevèrent le menton.

— Regarde-moi.

Elle lui obéit, fixant les yeux de son bien-aimé et, à sa grande horreur, sa vision commença à se troubler. Elle pouvait compter sur ses deux mains le nombre de fois où elle avait pleuré devant son mari. Plutôt soupe au lait de nature, elle était plus encline à déclencher une franche dispute qu'à se laisser aller aux larmes. Il aimait la taquiner en lui disant qu'avec son tempérament, elle aurait fait partie des agitateurs turbulents de son bataillon. Il n'avait jamais su à quel point il était proche de la vérité. Peut-être aurait-elle dû dissimuler ses penchants naturels, mais c'était trop difficile de cultiver l'art de pleurer comme une fontaine, même si c'était pour lui.

Cependant, à cet instant, elle ne put retenir les larmes qui perlaient à ses yeux.

— Que diable? s'exclama Marcus, l'atteignant à travers sa stupéfaction.

— Tu ne dois pas suivre cette voie. L'auteur de cette lettre... il est mort, expliqua-t-elle précipitamment. C'était un espion qui travaillait pour les Français, et il ne représente plus de menace. Tout cela appartient au passé. Je t'en prie, je peux t'expliquer...

— Cette lettre prétend que tu étais une espionne, Pandora, insista son mari, la regardant fixement. Est-ce vrai?

Bon sang! Elle bafouilla, en quête d'une réponse.

— Il y a une bonne explication...

— C'est une question à laquelle tu dois répondre par oui ou par non! répondit-il, incrédule.

Dis non. Dis non. Dis non.

Elle semblait avoir perdu toute capacité à se contrôler. C'était comme si elle avait lâché d'un seul coup les rênes qu'elle tenait fermement, et s'envolait tout droit vers un abîme. Terrifiée, elle ne put empêcher ses larmes de couler. Pas plus qu'elle ne put empêcher son menton de s'incliner dans un hochement de tête infiniment petit.

Le silence était ponctué des bruits de la maisonnée à l'extérieur de la pièce. Des servantes qui faisaient le ménage, de l'argenterie qui cliquetait sur un plateau... Des bruits ordinaires qui semblaient venir d'un autre monde.

— Et le reste de la lettre? poursuivit Marcus, et la douleur dans la voix de son mari la rongea de l'intérieur. Elle prétend que tu... que tu as séduit ces trois hommes. Pierre Chenet. Jean-Philippe Martin. Vincent Barone.

Ces noms la transpercèrent comme des éclats d'obus. Le dernier, en particulier, laissait un trou béant, d'où suintaient ses cauchemars. L'allée des violettes écrasées. L'odeur des ordures. Le goût de la peur, métallique et acide, lui emplit la bouche.

Elle ne pouvait plus respirer ni soutenir le regard brûlant de Marcus.

— Je... je...

— Bon sang ! Tu vas me regarder et me dire la vérité !

Pandora s'obligea à lever les yeux. Ses traits étaient désormais fermement maîtrisés, dénués de toute expression. Il n'était plus son Marcus ; il était le lieutenant-colonel Harrington, un homme qui imposait à ses subordonnés les règles morales les plus strictes. Il dévisageait à présent son épouse comme il l'aurait fait avec un soldat passant en cour martiale.

Elle avait mené trop de batailles pour ne pas reconnaître la défaite quand elle la voyait. Elle n'avait plus d'arme, plus d'endroit où se cacher. *Que le Spectre soit maudit pour avoir fait ça. Qu'il soit maudit pour avoir tout détruit.*

— Je n'avais pas le choix, dit-elle en dépit de sa gorge nouée. Cela faisait partie de la mission. Je t'en prie, je peux t'expliquer...

— M'*expliquer* ? Comment peux-tu m'expliquer que tu étais une espionne ? Une maudite *bordelière* ?

Ses mots la transpercèrent, et la honte s'écoula de ses blessures.

— J'ai fait... j'ai fait ce que je devais faire, murmura-t-elle.

— Tu *devais* me mentir ? En douze ans, pas une seule fois tu n'as évoqué le fait que tu étais impliquée dans des activités infâmes. *Bon sang !* s'exclama-t-il.

Il passa ses mains dans ses cheveux. Son expression de colère se mua en une expression ravagée.

— Lors de notre nuit de noces, tu as agi comme si tu étais vierge. Était-ce... était-ce juste un rôle ?

— Je suis désolée, dit-elle alors que sa voix craquait. Je ne voulais pas...

— Il y avait *du sang sur les draps.* Comment est-il arrivé là ? rugit-il.

Un tremblement secoua le corps de Pandora. Au cours de toutes leurs années de vie commune, Marcus n'avait jamais élevé la voix contre elle. Mais elle était mise à nu maintenant; il ne lui restait plus qu'à dévoiler la vérité.

— C'était du sang de poulet, avoua-t-elle dans un murmure.

Des flammes jaillirent dans ses yeux bleus, puis il la toisa comme si elle n'était qu'un déchet qu'il aurait gratté de sous sa chaussure. Comme s'il la voyait pour la première fois... et que cette vision le dégoûtait. Elle ne pouvait pas lui en vouloir. Alors que son estomac se révulsait, elle se leva en titubant et tendit une main suppliante vers lui.

— J'ai eu tort de te mentir, Marcus. Ce que j'ai fait est impardonnable. Mais j'ai fait tout cela parce que je t'aimais tellement...

— *De l'amour?*

Ce mot n'avait jamais été laid quand il sortait des lèvres de son mari, mais à cet instant, il claqua comme un fouet.

— Pandora... si c'est même ton nom... tu ne sais pas ce qu'est l'amour. Dans le cas contraire, tu ne m'aurais pas trahi dès notre rencontre.

Pandora avait affronté la mort plus d'une fois, et pourtant sa peur réduisait toutes ses expériences passées à néant. La terreur emplissait ses poumons, se refermant au-dessus de sa tête par vagues. Elle se débattait frénétiquement pour rester à la surface.

— Nous avons été heureux. Tout ce que j'ai toujours voulu, c'était faire ton bonheur, plaida-t-elle, touchant sa manche alors que des larmes ruisselaient sur ses joues. Je t'en prie, Marcus, je peux arranger les choses...

Il la repoussa comme si l'idée de la toucher le dégoûtait.

— Ne fais pas ça! rétorqua-t-il. Il est trop tard.

— Trop... trop tard? répéta Pandora d'une voix tremblante.

— Notre mariage est un mensonge. Entièrement. Rien n'était réel.

Ses mots froids et secs la heurtèrent plus durement qu'un coup de poing.

— Non, ce n'est pas vrai, protesta-t-elle en secouant la tête. Je t'aime. Et les enfants...

— Je déciderai de ce qu'il faut leur dire... une fois que j'aurai décidé de ce que je dois faire de toi.

L'effroi lui bloqua les poumons. Elle ne pouvait plus respirer. Marcus tourna les talons et se dirigea vers la porte.

— Attends ! s'exclama-t-elle, la voix rauque. Où vas-tu ?

— Cela ne te regarde pas, lui répondit-il en lui tournant le dos. À partir de maintenant, rien de ce que je fais ne te concerne plus.

La porte claqua derrière lui.

Restée seule, ses forces la quittèrent. Elle tomba à genoux, et tout ce qu'elle avait retenu revint en force. Des torrents d'émotions s'abattirent sur elle, et, pour une fois dans sa vie, elle se sentit totalement perdue.

QUATRE

1817

Marcus Harrington s'appuya sur la balustrade du balcon et, pour la première fois de la soirée, il respira librement. L'air de la nuit était frais et chargé des senteurs naissantes du printemps. Si les toits de Mayfair l'entouraient, ici au moins, il pouvait voir le ciel, ce qui calmait son agitation intérieure. Il glissa un doigt sous son col, desserrant l'étreinte potentiellement mortelle de sa cravate à la mode. L'effervescence d'un bal qui battait son plein filtrait à travers les vitres des doubles portes, même s'il les avait fermées pour avoir un peu d'intimité. Il voulait s'éloigner un instant de la cohue. Du flou constant et monotone de la gaieté.

Il était amusant de constater qu'il avait passé plus de dix ans de sa vie dans des camps militaires et des casernes et que, durant ces dernières années, il n'avait eu qu'une envie : retrouver la civilisation. De s'éloigner des horreurs du champ de bataille. Et maintenant, deux ans après Waterloo, il était *effectivement* de retour. Pour de bon. Il avait vendu sa commission à la mort de son frère James, qui lui avait laissé le titre.

Le chagrin le frappa. Marcus avait côtoyé la mort plus souvent qu'à son tour et, malgré cela, voir James lutter contre cette maladie invalidante, un adversaire invisible qui avait réduit son frère fort et plein de vitalité à un corps décharné, voire à moins que cela, avait été dévastateur. Si la vie avait été juste, James serait toujours en vie, il serait toujours le marquis de Blackwood, et il se tiendrait à la place de Marcus.

Mais la vie n'était pas juste.

Voilà pourquoi cela faisait plus d'un an à présent que James avait été enterré dans la terre froide, pendant que Marcus portait le titre comme une fripe mal ajustée. Il n'avait jamais possédé la personnalité charismatique de son frère, n'avait pas été préparé à devenir un lord, et les années passées à combattre à l'étranger l'avaient rendu encore moins apte à devenir marquis. Ce qu'il avait imaginé comme un retour au pays s'était mué en une nouvelle incursion en territoire étranger.

C'était un militaire : il ignorait comment se comporter comme un noble. Il n'avait aucune propension aux activités qui étaient le propre d'une vie mondaine. Pour lui, les vêtements servaient à tenir chaud et à couvrir sans entraver, et les jeux et les excès de boisson étaient une perte de temps et d'argent. Les mondanités et les bavardages futiles présentaient encore moins d'intérêt, et il n'avait pas la moindre idée de ce qu'il allait faire de la maison de ville et de la coterie de domestiques dont il avait hérité.

C'est pour cela que tu as besoin d'une femme, mon garçon, pour t'aider à t'installer dans une routine, lui avait dit sa mère. En dépit du chagrin qu'elle éprouvait après avoir perdu son aîné, elle s'arrachait à son deuil pour faire la leçon à Marcus dès qu'elle en avait l'occasion. *Mlle Pilkington est parfaite pour toi. Elle est de bonne famille, elle est jolie à souhait, et c'est une héritière, de surcroît. Tu ne pourrais pas trouver mieux. Qu'attends-tu ?*

Sa mère avait sans doute raison. Cora Pilkington, fille des hôtes de la soirée, était *effectivement* une candidate idéale. Blonde et discrète, elle avait des manières parfaites et une réputation irréprochable, ce qui lui valait le statut de diamant de la première eau.

Au cours de leurs visites chaperonnées, elle s'était révélée être d'une charmante compagnie... même si elle avait fait preuve d'un peu trop de zèle dans son admiration pour ses faits de guerre. Il lui avait fait une cour lente et prudente au cours des trois derniers mois, et son père, Charles Pilkington III, avait clairement indiqué qu'une demande de la part de Marcus serait acceptée de bon cœur.

Il ne lui restait plus qu'à faire le dernier pas. La bonne société pensait déjà qu'il s'agissait d'un *fait accompli*[1], et il ne savait pas pourquoi il hésitait. Il n'était pas un séducteur, et il n'était pas attaché aux fantasmes de la vie de célibataire. Non, il voulait se marier et fonder une famille. Cora représentait le choix de raison. Et si l'idée de l'épouser ne parvenait pas à l'enthousiasmer... c'était sa faute à lui, pas celle de la jeune femme.

Son frère ne se serait pas laissé dominer par des sentiments. Lord jusqu'au bout des ongles, James avait toujours eu le sens du devoir, et il avait fait ce qu'il fallait. S'il avait déterminé que Cora ferait une parfaite marquise de Blackwood, il l'aurait épousée sur-le-champ.

Comme le dirait leur mère, *il ne sert à rien de tergiverser.* Marcus résolut de parler bientôt au père de Mlle Pilkington.

Le volume de l'orchestre augmenta soudain, comme celui des voix. Il se retourna au moment où les doubles portes s'ouvraient... et une vision apparut. Une femme si belle qu'une sensation d'envie commença à palpiter dans sa poitrine, une blessure cachée dont il ne soupçonnait pas l'existence. Sa blessure de chair et de sang, la cicatrice d'une balle de tireur d'élite, tira sur son épaule gauche tandis qu'une prise de conscience s'opérait en lui.

— Oh ! Bonjour, dit-elle.

Parbleu, même sa voix était belle. Sensuelle, comme ses cheveux de jais brillants, mais douce comme ses lèvres teintées de rose. Le mystère et l'innocence dans un emballage parfait. Lorsqu'elle sourit, son souffle se bloqua dans sa gorge.

---

1. NdT : En français dans le texte.

— Je suis désolée de vous importuner, poursuivit-elle. Il me semble que vous étiez là en premier. Je cherchais simplement un peu d'intimité, mais peut-être suis-je simplement en train de vous priver de la vôtre ?

Malgré son ton d'excuse, l'humour était présent dans ses yeux. *Cesse de la fixer bêtement, et dis quelque chose, espèce d'idiot !*

— Le balcon est assez grand pour nous accueillir tous les deux, parvint-il à articuler.

Elle le récompensa d'un nouveau sourire avant de venir appuyer ses bras gantés sur la balustrade à côté de lui. Son attitude était détendue et plaisante, aussi décontractée que s'ils étaient deux soldats partageant une pause sur le front. Alors qu'elle scrutait l'obscurité, elle fit une chose remarquable : elle ferma les yeux, se pencha dans la nuit et inspira profondément. Le sang de Marcus se mit à circuler à toute vitesse devant la sensualité spontanée de ses gestes. Le clair de lune scintillait sur sa peau impeccable et sur son abondant décolleté. Il brillait sur les fils étincelants tissés dans l'étoffe de sa robe, son cou élégant était comme un hymne à ses formes sublimes.

— Chèvrefeuille.

En entendant ce mot prononcé d'une voix rauque, il se hâta de détourner son regard de son derrière voluptueux.

— Euh, pardon ?

Ses longs cils charbonneux vinrent balayer ses sourcils sombres et recourbés. Bien que l'obscurité masque la couleur précise de ses yeux, il devina qu'ils étaient d'une teinte riche, bleue peut-être. Il ne pouvait pas manquer d'y voir une lueur d'amusement.

— Chèvrefeuille, répéta-t-elle. Vous le sentez ?

Il cligna des yeux. Il n'y avait pas prêté attention avant, mais à présent il humait l'air et c'était là : un parfum doux et subtil.

— Oui ! s'exclama-t-il, surpris. Je le sens.

— Il y a aussi de la rose musquée. Et...

Elle s'interrompit, et sa poitrine se souleva délicieusement tandis qu'elle inspirait.

— ... de l'églantine, finit-il pour elle.

— Oui, c'est cela ! confirma-t-elle, et son sourire fit jaillir une sensation de chaleur au creux du ventre de Marcus. Une combinaison typiquement anglaise. Je reviens d'un séjour à l'étranger, vous voyez, alors je remarque ces choses.

Elle venait d'arriver à Londres, ce qui expliquait pourquoi il ne l'avait jamais rencontrée auparavant. Il semblait inconcevable qu'il ait pu poser les yeux sur cette femme sans la remarquer. Les questions fusaient dans sa tête comme une volée d'oiseaux au son d'un coup de feu. Il se rendit compte tardivement qu'il ne connaissait même pas le nom de la jeune femme. Son sens des convenances l'avait abandonné en même temps que sa capacité à penser rationnellement.

— Mes excuses, dit-il en s'inclinant. Marcus Harrington, marquis de Blackwood, à votre service.

Devant sa révérence, exécutée avec une grâce sensuelle, la température du jeune homme grimpa de plusieurs degrés. Que lui arrivait-il ? Il avait déjà connu bon nombre de femmes, mais il n'avait pas souvenir d'avoir déjà réagi de la sorte face à un membre du beau sexe. Il n'était pas d'un caractère inconstant ou volage, mais l'estime qu'il portait à Mlle Pilkington, qu'il envisageait il y a quelques instants encore de demander en mariage, lui paraissait au mieux tiède désormais. Comme du thé que l'on aurait laissé trop longtemps dans la théière.

À l'inverse, l'attraction exercée sur lui par cette inconnue était aussi puissante et viscérale qu'une dose de whisky. Ou plutôt dix. Elle était ce rêve captivant dont il ne pouvait jamais se souvenir complètement, mais qui le laissait dur, brûlant et trempé de sueur dans les draps.

— Je sais qui vous êtes, Lord Blackwood, dit-elle, un sourire aux lèvres. Je suis Pandora Hudson.

Son prénom lui allait. Différent, exotique, gage des plus doux ennuis. Son nom de famille lui disait quelque chose, même s'il n'arrivait pas à le situer.

— C'est un plaisir, mademoiselle Hudson.

Il s'inclina sur sa main. Le contact avec ses doigts fins et gantés déclencha une décharge de désir en lui. *Oh, bon sang ! Contrôle-toi, imbécile !*

— Euh... dois-je vous ramener à votre chaperon pour des présentations en bonne et due forme ?

— Quelques minutes n'ont pas d'importance. Puisque je viens de me donner la peine de lui échapper, je pense avoir droit de profiter d'un peu de paix bien méritée, vous ne croyez pas ?

Il ne trouvait rien à redire à cela. Ni avec la perspective de prolonger ce qui semblait être un moment dérobé et magique. Lorsqu'elle reprit sa position initiale, les coudes appuyés sur la balustrade et le regard tourné vers les jardins plongés dans l'obscurité, il fit de même.

— Vous n'aimez pas le bal ? s'enquit-il.

— Il n'est pas différent des autres. Une foule est une foule, répondit Pandora, haussant ses épaules crémeuses dans un geste insouciant. La vérité, c'est que je m'y sens toujours un peu esseulée.

Il ne pouvait pas imaginer que Mlle Pandora Hudson se retrouve seule à un bal. Ou n'importe où, d'ailleurs. À moins que tous les gentlemen du monde ne soient soudain devenus sourds, aveugles, et stupides de surcroît.

— Je ne peux pas croire qu'il y ait une seule ligne vide sur votre carnet de bal, dit-il avec sincérité.

— Vous avez raison.

Pandora lui jeta un regard en coin. Pas timide, mais attentif.

— Je n'ai pas dit que j'étais seule... mais que je me sentais esseulée. L'un n'a pas grand-chose à voir avec l'autre, n'est-ce pas ?

Ses paroles pertinentes déclenchèrent en lui un étrange sentiment de reconnaissance. Une certaine familiarité... qui, bien sûr, n'avait aucun sens. À mesure que le temps passait, il comprit qu'il n'oublierait jamais une femme telle que celle-ci.

— Où avez-vous dit que vous viviez à l'étranger ? demanda-t-il sur un coup de tête.

— Je n'ai rien dit, répondit Pandora, une pointe d'humour

dans le regard. Mais la réponse est la suivante : nulle part et partout. Mes parents ont passé leur temps à voyager sur le continent, et j'ai été formée dans différents pensionnats au fil des années. La France, la Suisse, l'Italie... Lancez une pièce sur une carte et il y a de fortes chances que j'aie vécu là où elle atterrit.

Sa description permit à Marcus de se rappeler ses parents. Bien qu'il n'ait jamais rencontré les Hudson personnellement, il les connaissait de nom. C'était une famille de la bonne société qui avait vécu à l'étranger, le mari étant passionné par la recherche de reliques et d'ossements anciens.

— Voilà une éducation inhabituelle, commenta-t-il. Qu'est-ce qui vous a poussée à revenir ?

— Mes parents sont morts. Je suis seule au monde, dit-elle, des ombres passant sur ses traits délicats, et je voulais voir d'où ils venaient. D'où *je* viens, je suppose. En substance ? Je voulais trouver un endroit où j'avais ma place.

Le fait que cette exquise créature puisse douter de sa place dans le monde le déconcertait et le fascinait. Pandora possédait une assurance naturelle, comme si elle avait vu beaucoup de choses dans la vie en dépit de son jeune âge... et pourtant la mélancolie dans sa voix laissait entrevoir une certaine vulnérabilité. Une attente qui reflétait celle de Marcus, faisant grandir la douleur dans sa poitrine. Son rare éventail de qualités éveillait également tous ses instincts protecteurs.

— Je suis convaincu que vous aurez votre place partout où vous le souhaiterez, affirma-t-il.

Elle le dévisagea un moment.

— En est-il de même pour vous, Lord Blackwood ?

— Pour moi ?

— Eh bien, oui. Je ne peux m'empêcher de remarquer qu'il y a une foule de gens là-dedans, dit-elle, inclinant la tête en direction des portes du balcon, qui ne demandent qu'à célébrer votre héroïsme en temps de guerre. Et pourtant, vous êtes ici avec moi.

— Mon désir d'évasion serait-il à ce point évident ? s'enquit-il d'un air contrit.

— Seulement pour un autre réfugié du balcon.

Marcus éclata de rire !

— Bon sang ! Vous êtes une bouffée d'air frais, mademoiselle Hudson. J'aurais aimé vous rencontrer à l'intérieur. Ainsi, je n'aurais pas eu besoin de me réfugier sur ce balcon.

— La bonne société peut se révéler étouffante. Surtout pour un homme comme vous, j'imagine.

— Un homme comme moi ? répéta-t-il, haussant un sourcil.

— Un soldat. Un homme d'action, dit-elle sans détour. En comparaison avec les questions de vie ou de mort sur le champ de bataille, la bonne société doit sûrement vous sembler frivole.

Il regarda Pandora avec étonnement. Elle avait réussi à exprimer les idées qui s'agitaient dans son esprit.

— Dites-moi, mademoiselle Hudson, est-ce que lire dans les pensées fait partie des compétences enseignées dans les pensionnats pour jeunes filles à l'étranger ?

— J'aimerais bien. Au moins, je pourrais me vanter d'un exploit digne d'une lady.

— Ne dites jamais que vous n'avez rien accompli. Je ne le croirais pas.

— Disons que mes talents ne sont pas tout à fait adaptés à un salon, répondit Pandora, une lueur malicieuse dans le regard. Je ne saurais pas faire une couture droite, même si ma vie en dépendait. Et vous vous sauveriez en courant si vous m'entendiez jouer du piano.

Souriant, Marcus répondit :

— Cela ne peut pas être aussi horrible que cela.

— Croyez-moi, ça l'est ! lui assura-t-elle, plissant le nez, et même ce geste était adorable. Une chose est sûre, c'est que je ne ferais pas une épouse ordinaire.

Cette pensée frappa Marcus avec la férocité d'un boulet de canon. Les mots lui échappèrent.

— Êtes-vous engagée ?

Elle posa sur lui un regard solennel. *Doux Jésus !* Ses yeux... la tentation incarnée.

— Pas encore.

— Tant mieux, répondit-il, et il souffla. Mademoiselle Hudson, je sais que cela peut paraître osé, et je vous jure que je ne suis pas d'une nature impétueuse, mais j'aimerais vous rendre visite. Avec votre permission, bien sûr.

— Vous l'avez.

Elle lui sourit. Se redressant, elle s'éloigna de la balustrade et tourna les talons.

— Attendez ! Vous partez ?

— Ma réputation, vous vous souvenez ?

— Mais, quand puis-je vous rendre visite ? Où ? cria-t-il dans son dos.

Pandora s'arrêta devant les portes, ses lèvres dessinant un sourire complice.

— J'ai le sentiment que vous trouverez. Ce fut un plaisir, my lord. *Adieu*[2].

— Bonne nuit, répondit-il.

Il regarda sa silhouette de déesse disparaître à travers les portes, puis il se retourna vers le jardin. Heureusement, personne n'était là pour le voir, car il souriait comme un imbécile. C'était plus fort que lui. Car, à présent, il *savait* ce qu'il voulait, ce qui avait toujours manqué à sa vie.

Posant ses mains sur la pierre froide, il leva le nez vers l'univers que Mlle Pandora Hudson venait de bouleverser à ses yeux. Le monde n'était plus incolore ni sombre. Entouré d'un ciel nocturne éblouissant et d'un jardin de printemps en fleurs, Marcus voyait son avenir en couleurs vives et époustouflantes.

Et il était impatient.

―――――――――

2. NdT : En français dans le texte.

Cinq

Septembre 1829

Comme deux nuits et deux jours passés à boire dans son club n'étaient pas parvenus à atténuer sa rage, Marcus quitta la ville. Il commençait à attiser la curiosité des autres membres, et Dieu savait que le White était fréquenté par les pires commères de tout Londres. D'ailleurs, mettre de la distance entre lui et la traîtresse à qui il avait donné son nom était la meilleure chose à faire. Il n'était pas homme à se mettre en colère, mais, parbleu, il avait peur de ce qu'il pourrait faire s'il la voyait. Toutes ces années... tous ces mensonges.

Rien entre eux n'était réel, rien n'était vrai.

Pierre Chenet. Jean-Philippe Martin. Vincent Barone.

Les noms lui enserrèrent la poitrine, sa vision se teinta de rouge, et il éperonna son cheval comme s'il essayait de semer Satan lui-même ou, plus exactement, une diablesse dont les vœux d'amour n'étaient rien d'autre qu'une imposture des plus venimeuses...

À la nuit tombée, il arriva au pavillon de chasse de son vieil ami, près de Winchester. Il y avait peu de personnes dont Marcus recherchait la compagnie en ce moment; Richard Murray, vicomte Carlisle, était l'une d'entre elles. Bien qu'ils ne se soient pas vus depuis près d'un an, car le vicomte préférait la vie à la campagne plutôt qu'en ville, il pouvait toujours compter sur son ami pour une nuit à boire et à jouer au billard, avec un minimum de conversation. S'ils parlaient, ce serait pour aborder des sujets sûrs, comme les chevaux et les affaires. Si cela ne suffisait pas à le distraire, ils pourraient toujours sortir et tirer sur quelque animal. Grand amateur de sport, Carlisle veillait à ce que son domaine soit bien pourvu en gibier.

Cependant, les espoirs que Marcus avait nourris pour cette soirée commencèrent à s'estomper lorsqu'un majordome bourru le fit entrer dans le manoir. En dépit de son propre désarroi, il constata avec stupeur les changements survenus depuis sa dernière visite. Il passa devant des murs nus, dont le papier s'écaillait, et une pièce entière dépouillée de ses meubles. Quand il arriva au bureau, ses pires soupçons furent confirmés.

Les armoires étaient vides, la vaste collection de fusils de Carlisle s'était volatilisée. Il n'y avait plus de billard. Même les tableaux représentant des scènes de chasse classiques avaient disparu. Dans cet espace sombre et dépouillé, la seule chose qui restait était une paire de fauteuils à oreilles abîmés et des tables d'appoint placées près du feu.

Carlisle se leva de l'un d'entre eux. L'Écossais était un grand gaillard aux cheveux noirs et aux traits ténébreux.

— Blackwood, bienvenue! le salua-t-il avant de hausser un sourcil. Je ne m'attendais pas à te voir.

— Oui, désolé. J'aurais dû envoyer un message. Si le moment est mal choisi...

— Sottises! Viens t'asseoir. Prenons un verre, proposa Carlisle.

Une fois installés dans les fauteuils, un whisky à la main, Marcus évoqua l'éléphant dans la pièce.

— La situation est-elle vraiment grave? s'enquit-il d'une voix tranquille.

— Elle n'est pas idéale pour le moment, répondit Carlisle avant de boire une gorgée.

L'Écossais était le roi de la litote. En fait, son esprit acerbe, associé à une nature profondément réservée, lui avait valu la réputation d'être distant. Marcus, quant à lui, le connaissait depuis près de dix ans, et il n'aurait pas su nommer d'homme plus honorable que lui. Peu de gens savaient que Carlisle avait hérité d'un désastre financier et qu'il s'était attelé à la tâche herculéenne de reconstituer la fortune familiale. Il en parlait rarement et ne se plaignait jamais. Il se contentait d'affronter une crise après l'autre.

Carlisle était le genre d'homme que l'on aurait voulu avoir à ses côtés au combat, et Marcus ne faisait pas ce genre de compliment à la légère. Pourtant, le vicomte pouvait se montrer dur et revêche quand il était question de sa fierté, aussi enclin à accepter de l'aide qu'à recevoir une balle dans la tête.

Néanmoins, Marcus se devait d'essayer. Se penchant en avant, il dit :

— S'il y a quoi que ce soit que je puisse faire pour t'aider...

— J'ai les choses en main.

C'était une réponse typique de Carlisle.

— Malheureusement, nos options pour la soirée sont plutôt limitées. Ceci, poursuivit l'Écossais, pointant du doigt la bouteille de whisky, sera notre principal divertissement, j'en ai bien peur.

Marcus avala d'une traite le contenu de son verre. Cela ne parvint pas à noyer ses démons : il n'y avait pas assez de whisky dans le monde pour cela. À ce moment, sa rage resurgit.

C'était déjà assez grave que Pandora ait été une espionne. Comme la plupart des Anglais, il voyait l'espionnage avec méfiance et un certain dédain. C'était une activité déshonorante. Un mal nécessaire, peut-être, mais un mal quand même. Penser que la femme qu'il avait épousée avait été impliquée dans une activité aussi déshonorante... il pouvait à peine y croire. Il ne *voulait* pas y croire.

Pire encore, il était confronté au fait que son épouse, *sa Penny,* s'était offerte librement avant leur mariage. Qu'elle s'était servie de son corps pour jouer à des jeux méprisables et qu'elle avait ensuite *prétendu* être vierge lors de leur nuit de noces. L'acide lui brûla les tripes lorsque le souvenir de leur voyage de noces dans son cottage des Cotswolds lui revint en mémoire.

———

C'était le lendemain de leur première nuit ensemble, et il venait de faire sa toilette. Penny s'affairait derrière le paravent, et il s'était assis sur le lit pour l'attendre. Il s'émerveillait de la passion qui avait failli embraser son lit conjugal, et il se demandait si sa jeune épouse était prête pour une nouvelle séance d'ébats avant le petit déjeuner. Ce fut alors que son regard s'arrêta sur les taches : de grandes mouchetures brun-rouge au milieu des draps froissés. Le remords le frappa comme un coup de tonnerre.

— Marcus, c'est toi ? Je me disais que nous pourrions faire une promenade après le petit déjeuner…, suggéra Penny, qui fit le tour du paravent et s'arrêta lorsque son regard se posa sur lui. Qu'y a-t-il ? On dirait que tu as vu un fantôme.

Il s'approcha d'elle, lui prit la main et la porta à ses lèvres.

— Pardonne-moi, mon amour, murmura-t-il.

— Te pardonner ? Te pardonner de quoi ?

De m'être comporté comme un sale égoïste. De n'avoir pas compris que mon plaisir s'accompagnait de ta douleur.

— Je t'ai fait mal, répondit-il, la voix rendue rauque par le dégoût qu'il éprouvait envers lui-même. Je suis désolé, Penny. Cela n'a jamais été mon intention.

— Me faire mal ? Oh !

Ses cils s'abaissèrent. Elle se mordit la lèvre.

— Ce n'était pas si terrible. Vraiment.

— Je ne veux pas que ce soit terrible du tout ! Tu le sais, n'est-ce pas ?

Il lui releva le menton, soulagé et attendri par l'amour et la confiance qu'il lisait dans ses yeux violets. Dieu merci, sa négligence n'avait pas entamé la foi de Penny en lui.

— Je te jure que cela ira mieux, promit-il avec humilité. Je ferai en sorte que cela soit mieux pour toi.

Elle lui sourit, et il se demanda comment elle pouvait le faire alors qu'il s'était montré si brutal, si absorbé par son propre désir qu'il n'avait pas senti qu'elle devait avoir mal. En vérité, il avait cru qu'elle avait pris autant de plaisir que lui à leurs ébats, avec ses petits gémissements, la douce morsure de ses ongles contre son dos...

Elle l'étonna en se dressant sur la pointe des pieds, passant ses bras autour de son cou pour lui murmurer à l'oreille :

— Il n'y a pas de meilleur moment que le présent, mon chéri. Il nous reste encore beaucoup de temps avant le petit déjeuner.

———

Le souvenir s'estompa, mais cette fois, il ne laissa pas dans son sillage une gratitude bouleversante, mais une amertume qui refusait de se dissiper. La bile lui resta en travers de la gorge ; il agrippa les bras du fauteuil.

Je t'adorais, je pensais que tu étais mon âme sœur. Maudite sois-tu pour m'avoir dupé. Pour avoir fait de moi le plus grand imbécile du monde.

— Que t'arrive-t-il, Blackwood ?

Les mots de Carlisle vinrent briser sa colère silencieuse. Il aspira de l'air dans ses poumons.

— Rien.

— On dirait que tu as avalé du verre.

— Je suis fatigué. Le trajet a été long, répondit-il sèchement.

— Trajet que tu as fait à dos de cheval, sans valet ni effets personnels. Sans protection non plus, en dépit du risque que des bandits de grand chemin rôdent dans les parages.

Peut-être Marcus aurait-il dû se rendre dans un endroit plus accueillant. Il aurait pu aller au diable, par exemple.

— Je ne t'ai jamais connu indiscret, répliqua-t-il, la mâchoire crispée.

— Je ne t'ai jamais vu arriver à l'improviste sur le pas de ma porte avec l'air aussi misérable.

— Merci pour ton hospitalité, répliqua Marcus en se levant de son fauteuil. Je m'en vais...

— Ne fais pas l'imbécile ! Assieds-toi. Si tu ne veux pas parler, très bien.

— Très bien.

Marcus se rassit dans le fauteuil, fixant les flammes d'un air maussade. Au bout d'un moment, son hôte prit la parole :

— Comment va la charmante lady Blackwood ?

— Que le diable t'emporte, Carlisle.

— Il le fera sans doute, répondit le vicomte en levant un sourcil curieux.

Les coudes posés sur les genoux, Marcus se passa les mains dans les cheveux, les empoigna et tira dessus. Soudain, son cerveau saturé d'alcool et privé de sommeil ne parvint plus à tout contenir.

— Je l'ai quittée, annonça-t-il.

— Ah ! s'exclama Carlisle, qui n'avait pourtant pas l'air vraiment surpris. Une raison particulière ?

C'était une maudite espionne. Elle a couché avec trois hommes, à ma connaissance. Elle m'a menti... à propos de tout... Bon sang ! Notre mariage n'était-il qu'une simple couverture ? Un moyen pour elle de se cacher de son passé ?

Son esprit tournait en rond, son ventre se tordait face à toutes les hypothèses, toutes plus horribles les unes que les autres.

— Notre relation est basée sur un mensonge, avoua-t-il franchement.

— C'est typique du mariage. La fidélité, « jusqu'à ce que la mort nous sépare », les promesses d'obéir..., constata son ami avec son habituel cynisme. Rien que des vœux faits pour être rompus.

Âgé d'une trentaine d'années, Carlisle restait un célibataire endurci.

— C'est pire que ça.

À travers le brouillard de colère et d'alcool, Marcus se rendait compte malgré tout qu'il ne pouvait pas révéler la vérité sur le passé de Pandora. Il ne pouvait pas la trahir, *elle*... C'était tout de même un peu fort! Se sentir encore protecteur à son égard ne faisait qu'exacerber sa colère.

— Je n'entrerai pas dans les détails, mais elle m'a épousé sous de fallacieux prétextes. Et tout ce qui s'est passé ensuite... nos vies, notre maison, nos *enfants*...

Sa voix s'enroua lorsqu'il pensa à ses fils. Mon Dieu! Comment allaient-ils être affectés par tout cela?

— Tout cela s'est construit sur la base d'un mensonge.

— Le fruit de l'arbre empoisonné?

Il approuva d'un signe de tête. Se saisissant de la bouteille que Carlisle lui tendait en silence, il remplit à nouveau son verre et le but d'une traite. Il entrevoyait le chaos, la dévastation sous les vagues de rage, et il... il ne pouvait pas s'aventurer sur cette voie. Il ne pouvait pas envisager la réalité que son mariage, que sa vie entière telle qu'il la connaissait ne soit rien de plus qu'un mensonge. Un mirage si merveilleux que la pensée de le perdre le plongeait dans une profonde souffrance.

Mais il ne pouvait pas le perdre, n'est-ce pas? Parce qu'il ne l'avait jamais eu, pour commencer. Il avala le liquide dont la brûlure n'était rien en comparaison de son brasier intérieur.

— Que vas-tu faire? s'enquit Carlisle.

En guise de réponse, Marcus versa davantage d'alcool dans son verre.

— As-tu l'intention d'intenter une action en justice? l'interrogea son ami.

La mâchoire de Marcus se crispa. Pendant le voyage jusqu'ici, des pensées folles lui avaient traversé l'esprit, y compris les recours juridiques qu'il était en droit d'intenter. Comme Pandora l'avait épousé sous des prétextes frauduleux, il pouvait demander l'annulation du mariage... mais toute progéniture issue d'un mariage annulé deviendrait illégitime. Ses fils perdraient leur statut et leur héritage. En aucun cas il ne pourrait leur faire une telle chose.

Il ne restait plus que le divorce. Cette possibilité n'était que légèrement meilleure. Le scandale qui s'ensuivrait entacherait toute sa famille pour toujours, y compris les garçons.

Dans le meilleur des cas, ils feraient tous l'objet de commérages, ils deviendraient la risée de tous. Dans le pire des cas, les membres de la famille deviendraient des parias. Et pour quoi? Pour qu'il puisse se venger? Pour la punir? La vérité lui martelait les tempes : il n'y avait *pas* de remède à ce que Pandora lui avait fait.

Elle lui avait arraché le cœur, avait écartelé son âme.

— Je ne sais pas ce que je vais faire, avoua-t-il avant de terminer son verre d'alcool.

— De mon point de vue, tu as deux possibilités. Soit tu mets fin à ton mariage, soit tu apprends à vivre avec, dit Carlisle, marquant une pause en inclinant la tête. T'a-t-elle dit pourquoi elle l'a fait?

— Pourquoi elle a fait quoi?

— Pourquoi elle t'a menti.

— Je ne lui ai pas demandé, s'emporta-t-il. C'était bien assez qu'elle l'ait fait... *pendant douze maudites années*!

Carlisle haussa les sourcils.

— Dont acte. Cependant, d'après mon expérience, être en possession de tous les faits facilite la prise de décision. C'est toi qui vois, bien sûr. Tu peux rester ici aussi longtemps que tu le souhaites à ruminer sur ces questions.

Marcus se contenta d'un geste du menton en guise de remerciement morose.

— Je viens de me rappeler. J'ai un jeu de cartes qui traîne quelque part. Que dirais-tu de jouer?

— Formidable.

Tout était préférable à la poursuite de cette conversation.

Pendant que Carlisle se mettait en quête de l'insaisissable jeu de cartes, Marcus se massa les tempes, espérant que le martèlement cesserait. D'une manière ou d'une autre, il allait devoir trouver un moyen de bloquer ses émotions, sa rage en particulier, afin de pouvoir songer clairement à l'avenir. Il se rendit compte que jamais auparavant dans sa vie il n'avait éprouvé de difficultés à prendre des décisions calmes et rationnelles. Pendant la guerre, il avait la réputation de garder la tête froide et d'avoir de la glace dans les veines dans les situations les plus catastrophiques.

Par deux fois, il s'était même retrouvé dans la ligne de mire de la Mort. À Toulouse, lors de la prise et de la sécurisation d'un terrain ennemi critique, une balle de tireur d'élite lui avait transpercé l'épaule gauche. Si l'ennemi avait visé juste, il aurait péri. De même, près de Quatre Bras, mais cette fois-ci, le tir était passé juste à côté de son oreille.

Les deux fois, il avait été à deux doigts de perdre la vie... et quand ces moments étaient passés et qu'il avait constaté qu'il respirait encore, il s'était relevé et avait poursuivi le combat. C'était ce qu'il faisait... qui il était.

Jamais auparavant il n'avait perdu cette volonté de continuer. D'affronter la réalité et de faire ce qui devait être fait. L'angoisse se mêlait à la douleur. *Maudite sois-tu, Penny. Maudite sois-tu pour ça aussi.*

Carlisle tira son fauteuil et posa un jeu usé sur la table d'appoint.

— Tu veux distribuer, ou je le fais ? s'enquit l'Écossais.

— Peu importe, répondit Marcus d'un ton maussade.

Grâce à la perfidie de sa femme, plus rien n'avait d'importance. Plus maintenant.

SIX

— Papa est rentré !

Au cri de joie de son plus jeune fils, Owen, des papillons envahirent le ventre de Pandora. Elle s'efforça de sourire.

— Oui, mon chéri. Maintenant, viens ici et laisse-moi arranger tes cheveux. Tu ne voudrais pas que papa te voie avec l'air tout droit sorti d'un combat de lutte, n'est-ce pas ?

Son fils de cinq ans, qui ne tenait pas en place, se tortilla pendant qu'elle tentait de lisser sa touffe de boucles d'ébène sauvages. Il ressemblait à sa mère, dans son apparence et dans ses manières.

— Ethan s'est battu aussi, souligna Owen.

— Oui, mais j'ai gagné ! déclara Ethan d'un ton hautain.

Leur second enfant avait ses yeux, et les cheveux brun doré de Marcus.

— Et je n'ai même pas été décoiffé.

— Tu n'as pas gagné ! Je n'ai arrêté le combat que parce que j'ai entendu la calèche de papa...

— Silence, vous deux.

L'ordre impérieux venait de leur fils aîné, James. À onze ans,

Jamie affichait la mine sérieuse de son père et une carrure de grand gaillard qui serait un jour aussi musclée que celle de Marcus.

— Papa a été absent pendant quinze jours pour une affaire importante. Il ne voudra pas être accueilli dans une ambiance de chaos sur le front intérieur, prévint-il ses frères.

La honte et la gratitude nouèrent la gorge de Pandora lorsqu'elle songea à la lettre que Marcus avait adressée aux garçons. En bon père de famille, il leur avait écrit en expliquant qu'il avait été appelé pour une affaire urgente, afin qu'ils ne soient pas inquiets. Ainsi, ils ne sauraient pas la vérité sur ce qui était arrivé à leurs parents : le fossé que les mensonges de la jeune femme avaient creusé.

Maintenant qu'il était à la maison, elle ne savait pas à quoi s'attendre. Elle ignorait si le temps passé loin l'un de l'autre serait son ennemi ou son allié. Tout ce qu'elle savait, c'est que ces deux semaines de séparation, la plus longue de leur mariage, avaient été un véritable enfer pour elle.

Elle n'avait pu ni manger ni dormir. Pendant des années, elle n'avait pas fait le moindre cauchemar ; le bonheur et la sécurité de s'endormir tous les soirs dans les bras de Marcus avaient fait disparaître l'ancienne terreur, mais elle était de retour. Trois fois au cours des quinze derniers jours, elle s'était réveillée en train de haleter contre le gant de cuir, la pierre froide de la ruelle contre son dos, l'odeur des violettes écrasées se mêlant à celle du sang...

Pendant la journée, elle parvenait à repousser ses souvenirs dans la boîte verrouillée où était leur place. Elle s'efforçait de faire bonne figure pour le bien des enfants ; en son for intérieur, elle était creuse, vidée par une abondance de larmes dont elle ne se serait pas crue capable et par la terreur accablante d'avoir tout détruit. Elle ne comprenait toujours pas pourquoi la vérité lui avait échappé comme le pus s'écoulant d'un furoncle... Frissonnant, elle s'estimait chanceuse que le pire n'ait pas été révélé.

Une honte insoutenable l'envahit. Seules trois autres personnes connaissaient son secret le plus sombre et le plus abject. L'une d'entre elles était sa chère confidente, Flora. La deuxième était Octave, qui lui avait donné les moyens de mettre fin à son impuissance. La troisième était morte, et, espérait-elle, brûlerait pour l'éternité en enfer.

Cette partie de ton passé est révolue. Concentre-toi sur l'avenir. Sur la façon d'arranger les choses avec Marcus.

Comme tout bon espion, elle savait quand le jeu était terminé, et qu'il n'y avait plus d'endroit où se cacher. Elle devait dire la vérité à son mari, tout entière, à l'exception de ce qui l'amènerait à la mépriser davantage. Elle implorerait son pardon ; s'il pouvait lui accorder une autre chance, elle s'amenderait de toutes les manières qu'il autoriserait. Elle n'avait pas d'excuses pour ses duperies. Elle ne pouvait qu'expliquer que tout ce qu'elle avait fait, c'était parce qu'elle était tombée amoureuse de lui, parce qu'elle avait su qu'un gentleman comme lui ne pourrait jamais aimer une femme comme elle en retour.

Oui, elle pouvait donner à Marcus une grande partie de la vérité. Dans le meilleur des cas, il saurait être capable de lui pardonner ses origines modestes, d'être une espionne, peut-être même de l'avoir trompé sur son expérience sexuelle. Mais s'il découvrait à quel point elle était souillée...

La peur et le dégoût d'elle-même l'envahirent. Non, il ne devait *jamais* l'apprendre. Dans le cas contraire, l'amour qu'il éprouvait pour elle s'éteindrait sûrement pour de bon, et elle ne pourrait pas vivre avec cette conséquence.

Lorsque ses pas familiers et précis retentirent dans le couloir, un sentiment d'impatience s'empara d'elle. Prise de panique, elle regretta de n'avoir pas davantage pris soin de sa toilette ce matin-là. Elle était consciente d'avoir l'air hagarde après une nouvelle nuit agitée. Si elle avait su qu'il reviendrait ce jour-là, elle aurait appliqué un subtil maquillage pour masquer les cernes sous ses yeux, les creux sous ses pommettes. Elle aurait aimé porter sa plus belle robe du matin, en soie lavande avec la dentelle et les minus-cules perles brodées sur le corsage...

Comme si du maquillage et une robe pouvaient te sortir de ce désastre. Ne sois pas stupide. Concentre-toi.

La porte du salon s'ouvrit et Marcus entra. La poitrine de Pandora se serra à la vue de son bien-aimé. Contrairement à sa propre apparence, celle de son mari ne semblait pas avoir été affectée par les quinze jours de séparation. Il était aussi beau et austère qu'à l'accoutumée. Sa veste marine et son pantalon gris épousaient ses formes viriles comme une seconde peau. Ses cheveux couleur bronze brillaient en vagues épaisses et ordonnées.

— Papa!

Leurs trois fils se précipitèrent sur lui pour l'accueillir, tels des chiots enthousiastes. Marcus leur ébouriffa la tête à tour de rôle, les saluant avec une affection toute paternelle.

— Bonjour, les garçons. Qu'avez-vous fait au cours des quinze derniers jours?

— J'ai travaillé les mathématiques, dit Jamie d'un ton sérieux, et M. Johnson dit que je fais de très bons progrès avec les fractions.

— Excellent, dit Marcus.

Jamie rayonnait. Pour ne pas être en reste, Ethan dit :

— J'ai mémorisé tous les rois et reines d'Angleterre!

— Tu as une mémoire d'éléphant, n'est-ce pas, mon fils? approuva Marcus.

Ethan lui sourit. Puis, s'accroupissant pour se mettre au niveau des yeux de leur plus jeune fils, il s'enquit :

— Et toi, Owen? Qu'as-tu accompli?

Owen se mordit la lèvre, les sourcils froncés.

— J'ai grandi... d'au moins trois centimètres!

Ethan ricana.

— Ce n'est pas un exploit.

— Bien sûr que si!

— Non. Tu n'as rien à faire pour grandir... ça arrive, c'est tout.

Le visage chérubin d'Owen rougit.

— Je vais devenir plus grand que *toi*. Ensuite, je te battrai à la lutte et...

— Les garçons.

Se ressaisissant, Pandora se dirigea vers eux.

— N'accablez pas votre papa alors qu'il vient à peine d'arriver à la maison, dit-elle doucement.

Marcus se releva, son regard se posant sur celui de Pandora. Un étau enserra le cœur de cette dernière. La chaleur avec laquelle il avait salué leurs enfants avait disparu. Les yeux qui rencontrèrent les siens étaient froids et fermés.

— Marcus, murmura-t-elle.

— My lady.

Sa réponse, froide et formelle, lui donna la chair de poule. À la maison, il l'appelait toujours Pandora ou Penny, le surnom qu'il lui avait donné. Par le passé, il la saluait avec un baiser, une caresse, un geste pour lui montrer qu'elle lui avait manqué. Ce jour-là, il ne fit... rien.

À quoi t'attendais-tu ? Un accueil chaleureux ? Trouve un moyen de réparer ça !

Pensant aux enfants, elle afficha un sourire sur ses lèvres.

— Les garçons, il est temps de commencer vos leçons. Vous pourrez aller voir papa au déjeuner.

— Mais, *maman* ! protestèrent les garçons en chœur.

Au moins, les trois étaient d'accord sur quelque chose.

— Allez-y, maintenant, leur dit Marcus. Je dois parler à votre mère. Je vous verrai tous plus tard.

À contrecœur, les enfants sortirent à pas lourds, les laissant seuls.

— Nous devons discuter, commença-t-elle.

— Mon bureau, dit sèchement son mari.

Il tourna les talons, son dos semblable à un mur devant elle tandis qu'il ouvrait la marche. Elle le suivit, son cœur battant la mesure de ses pas. Elle fit une prière emplie de désespoir.

Mon Dieu, si vous m'entendez, je vous en prie, faites que Marcus me pardonne. Je sais que je ne suis pas assez bien pour lui, mais je jure de changer, de tourner la page, de faire tout ce qu'il faudra pour le reconquérir.

———

Marcus ferma la porte, s'enfermant avec sa femme dans la pièce aux lambris sombres. Il avait choisi son bureau en raison de l'intimité qu'il offrait et parce qu'il y menait ses activités professionnelles. Au cours des quinze derniers jours, alors que sa colère s'était quelque peu apaisée, il était parvenu à la triste conclusion qu'il s'était montré beaucoup trop crédule, trop tendre et confiant à l'égard de son mariage. Il avait été tellement épris de Pandora qu'il l'avait laissée le piétiner. Désormais, il devait aborder sa relation avec sa femme comme il abordait les autres aspects de sa vie : avec sang-froid et une autorité inébranlable.

Il ne se laisserait pas aveugler par l'amour. Plus maintenant.

Aujourd'hui, il était confronté à la tâche déplaisante de déterminer la vérité afin de pouvoir prendre des décisions pour l'avenir.

Il se rendit à son bureau. Il s'appuya sur le devant, ses bottes solidement plantées dans le sol, et il baissa les yeux sur elle. Assise sur une chaise face au bureau, Pandora était toujours aussi belle et sensuelle, mais elle avait aussi l'air... fatiguée. Il y avait des taches sous ses yeux, ses pommettes étaient plus saillantes, comme si elle avait perdu du poids. Il s'arma de courage pour ne pas céder à l'inquiétude, à son expression suppliante.

— Marcus, tu as tout à fait le droit d'être en colère contre moi..., commença-t-elle.

— Oui, c'est vrai, répondit-il, faisant appel à toute sa volonté pour avoir l'air calme. Cependant, cela n'a pas d'importance. Le problème qui se pose à nous, c'est celui de l'avenir : celui de notre mariage et de nos enfants.

— Si tu peux me pardonner, je te promets de faire tout ce que je...

— Tu vas te taire et m'écouter.

Au ton de la voix de Marcus, les yeux indigo de Pandora s'écarquillèrent. Bien. Elle ne devait pas croire qu'elle pouvait le manipuler, comme elle l'avait apparemment fait pendant toute la durée de leur relation. Une fureur glaciale lui saisit le ventre. Il ne serait plus sa marionnette, le pion involontaire de ses jeux.

— J'ai des questions à poser, et tu vas y répondre. En fonction de tes réponses, je déciderai de notre avenir. D'ailleurs, si je décèle ne serait-ce qu'un soupçon de mensonge, j'entamerai une action en divorce, et peu importe si cela fait scandale. Me suis-je bien fait comprendre ?

Pandora déglutit, et ses joues pâlirent.

— Parfaitement.

— Bien. Commençons par ton nom. Ton vrai nom.

— C'est Pandora, dit-elle.

Au moins, elle n'avait pas menti à ce sujet.

— Mais Hudson n'est pas le nom avec lequel je suis née, ajouta-t-elle d'une voix sourde.

La colère monta, mais Marcus l'étouffa.

— Quel est ton véritable nom de famille ? s'enquit-il froidement.

Les cils de Pandora s'abaissèrent, s'agitant contre sa peau crémeuse.

— Je ne sais pas.

— Ne joue pas avec moi ! la prévint-il. Que veux-tu dire par là ?

— Je veux dire que j'ignore qui étaient mes parents, expliqua-t-elle, la respiration laborieuse en croisant son regard. Je suis née bâtarde. À l'orphelinat où j'ai été élevée, on m'a raconté que ma mère était une prostituée et que j'étais une conséquence malheureuse de sa profession. Elle m'y a abandonnée quand j'avais un mois ; je n'ai aucun souvenir d'elle. Apparemment, elle leur a dit qu'elle m'avait appelée Pandora car je lui apportais beaucoup d'ennuis.

Pandora marqua une pause avant de reprendre.

— C'est à l'orphelinat que l'on m'a donné le nom de Smith, parce que personne ne savait qui était mon père.

Marcus était en état de choc. Il s'était attendu à de nombreuses explications, mais pas à celle-ci. Il fixa sa femme du regard, elle qui incarnait l'image d'une lady à la mode, sans parvenir à l'associer au passé qu'elle venait de révéler. C'était une enfant illégitime… Elle avait été abandonnée dans un orphelinat ? Avant qu'il puisse se reprendre, elle poursuivit.

— À l'âge de dix ans, je gagnais ma vie en vendant des fleurs à Covent Garden. Non, ce n'est pas tout à fait vrai, corrigea-t-elle, pinçant les lèvres avant de préciser. Je vendais des fleurs, mais je gagnais surtout de l'argent en étant tire-laine[1].

Avec tout ce dont il avait été témoin en tant qu'officier, jamais Marcus n'aurait cru rester un jour sans voix. Pourtant, c'était le cas. Il était totalement incapable de parler.

— J'étais plutôt douée dans ce domaine. J'avais de petites mains et des réflexes rapides, dit-elle.

Ses lèvres se relevèrent, mais ce n'était pas un sourire. Elle reprit.

— Les vols me permettaient d'avoir le ventre plein et un toit pour la nuit. Ce n'était pas une vie des plus faciles, mais ce n'était pas la pire non plus. Ensuite, j'ai rencontré Octave.

Les mains de Marcus s'agrippèrent au rebord du bureau. Il n'était pas certain de vouloir entendre la suite. Il n'aimait pas ce tremblement qu'elle essayait de masquer dans sa voix ni les ombres qui s'accumulaient dans ses yeux.

— Il était maître-espion pour la Couronne. Il m'a vue par hasard à l'œuvre et, apparemment, je l'ai impressionné par mes compétences et ma capacité à survivre, dit-elle d'une voix légèrement hésitante. Il m'a offert un moyen de sortir du caniveau : une place dans son équipe.

— Tu avais *dix ans* ! commenta Marcus.

— Presque onze. Et assurément, dit-elle, le ton plat, j'étais bien plus maligne que les filles de mon âge.

— Qu'est-ce que ce brigand d'Octave pouvait bien vouloir à une fillette ?

— Au début, j'ai surtout observé et j'ai fait des courses. Mais Octave me préparait à de plus grandes choses. En tant que maître-

---

1. NdT : Pickpocket.

espion et célibataire, il ne pouvait pas veiller sur moi. Il m'a donc confiée à un couple, Harry et Flora Hudson.

Ses prétendus parents, les beaux-parents que Marcus n'avait jamais rencontrés. Ceux qui étaient apparemment morts et l'avaient laissée dans un pensionnat à l'étranger.

Prenant soin de garder un visage neutre, Marcus s'enquit :

— Les Hudson étaient-ils aussi des espions ?

Pandora acquiesça.

— Harry était un agent, et comme Flora était dévouée à son mari et refusait de le quitter, elle est devenue espionne à son tour. Leur naturel agréable et l'intérêt que Harry portait à l'archéologie constituaient une couverture parfaite pour leurs activités d'espionnage. J'ai voyagé avec eux, et ils m'ont formée, élevée comme si j'étais leur propre enfant. Je leur dois tout, murmura-t-elle, et il vit sa gorge couleur ivoire remuer. Harry a été tué peu après Waterloo. Un accident de calèche. Il s'était battu si fort pour la paix, et il n'a pas vécu assez longtemps pour en profiter. Après cela, Flora a perdu la volonté de continuer.

La poitrine de Marcus se serra en voyant les yeux embués de Pandora. Il ne pouvait nier qu'elle avait traversé beaucoup d'épreuves... tellement qu'il avait du mal à l'imaginer. Mais, dans le même temps, il était furieux qu'elle lui ait caché tout cela. Qu'elle ne lui ait pas fait confiance... Qu'elle ait trahi la confiance qu'il lui avait accordée sans réserve, comme le fichu imbécile qu'il était.

L'exaspérante vérité, c'était qu'il était faible quand il s'agissait de Pandora. Même maintenant, alors qu'elle lui exposait ces faits honteux, les innombrables mensonges qu'elle lui avait racontés, il éprouvait l'inconcevable désir de la prendre dans ses bras. De lui dire que tout irait bien. De protéger cette vulnérabilité qu'il avait perçue chez elle dès le début.

Il refoula son instinct et s'approcha de la fenêtre, mettant de la distance entre eux. Le regard rivé sur le jardin d'automne, il tenta de s'imprégner de son calme. Cette sérénité était à mille lieues de sa propre agitation.

— Combien de temps as-tu été espionne ? lui demanda-t-il.

— Quand j'ai eu treize ans, Octave m'a jugée prête à partir en mission. Il m'a donné le nom de code Pompeia. J'ai travaillé pour lui jusqu'à ce que je te rencontre au bal des Pilkington, raconta-t-elle. Tu t'en souviens ?

Bien sûr qu'il s'en souvenait !

— As-tu orchestré cette rencontre ? demanda-t-il sèchement. Notre mariage faisait-il partie de ta nouvelle couverture ? Était-ce un moyen de sortir du métier d'espion ?

— *Non.* Marcus, dit-elle d'une voix tremblante, je te supplie de croire au moins ceci, à défaut du reste. Je suis tombée amoureuse de toi dès notre rencontre. J'ai abandonné l'espionnage *pour toi*. Tout ce que j'ai fait, c'est parce que je t'aimais follement, et que je savais que tu ne m'aimerais jamais en retour si j'étais Pandora Smith. Je devais faire de moi une meilleure femme pour toi...

— Alors tu m'as menti parce que tu m'aimes ? ironisa-t-il, ses yeux rivés sur ceux de Pandora. Tu as prétendu être une débutante, une *lady* pure et vierge, pour gagner mon cœur ?

Les yeux de sa femme brillèrent. Elle pinça ses lèvres tremblantes... mais elle ne nia pas.

Pour Marcus, c'était la vérité la plus douloureuse dans tout cela. Il aurait préféré qu'elle le poignarde ou qu'elle lui tire dessus. Car l'idée qu'un autre homme ait pu la toucher...

— Combien ? s'obligea-t-il à demander.

Le pouls de Pandora s'emballa dans sa gorge.

— Marcus...

— Combien ?

— Trois, murmura-t-elle. Ceux qui sont nommés dans la lettre.

Pierre Chenet. Jean-Philippe Martin. Vincent Barone.

Les noms, gravés au fer rouge dans son esprit, flamboyaient. Ses ordures avaient fait l'amour à son épouse, à la femme qu'il avait cru n'être qu'à lui. Ils avaient connu la douceur du baiser de Penny, le plaisir indicible d'être en elle...

Sa supplique traversa son tourbillon de souffrance.

— Nous n'avons pas fait l'amour. Ce n'était... qu'une seule fois, avec chacun d'eux. Il n'était pas question de plaisir, plutôt le contraire. À l'époque, je voyais cela comme une façon d'accomplir une mission. C'était la seule vie que je connaissais. Je ne croyais pas..., dit-elle d'une voix brisée. Je ne croyais pas mériter mieux.

Marcus ne voulait pas éprouver d'empathie pour elle. Il ne voulait pas être confronté au maelström d'émotions qui accompagnait la destruction de son monde tel qu'il le connaissait. Sa maîtrise de soi, tant vantée, était déjà poussée à sa limite.

— Ça suffit! lança-t-il. Je ne veux plus entendre un seul mot au sujet de ton passé sordide.

Pandora se mordit la lèvre, mais continua à parler.

— Comme je l'ai dit, le message que tu as reçu venait d'un ancien ennemi. Il est mort maintenant. Mon passé... mon passé peut mourir avec lui.

Elle vint le rejoindre et, abasourdi, il regarda sa femme élégante et raffinée s'agenouiller devant lui. Elle prit l'une de ses mains entre les siennes, son magnifique visage levé vers lui, les yeux brillants.

— Je sais qu'il est impardonnable que j'aie menti sur mon passé, mais depuis notre mariage, j'ai été une bonne et sincère épouse pour toi. Tout ce que je voulais, c'était te rendre heureux. Et nous l'avons été, n'est-ce pas? Si tu pouvais trouver dans ton cœur la possibilité de m'accorder une autre chance, je te rendrais encore plus heureux. Je ferai amende honorable, je ferai tout ce que tu voudras...

— Peux-tu changer le passé? lui demanda-t-il d'une voix rauque.

Des larmes s'échappèrent du coin des yeux de Pandora, roulant sur ses joues. *Je n'arrive pas à réfléchir. Je ne veux pas ressentir.* Il s'écarta, passant ses mains sur son visage.

— Il me faut du temps.

— Je t'en prie, Marcus...

— Ne me pousse pas, Pandora, l'avertit-il. Je vais réfléchir à notre avenir et décider de ce que nous ferons ensuite. En attendant, nous sauverons les apparences devant les enfants. En public, tu joueras ton rôle de mère et d'épouse, comme si de rien n'était. Et si tu fais un pas de travers, je divorcerai de toi, et au diable les conséquences. Tu m'as compris ?

— Oui, répondit Pandora d'une voix étouffée. Marcus, je t'aime...

— Ne me dis plus jamais ces mots ! s'exclama-t-il. Me suis-je bien fait comprendre ?

Elle tressaillit comme s'il l'avait frappée physiquement.

— Réponds-moi !

Bon sang ! Il se détestait d'être une ordure. Et il la détestait de le pousser à agir comme tel.

— Oui, murmura-t-elle. C'est très clair.

Furieux contre elle, contre lui-même, Marcus sortit de la pièce à grands pas.

Sept

1817

Penny avait toujours eu un caractère bien trempé. Octave l'avait mise en garde à ce sujet ; Harry et Flora lui avaient appris à le contrôler. Grâce à ces deux derniers, et à Flora en particulier, elle avait maîtrisé ses tendances impulsives et les avait utilisées à son avantage en tant qu'espionne. Par conséquent, en tant que Pompeia, ses marques de fabrique étaient l'audace et la témérité, même face à de grandes difficultés.

En tant qu'épouse, cependant, Penny découvrait que maîtriser sa colère était une tout autre affaire. Surtout quand on était mariée à un homme aussi têtu que son époux. Après avoir passé un fabuleux voyage de noces dans sa confortable propriété des Cotswolds, ils étaient revenus à Londres. Ce fut alors qu'elle se rendit compte que la lune de miel était terminée, au sens propre comme au sens figuré.

Marcus reprit sa routine. Bien qu'il lui rende visite dans son lit tous les soirs et qu'ils prennent le petit déjeuner ensemble, il était absent pour ses affaires pendant la journée, puis se rendait à son club après cela. De temps à autre, il l'accompagnait lors d'événements mondains. En dehors de cela, elle se retrouvait seule...

souvent. Elle savait qu'elle avait besoin de sa propre routine, mais elle avait du mal à en trouver une qui ne la rende pas folle d'ennui ou d'irritation. Au bout de deux semaines, elle était prête à exploser.

Après une vie de pauvreté et de danger, on aurait pu penser qu'avoir du temps libre et trop d'argent à dépenser constituerait un changement bienvenu. Ce n'était pas le cas. Elle aurait préféré être poursuivie par des agents ennemis dans les rues du Marais plutôt que d'endurer une autre rencontre avec des mégères hypocrites qui lui souriaient poliment et parlaient ensuite dans son dos avec leur langue fourchue. Pourtant, la torture sociale et les visites répétées chez la couturière semblaient être les pierres angulaires de l'existence d'une femme distinguée. Puisque Penny était déterminée à être une marquise digne de Marcus, ce serait donc sa vie.

Inutile de dire que cela ne la mettait pas de bonne humeur.

Assise sur le banc de sa coiffeuse, elle se tourna vers son mari. Debout dans l'embrasure de sa penderie, il était d'une perfection austère avec sa robe de chambre en soie noire, ses cheveux encore mouillés et bouclés après son bain. Même habillé de manière décontractée, il était beau et digne... mais cela ne rendait pas sa demande, ou, plus exactement, son *exigence*, plus raisonnable.

— Je te l'ai déjà dit, répliqua-t-elle. Je ne dînerai plus jamais avec ta mère.

— Bien sûr que si. Nous ne pouvons pas l'éviter éternellement, ma chérie.

— *Tu* n'as pas à l'éviter. Tu peux y aller, affirma Penny en croisant les bras. Et tu peux me trouver des excuses : dis-lui que j'ai une migraine, ou bien que j'ai attrapé la peste.

Les lèvres de Marcus se relevèrent légèrement, mais il ne céda pas.

— Je ne mentirai pas pour toi.

— Très bien. Alors, dis-lui la vérité, proposa Penny en se levant, sa robe de chambre en satin primevère tourbillonnant autour d'elle. Dis-lui que je ne *veux pas* assister à son dîner, parce qu'elle est condescendante et impolie. Elle ne cache pas qu'elle ne m'apprécie pas, Marcus, ni qu'elle aurait voulu que tu épouses quelqu'un d'autre. Si je dois encore entendre un mot sur la parfaite Mlle Pilkington, je jure devant Dieu que je vais hurler.

— Tu réagis de manière excessive, dit-il, et ce n'était absolument *pas* la chose à dire à Pandora. Maman est simplement surprise de notre mariage, et elle en a le droit. Cela s'est fait avec une certaine précipitation.

— Se marier à la hâte, se repentir à loisir? demanda-t-elle avec amertume. Je suis convaincue que ta mère aimerait que tu te repentes. J'ai entendu dire que Cora Pilkington était toujours libre.

— Inutile de te montrer désobligeante. Maman finira par accepter notre mariage avec le temps. Quant à Mlle Pilkington, elle n'a rien à voir avec tout cela.

— Elle a beaucoup à voir avec ça, répondit Penny avec fougue. Elle mène une maudite campagne contre moi.

— Une campagne? Comment cela?

Le fait que Marcus semble perplexe fit dangereusement monter sa température d'un cran.

— Je veux dire qu'elle se sert de son influence contre moi. Elle m'empêche d'entrer dans certains cercles.

— S'est-elle montrée impolie avec toi? s'enquit-il, l'air renfrogné.

— Pas directement, avoua-t-elle, agitant une main en signe de frustration. Ce n'est pas ainsi que les gens de son espèce agissent.

Penny commençait à comprendre que la bonne société avait sa propre version de l'espionnage. Les débutantes maniaient les mots comme des aiguilles, se servaient des commérages et des insinuations pour distiller leur poison, et se cachaient derrière des boucliers brillants de vertu et de politesse. Pour Penny, le monde de la bonne société était tout aussi perfide que celui dans lequel elle avait vécu auparavant, et Cora Pilkington, la blonde et timide mégère, était la pire de toutes.

— Et comment, précisément, agissent les gens de son *espèce*? s'enquit son époux.

Cela frustrait Penny au plus haut point de devoir expliquer des faits aussi évidents à son lord de mari.

— Cora Pilkington chuchote des choses à ses amies à l'abri de son éventail quand je suis dans les parages. Ses compliments sont plus faux que ses cils. Et elle... elle a l'air *suffisant*.

— Si le fait d'avoir l'air suffisant était un crime, toute la bonne société serait derrière les barreaux. As-tu des preuves réelles du complot de Mlle Pilkington contre toi ?

Furieuse d'entendre son ton raisonnable, Penny lui dit :

— Tu veux un exemple ? Très bien. Lors du déjeuner de lady Ippleby la semaine dernière, je me trouvais avec Mlle Pilkington et ses amies lorsqu'une araignée est passée à côté d'elles, et elle a poussé un cri. Comme elle semblait prête à s'évanouir, j'ai piétiné cette satanée chose.

— Et ?

— Elle m'a remerciée, dit Penny d'un ton sombre.

— Ah ! Il est clair qu'elle a une dent contre toi.

— Ne te moque pas de moi ! C'était sa manière de me remercier qui montrait son vrai caractère, affirma Penny.

La colère réchauffa la poitrine de Penny au souvenir du ton narquois et voilé de Cora, qu'elle imitait à présent. « *Vous êtes si robuste, Lady Blackwood, comparée à nous autres, fragiles fleurs. Je vous assure que je m'évanouirais si les restes de cette affreuse créature s'accrochaient à la semelle de ma chaussure.* »

Suivant l'exemple de Cora, les autres femmes avaient frissonné et reculé d'un pas devant Penny, comme si elle avait attrapé une terrible maladie.

— C'est tout ? répliqua Marcus d'un air exaspéré. Peut-être qu'effrayée par les araignées, Mlle Pilkington ne fait qu'admirer ton absence de dégoût. Quoi qu'il en soit, je suis sûr qu'elle n'avait pas l'intention de t'offenser. D'ailleurs, la dernière fois que je l'ai vue, elle n'avait que des paroles gentilles à ton égard.

Bon sang ! Comment pouvait-il être aussi obtus ? Comment le brillant lieutenant-colonel Harrington, héros du champ de bataille, pouvait-il être aussi *idiot* quand il était question des femmes? Certes, cela avait déjà joué en la faveur de Pandora par le passé... mais quand même!

— Cela n'a rien d'étonnant qu'elle *te* dise cela. Elle veut te faire croire qu'elle est vertueuse. Pendant ce temps, elle agit comme un serpent tapi dans l'herbe, attendant de se glisser dans ton lit, s'indigna Penny.

— C'est à la fois ridicule et offensant, répondit Marcus, les traits tendus par le dégoût. De plus, tu t'éloignes considérablement du sujet. Nous évoquions ta présence souhaitée au dîner de ma mère, qui n'a rien à voir avec Mlle Pilkington. Il s'agit pour toi de faire ton devoir en tant que mon épouse... en tant que marquise de Blackwood.

— Ne me fais *pas* la leçon à propos de mon devoir.

— N'agis pas comme une enfant gâtée, et je n'aurais pas à le faire.

Devant sa tranquille supériorité, elle s'irrita.

— Si j'agis comme une *enfant*, c'est parce que tu m'as assignée à ce rôle!

— Bon sang! Mais qu'est-ce que cela peut bien vouloir dire?

— Ça veut dire, Marcus, que quand tu pars baguenauder à tes réunions ou à ton club, tu me laisses ici, seule à la maison, sans rien à faire, remarqua-t-elle d'un ton acide.

— Tout d'abord, je ne baguenaude pas, je suis occupé à gérer mes affaires, répondit-il, la mâchoire crispée. Ensuite, tu as plein de choses à faire.

— Comme?

Il fronça les sourcils, son impatience désormais palpable.

— Diriger la maisonnée. Recevoir les visiteurs. Aller chez cette maudite couturière, que sais-je! Tout ce que les ladies font, quoi que ce soit!

— Pour ton information, je n'ai pas besoin de plus d'une heure dans ma journée pour voir l'intendante et le majordome et m'assurer du bon fonctionnement de la maisonnée. Et *j'ai fait* des emplettes!

Elle s'emporta et se dirigea vers ses trois énormes armoires, dont elle ouvrit les portes une à une, dévoilant des pans entiers de satin, de soie et de mousseline de soie.

— Je ne peux plus rien mettre là-dedans !

— Alors, achète une autre armoire ! gronda-t-il.

— Parfait ! Tu pourras donc déduire une heure de plus passée sur Bond Street, ce qui nous laisse..., dit-elle en se tapotant le menton avant de poursuivre. Ça nous laisse *dix heures* à occuper dans la journée ! Je répète : que suis-je censée faire de mon temps ?

— Bon sang de bonsoir ! Mais qu'est-ce qui te prend ? s'exclama Marcus qui posa les mains sur ses hanches minces, l'air enfin en colère. On croirait que tu n'as pas la moindre idée de comment être une lady.

Elle n'en avait effectivement aucune idée, mais elle ne pouvait pas le lui dire. Le nœud de frustration au creux de sa poitrine se serra.

— Je fais *de mon mieux.*

Pour toi, idiot ingrat !

— Si tu souhaites faire mieux, déclara-t-il d'un ton glacial, je suis sûr que maman serait tout à fait ravie de te présenter de nouvelles connaissances et...

— Je ne veux pas de l'aide de ta mère ! C'est *toi* que je veux, espèce d'imbécile à la cervelle de bacon ! explosa-t-elle.

Profondément irritée, elle se mit à faire les cent pas devant les armoires béantes, maintenant à grand-peine son accent distingué dans son agitation.

— Je ne veux pas rencontrer de nouvelles personnes qui feront des commérages dans mon dos. Qui disent que tu as épousé une femme d'une classe inférieure à la tienne, et qui attendent que je fasse une erreur, n'importe laquelle, pour se jeter dessus et me mettre en pièces autour d'un thé et de sandwichs. Qui sont toutes secrètement d'accord pour dire que je t'ai volé à la parfaite Mlle Pilkington, qui aurait fait une bien meilleure marquise et qui te regarde toujours avec des yeux de biche...

Des bras puissants l'attrapèrent à la taille, coupant court à sa tirade. Elle se débattit furieusement, mais en vain. Marcus serra Pandora contre son corps inébranlable.

— Penny. Regarde-moi.

La respiration haletante, elle lui jeta un regard noir… et, en dépit de son trouble, la chaleur de ses yeux bleu acier lui donna des frissons dans le ventre. Une impression de fondre qui lui descendait le long de la colonne vertébrale. Tout à coup, elle fut très consciente de la dureté des muscles qui l'entouraient, de son odeur et de sa chaleur.

— Je ne veux pas de Mlle Pilkington. C'est *toi* que je veux.

Soudain, Penny se rendit compte qu'elle avait l'air d'une harpie jalouse. Elle se sentit petite, stupide.

— Je le sais, marmonna-t-elle contre son torse.

— La raison pour laquelle je me suis absenté si souvent, c'était que je voulais te laisser le temps de t'installer dans ta nouvelle vie. D'aménager notre maison comme tu l'entends, sans être gênée par ton mari à tout instant. En te laissant te débrouiller seule, j'ai voulu faire preuve de prévenance.

Pandora leva les yeux. Il arborait un sourire contrit.

— D'ailleurs, tu n'es pas la seule à penser que j'ai une cervelle de bacon. Mon homme d'affaires semble plutôt exaspéré contre moi.

— Pourquoi?

— Parce que, mon amour, je n'arrive pas à me concentrer sur le moindre mot qui sort de sa bouche. Apparemment, je ne pense qu'à toi.

— Vraiment? souffla-t-elle.

— Vraiment.

Le regard de Marcus, chaleureux, devint bouillant. Ses grandes mains possessives parcoururent son dos avant d'attraper ses fesses et de l'attirer contre lui.

Une vague de désir déferla sur elle comme un miel chauffé par le soleil, alors qu'elle sentait la preuve turgescente de ses paroles. Son érection était énorme, s'appuyant sans retenue sur la douceur de son ventre. Le sexe de Penny palpita et devint moite. En un clin d'œil, sa colère se mua en désir.

Elle passa les bras autour du cou de Marcus et lui adressa un battement de cils coquin.

— Et à quoi pensez-vous exactement quand vous songez à moi, Lord Blackwood ?

— Je vais te montrer, répondit-il.

Oh, bon sang ! Elle adorait quand sa voix se faisait plus grave. Et plus encore quand il la souleva dans ses bras comme si elle ne pesait rien et la porta jusqu'à la chambre à coucher, la jetant sur le lit. Un genou sur le matelas, il se débarrassa rapidement de leurs robes de chambre, et, bien qu'elle ait eu plus d'un mois pour s'habituer à son audacieuse virilité, elle eut encore une fois le souffle coupé par cette glorieuse vision de lui.

Tout en lui était empreint d'une force et d'une beauté brutes. Ses épaules étaient larges et fortes, et le regard de Pandora s'arrêta un instant sur la cicatrice qu'il portait sur la partie supérieure de son bras gauche. C'était l'œuvre de la balle d'un tireur d'élite. Cela lui rappelait que Marcus était bien trop humain, qu'elle aurait pu le perdre avant même que leur histoire ait commencé, une idée qui faisait bouillonner son sang.

Refusant de s'attarder sur la peur, ses yeux suivirent les contours ciselés de son torse, parsemés de poils bronzés sur lesquels elle aimait frotter sa joue. La vérité, c'était qu'elle aimait le toucher partout : elle aimait l'ondulation de son dos musclé sous ses paumes, le frottement dur de son torse bombé contre ses courbes douces lorsqu'il lui faisait l'amour. En fait, elle avait de plus en plus de mal à maintenir les apparences d'une lady lorsqu'ils étaient au lit. La semaine précédente, il l'avait rendue si fébrile que, de leur propre chef, ses jambes s'étaient enroulées autour de ses hanches minces, mais cela n'avait pas semblé le déranger. Ses yeux s'étaient voilés, ses coups de reins se faisant de plus en plus forts, de plus en plus profonds, la satisfaisant si parfaitement...

Le désir bouillonnait dans son sang. Elle ne put s'empêcher d'étirer ses bras en murmurant :

— Viens à moi.

Il saisit ses bras tendus... et elle cligna des yeux lorsqu'elle les trouva coincés au-dessus de sa tête, la grande main de Marcus la retenant par les poignets.

— En temps voulu, répondit-il. Reste comme ça pour moi, mon amour.

Sa peau se hérissa de chair de poule devant son ordre posé et l'éclat passionné de ses yeux. Dans le passé, elle aurait rechigné à se retrouver sous le contrôle d'un homme, quel qu'il soit. Elle avait participé de son plein gré à l'acte sexuel à deux reprises avant Marcus; les deux fois, elle s'était placée au-dessus, poussant la séduction à son paroxysme sans en tirer aucun plaisir. Sa gorge se noua lorsque son autre expérience s'imposa à sa conscience. Cela avait été sa première fois, et elle n'avait absolument pas participé. Il n'y avait eu que de la force, de la douleur, et de l'humiliation.

Elle repoussa ce souvenir. Avec Marcus, les choses étaient différentes. Le sexe était une affaire d'amour, de confiance et de bien-être, des découvertes éblouissantes qui semblaient rafistoler son âme, guérir tous les endroits brisés, la laissant entière et brûlante de désir.

Son mari abaissa la tête, ses lèvres frôlèrent les siennes. Mais lorsqu'elle se redressa pour approfondir le baiser, il abandonna sa bouche pour se diriger vers sa mâchoire, son cou et ses clavicules. Ses poumons se contractèrent quand il lécha la peau entre ses seins généreux; quand les lèvres de son mari se refermèrent sur un mamelon palpitant, un gémissement s'échappa de la gorge de Pandora. Il l'avait récemment initiée à ce plaisir enivrant. Son dos se cambra sous la chaleur et les effets envoûtants de ses lèvres, qui déclenchèrent une pulsation identique entre ses jambes.

— J'aime tes seins, Penny, murmura-t-il avant de lécher l'autre pointe tendue, sur laquelle il souffla doucement. Ils sont si doux...

— Continue, alors, ronronna-t-elle.

Le rire rauque de Marcus réchauffa son mamelon.

— Si tu insistes.

Il poursuivit son exploration espiègle, déposant des baisers sur la cage thoracique et le ventre de sa femme. Elle s'agita, riant quand sa langue plongea dans son nombril. Mais lorsque sa langue poursuivit son voyage vers le bas, elle s'immobilisa. Il n'avait sûrement pas l'intention de l'embrasser... là? N'étant pas une demoiselle de bonne famille, elle s'estimait bien informée sur la variété des actes sexuels et avait donc entendu parler de la stimu-lation orale, mais, à sa connaissance, c'était une chose que les femmes faisaient aux hommes. Il ne lui était pas venu à l'esprit qu'un homme, et encore moins un gentleman comme Marcus, puisse vouloir mettre sa bouche sur le...

Le premier coup de langue brûlant lui arracha un gémisse-ment. Le deuxième lui fit cambrer le dos sur le lit.

— Oh, mon Dieu! Oh, *Marcus*...

Il releva la tête.

— Ça va, Penny?

— Oui, oui! haleta-t-elle.

— Tu es si douce... Ici, comme partout ailleurs, marmonna-t-il. Je ne me lasse pas de toi...

Hébétée, elle laissa retomber sa tête en arrière pendant que le plaisir, ou plutôt *Marcus*, la dévorait. Il n'éprouvait aucune honte, ses grandes mains retenant ses cuisses écartées tandis que sa langue s'enfonçait profondément, en quête de ses secrets les plus intimes. Des sons déchaînés lui échappaient pendant qu'il dévorait son sexe avec une faim passionnée, la rendant folle avec ses louanges. Il lui disait qu'il la trouvait délicieuse. Qu'elle était succulente et humide. Le plaisir monta en elle, comme une tempête repoussant les limites mêmes de son âme. Il la lécha vers le haut, jusqu'au sommet de son sexe, s'accrochant à sa perle qu'il suça avec ardeur. Des étoiles brillèrent juste avant qu'elle n'explose.

En morceaux scintillants. Brillants et fous d'extase. Une renaissance.

Emportée par les vagues tumultueuses de son orgasme, elle ressentit néanmoins une nouvelle secousse lorsqu'il la pénétra. Il était dur et épais, elle en eut le souffle coupé avant d'éprouver une joie pure. Et d'autres vagues de plaisir déferlèrent.

Au-dessus d'elle, son visage était assombri par la passion.

— Bon sang ! C'est si bon d'être en toi... Tu es si humide, si étroite, si belle...

Il bascula les hanches, frôlant son bourgeon sensible avec son membre dur comme l'acier.

— Si je devais mourir sur-le-champ, je mourrais en homme heureux.

— C'est encore meilleur de t'avoir en moi, gémit-elle. Tu es si gros et si dur... Je ne peux pas me lasser de toi.

Au moment où les mots lui échappèrent, elle se rendit compte de son erreur. Aucune lady n'aurait prononcé ce genre de paroles. C'était une chose de badiner avec son mari, et une autre d'exprimer des sentiments aussi directs et lascifs.

Le cœur battant la chamade, elle ouvrit la bouche pour essayer de revenir en arrière... mais les lèvres de Marcus s'emparèrent des siennes avec une force primitive. Il plongea sa langue dans sa bouche en une joute chaude et féroce qui reproduisait le balancement de ses hanches. Son rythme passa d'exigeant à sauvage. Perdue dans ce tourbillon, elle s'accrocha à lui, son bassin se soulevant pour prendre ce qu'il lui donnait, de plus en plus profondément, et lorsqu'il gémit son nom, frémissant, elle le sentit au bout d'elle-même, sa chaleur inondant son ventre. Puis la tempête se déchaîna à l'intérieur d'elle, et la félicité fulgurante devint presque insupportable.

Enfin, Marcus roula sur le dos, la blottissant contre son flanc. La joue appuyée contre son torse, Penny resta hébétée, écoutant le cœur de son mari qui battait aussi furieusement que le sien. Pendant de longs moments, seul le bruit de leur respiration irrégulière emplit la chambre. Puis l'esprit de Penny se remit en marche, et l'angoisse s'empara d'elle. *En ai-je trop dit ? L'ai-je choqué par mon comportement ? Soupçonne-t-il... ?*

Un rire grondant interrompit ses pensées qui s'emballaient. Relevant la tête, elle vit l'expression souriante de son mari.

— Qu'y a-t-il de si amusant ? s'enquit-elle.

Il glissa la main dans les cheveux sur sa tempe, puis il repoussa une longue mèche derrière son oreille. Sa caresse était intime, affectueuse, et, que Dieu lui vienne en aide, elle fondit davantage pour son mari.

— Nous, répondit-il. Je n'aurais jamais cru vouloir un mariage où l'on se chamaille, mais si l'on en croit la façon dont nous venons de conclure notre première querelle, je crois que nous devrions en avoir plus souvent.

— Nous n'avons pas besoin de nous battre pour faire l'amour, souligna-t-elle.

— C'est vrai. Mais tu dois reconnaître que c'était plutôt vigoureux, dit-il en remuant les sourcils, même pour nous.

Se mordant la lèvre, Penny se risqua à demander :

— N'était-ce pas... trop vigoureux ?

— Tu n'es pas sérieuse !

Elle ne savait pas comment répondre sans trahir ses véritables craintes. L'instant d'après, elle se retrouva sur le dos, prisonnière de la force de Marcus. Il scruta son visage.

— Pandora, ne vois-tu vraiment pas à quel point nous sommes bien ensemble ?

— Si. C'est juste que...

Je ne suis pas celle que tu crois. Je ne suis pas assez bien pour toi. Je vis dans la crainte constante que tu découvres la vérité et que tu me détestes... Elle déglutit et se contenta d'une partie de la vérité.

— Je ne sais pas si d'autres épouses, euh... s'emportent autant que moi.

— Sans doute pas.

Le ventre de Pandora se noua à ces mots.

— Voilà pourquoi j'ai pitié de leur mari, et je remercie Dieu dans mes prières de t'avoir amenée sur mon balcon ce soir-là, la rassura Marcus, et la tendresse dans ses yeux et dans ses mains qui encadraient son visage lui coupa le souffle. Dans notre lit, dans nos vies, je veux que nous soyons honnêtes l'un envers l'autre.

Toujours. Il n'y a pas d'autre règle que l'amour entre nous. Tu es spéciale, ma Penny porte-bonheur, et je te veux telle que tu es.

— Je ne te mérite pas, répondit-elle, la voix brisée.

Mais je t'aime trop pour te laisser partir.

— Même si je suis un imbécile à la cervelle de bacon ? s'enquit-il en souriant.

— Tu es le meilleur des maris, je t'adore, et nous ne nous disputerons plus jamais, affirma Pandora.

Marcus éclata de rire.

— Ne fais pas de promesses que tu ne peux pas tenir, mon amour. Pourquoi ne pas conclure un autre pacte ? Même si nous nous disputons, nous ne nous endormirons jamais fâchés l'un contre l'autre, et nous ne dormirons jamais séparément. Quelle que soit la gravité de la situation, nous réglerons nos différends avant d'aller nous coucher.

Elle adorait l'idée.

— Et une fois que nous y serons... au lit, je veux dire, nous nous réconcilierons ?

Le sourire de Marcus devint diabolique.

— Vigoureusement, mon amour. Tu peux compter là-dessus.

HUIT

Octobre 1829

Penny détacha son regard des flammes de l'âtre pour le reporter sur la lettre à moitié écrite sur le secrétaire devant elle. Les boucles tracées à l'encre se confondaient, et elle chassa ses larmes pour se concentrer sur les mots qu'elle adressait à son amie la plus proche et sa confidente. Une femme qu'elle n'avait pas vue depuis plus de douze ans, mais qui connaissait tous ses secrets, ses recoins sombres, et qui, en vérité, l'avait aidée à entrer dans la lumière.

Trempant sa plume dans l'encrier, elle se remit à écrire. Elle se servait du vieux code que Flora, devenue sœur Agatha, lui avait enseigné des années plus tôt. Pour les personnes extérieures, la lettre se présentait comme une correspondance polie concernant une œuvre de bienfaisance dont Pandora était mécène. Lorsqu'elle déchiffrerait le code, sœur Agatha lirait ces lignes :

... j'ai fait tout ce que je pouvais pour lui plaire. Ses plats préférés, une maison paisible, des excuses... rien ne marche. Le désespoir m'envahit et j'aimerais que tu sois là pour me dire quoi faire, mon amie la plus sage. Comment puis-je reconquérir le cœur de l'homme que j'aime ?

Une larme tomba sur le papier, créant une petite éclaboussure d'encre.

Soupirant, Penny termina et scella sa lettre, l'adressant à l'humble manoir du comté d'Oxfordshire où sœur Agatha ainsi que d'autres femmes pieuses accomplissaient leurs bonnes œuvres. Autrefois un couvent, le site avait perdu son titre officiel lorsque le roi Henri VIII avait interdit les communautés religieuses. Pourtant, la communauté de Saint-Margery avait continué à secourir discrètement les pauvres et les nécessiteux sous le couvert de la gestion d'une école ; l'endroit avait été affectueusement surnommé « l'abbaye » par les habitants. Aujourd'hui, grâce à des mesures successives d'allègement qui assouplissaient les règles de la pratique religieuse, les sœurs pouvaient désormais exercer leur foi et leur charité plus ouvertement.

Flora avait rejoint l'abbaye plus de dix ans auparavant. Après la mort de Harry, elle avait voulu en finir avec l'espionnage, activité à laquelle elle n'avait participé que pour le bien de son mari. Elle souhaitait consacrer le reste de sa vie à des œuvres de bienfaisance et avait depuis un certain temps jeté son dévolu sur la communauté de Saint-Margery. Mais elle avait attendu que l'avenir de Pandora soit réglé avant d'annoncer qu'elle voulait mettre fin à son ancienne vie pour en commencer une nouvelle.

Pandora se souvenait encore de leur dernière séparation à Bruxelles. Elle avait serré les mains de son amie, regardé dans les yeux bruns et chauds qui lui avaient apporté réconfort et sagesse depuis qu'elle avait dix ans, et n'avait pu s'empêcher de supplier l'autre femme de changer d'avis.

— Mais, tu ne peux pas rejoindre une communauté religieuse ! Tu dois venir à Londres avec moi, Flora. Tu pourrais jouer le rôle de ma mère, ce que tu es en tout point, sauf par le sang. Tu pourrais me chaperonner, m'aider à gagner le cœur de Marcus...

— Ma chérie, tu n'as pas besoin de mon aide pour cela.

Flora lui avait serré les mains en retour, puis elle s'était dégagée, s'avançant vers la fenêtre qui donnait sur le petit jardin devant l'appartement. Le soleil avait brillé sur ses beaux traits usés par le temps.

— Si ce lieutenant-colonel Harrington est la moitié de l'homme que tu dis qu'il est, il sera totalement épris de toi au premier coup d'œil. Il aura le bon sens de t'arracher au marché du mariage avant qu'un autre gentleman n'en ait l'occasion.

Pandora avait rougi.

— J'aimerais avoir ta confiance. Mais j'ignore comment être une lady, ce que je vais devoir devenir pour séduire un gentleman comme Marcus. Tu viens de la bonne société, Flora. Tu pourrais m'aider, être avec moi…, avait-elle insisté, le cœur serré à l'idée de perdre sa seule amie. J'ai besoin de toi.

— Ce dont tu as besoin, ma chérie, c'est d'un mari. Et comme tu as déjà rencontré l'homme de tes rêves, bien qu'il ne le sache pas, avait ajouté Flora avec une étincelle malicieuse dans le regard, tu auras bientôt l'épanouissement que tu mérites. Comme celui que j'ai connu avec Harry.

Voyant cette étincelle s'éteindre, étouffée par un chagrin que deux années n'avaient pas émoussé, Pandora lui avait dit d'une voix douce :

— Harry me manque aussi. Tous les jours.

— Je sais, ma chérie.

Flora avait posé la main sur le médaillon d'argent qui pendait entre les plis amidonnés de son corsage. Pandora savait qu'il contenait un portrait de Harry jeune, le visage sans rides et les yeux brillants d'une promesse d'avenir.

— Mais il est parti et je dois trouver un moyen de continuer. Et je ne peux pas… pas en tant que Flora Hudson, qui appartient entièrement à son Harry.

— Flora, avait murmuré Pandora.

Les yeux bruns de son amie s'étaient plongés dans les siens.

— Maintenant que je sais que tu seras installée, je peux laisser partir Flora. Elle accompagnera son mari le cœur libre, sachant que leur fille a trouvé l'amour qu'elle mérite tant. Et lorsque le monde croira que Flora Hudson a disparu, je serai libre de recommencer à zéro. De commencer une nouvelle vie, faite de paix et de contemplation, une vie où je pourrais secourir ceux qui sont dans le besoin.

J'ai besoin de toi, avait-elle pensé, mais elle n'avait rien dit, car elle aimait trop Flora pour vouloir autre chose que son bonheur.

Parvenant à parler sans que sa voix tremble, Pandora avait dit :

— Tu vas me manquer.

Flora l'avait enlacée.

— Tout comme tu vas me manquer, ma chère fille.

Au fil des années, elles étaient restées en contact par lettre, même si, par la force des choses, leurs échanges devaient rester discrets et peu fréquents. Pour le monde entier, Flora Hudson était morte. Seule Pandora savait que la flamme vive de Flora persistait en sœur Agatha, le phare de l'abbaye.

Elle tâcha d'imaginer ce que son amie lui aurait recommandé dans sa situation actuelle. Connaissant Agatha, celle-ci lui conseillerait probablement de faire preuve d'honnêteté, de se repentir de ses péchés, peut-être même de ramper... mais Penny avait fait beaucoup de ces trois choses au cours des quinze derniers jours, et son mari ne s'était pas adouci d'un iota à son égard. Soupirant, elle entreprit de terminer ses ablutions du soir lorsqu'elle entendit des pas dans le couloir. La cadence familière et précise fit s'emballer son cœur.

Marcus. Il était rentré à la maison.

Depuis qu'il avait décrété qu'elle lui laisserait le temps de décider de leur avenir, elle n'avait pas été seule avec lui. Ils étaient ensemble pendant le temps passé avec les enfants ; mais une fois les enfants partis pour leurs leçons, Marcus s'en allait aussi. Il revenait souper avec la famille et s'en allait de nouveau une fois les garçons couchés. Elle devinait qu'il passait du temps à son club... du moins, elle espérait que c'était là qu'il se rendait. Son ventre se noua à l'idée que Marcus puisse s'adonner à d'autres plaisirs nocturnes.

C'est un homme bon. Fidèle. Il ne rompra jamais ses vœux.

Par ailleurs, elle savait que c'était un homme au sang chaud et qu'il n'était pas venu dans son lit depuis plus d'un mois. Pendant toute la durée de leur mariage, cela ne s'était jamais produit. Même lorsqu'elle avait son flux menstruel, il dormait avec elle, la câlinant et la serrant contre lui. Et le fait qu'ils ne puissent pas faire l'amour comme à l'accoutumée pendant ces périodes ne les empêchait pas de se donner mutuellement du plaisir. Ses mamelons picotaient sous sa robe de chambre en flanelle tandis qu'elle se rappelait la dernière fois qu'elle avait réveillé Marcus avec un baiser, son grognement endormi lorsqu'elle avait pris son érection matinale profondément dans sa bouche...

Bon sang ! Il lui manquait tellement ! Et il était juste à côté.

Certes, il lui avait dit de rester à l'écart, de lui laisser de l'espace jusqu'à ce qu'il soit prêt... mais cela faisait déjà deux semaines, et il ne manifestait aucun signe de dégel à son égard. Peut-être avait-il besoin d'un coup de pouce, d'un rappel de l'amour qu'ils partageaient ? Si cette situation glaciale entre eux devait perdurer, il risquait de la mettre définitivement de côté... et alors, où irait-elle ?

Non, se dit-elle, se mordillant la lèvre. Elle devait étouffer dans l'œuf toutes choses avant qu'elles ne s'aggravent. Mais comment ? Quelle était la meilleure approche à adopter face à un mari qui était furieux, et qui avait toutes les raisons de l'être ?

Ce dont elle avait besoin, c'était... d'une excuse. Une raison d'aller le voir, et qui n'aurait pas l'air d'une violation délibérée des limites qu'il avait établies entre eux. Quelque chose qui ne l'énerverait pas davantage. Debout devant sa coiffeuse, elle passa en revue les différentes possibilités qui s'offraient à elle. Il lui avait demandé de continuer à jouer son rôle de mère et de marquise... elle prétendrait donc avoir besoin d'aide pour un problème domestique. Elle tambourina sur la surface lisse du meuble, ses flacons de parfum s'entrechoquant sur leur plateau d'argent. Un dilemme domestique que son pauvre petit cerveau de femme ne pouvait gérer sans son aide.

Le bal d'hiver annuel. Parfait.

Pourquoi n'y ai-je pas pensé plus tôt ?

Elle s'empressa de vérifier son apparence dans le miroir. Ses cheveux étaient encore en train de sécher après son bain, retombant en vagues lâches dans son dos, comme Marcus les aimait. Connaissant sa préférence pour la beauté naturelle, elle se pinça les joues pour leur donner de la couleur plutôt que d'appliquer du maquillage. Ses yeux brillaient déjà d'une impatience nerveuse, il n'était donc pas nécessaire de faire quoi que ce soit. Elle passa encore dix minutes à fouiller dans sa garde-robe avant de revêtir un peignoir et un déshabillé en satin ivoire. Bien que d'une couleur discrète, l'ensemble assorti présentait une coupe sophistiquée et était bordé d'une dentelle sensuelle, offrant un contraste spectaculaire avec son teint foncé.

Elle s'arrêta à la porte qui séparait leurs chambres à coucher. Compte tenu de l'état de leur relation, il lui semblait trop audacieux d'entrer par ici, et s'il avait verrouillé cette porte privée pour qu'elle n'entre pas, elle ne voulait pas faire cette douloureuse découverte maintenant. Soufflant, elle se dirigea vers l'entrée principale de la chambre de Marcus.

Elle trouva la porte légèrement entrouverte. Elle frappa doucement, et, comme elle n'obtenait pas de réponse, elle soupira, poussa la porte et entra. La chambre était vide.

— Marcus, l'appela-t-elle.

Pas de réponse. Était-il rentré à la maison pour repartir aussitôt ? L'avait-elle manqué parce qu'elle avait mis trop de temps à choisir sa maudite tenue ?

Ravalant sa déception, elle ne put se résoudre à partir. Pas tout de suite. La familiarité de sa chambre à coucher l'enveloppa comme une couverture. Elle aimait cette pièce, car elle avait consacré beaucoup d'efforts à la décorer, recherchant et trouvant exactement les bonnes pièces pour créer un refuge à la fois masculin et confortable pour son mari. Elle avait choisi un subtil damas gris pâle sur gris pour les murs, et un luxueux tapis d'Aubusson bleu marine pour le sol. Le beau mobilier en acajou satisfaisait la préférence de Marcus pour les lignes épurées et classiques.

Elle passa le bout de ses doigts sur le montant du lourd lit à baldaquin, et sur les draps de lin impeccables. Elle se pencha pour sentir son oreiller, les effluves de musc et de bois de santal se répandant sur son cœur meurtri... et ce fut à ce moment-là qu'elle entendit le bruit. Une petite éclaboussure.

En provenance de la salle de bains.

Il vaudrait mieux que tu y ailles. Laisse-le dans son intimité.

Ses pieds n'avaient pas l'intention de suivre les conseils de sa tête et la conduisirent vers la penderie. Elle passa devant des rangées ordonnées de vestes et de gilets, des étagères de chemises et de cravates que Gibson, le valet de Marcus, maintenait dans un ordre méticuleux. Elle s'approcha de la porte de la salle de bains, qui était partiellement fermée et d'où s'échappaient des volutes de vapeur parfumée aux agrumes. Le doux clapotis de l'eau l'attira. Elle jeta un coup d'œil par la porte entrouverte.

Marcus. Bon sang! Il était magnifique.

Il était allongé dans la grande baignoire en cuivre au centre de la pièce, qui était carrelée en noir et blanc; un feu crépitait dans l'âtre derrière lui. De là où elle se trouvait, elle voyait son profil, ses cheveux sombres et mouillés repoussés en arrière de son visage ciselé. Il avait les yeux fermés, la tête appuyée contre le rebord arrière de la baignoire, un bras musclé drapé le long du bord. Ses genoux écartés étaient visibles, et les muscles de son autre bras se contractaient et fléchissaient, comme si...

Oh, mon Dieu!

Le cœur de Penny s'emballa, en même temps qu'une chaleur intense inondait son sexe, et que ses mamelons se tendaient contre son déshabillé de satin. Parce qu'elle avait surpris son mari convenable en train de faire quelque chose d'inattendu.

D'inattendu et coquin, en fait.

Pensait-il à elle... ou à quelqu'un d'autre? Cette dernière pensée attisant le feu en elle, la possessivité se mêlant à l'excitation. Parce que Marcus était *à elle*... et que, s'il l'ignorait, elle devrait le lui prouver.

NEUF

— Chevauche-moi, mon amour, grogna-t-il.

Le dos appuyé contre la tête de lit et les mains agrippées aux douces fesses de sa femme, il la pressait de continuer, mais elle n'avait pas besoin de beaucoup d'encouragements. Bon sang! Il avait épousé une petite déesse passionnée. Elle remua les hanches, se plaquant contre lui, et la sensation de son fourreau serré happant son sexe jusqu'à la base faillit lui faire perdre ses moyens. Mais il tint bon; il voulait prolonger le plaisir, la joie de faire connaître à sa bien-aimée sa première bonne carambole[1].

Pendant les trois premiers mois de leur mariage, il avait tendrement fait l'amour à sa jeune épouse, ne voulant ni l'effrayer ni heurter sa sensibilité délicate. Il avait prévu de l'initier en douceur aux délices les plus aventureux du lit conjugal. Mais sa marquise se révélait être une élève enthousiaste, et chaque fois qu'il se retrouvait au lit avec elle, la passion entre eux s'enflammait de plus belle. Ce soir, il avait estimé qu'elle était prête à essayer une nouvelle position... qui deviendrait aussi nécessaire que plaisante au fil des mois à venir.

---

1. NdT : relation sexuelle.

Il posa une main possessive sur le léger renflement de son ventre. Cela se voyait à peine, mais l'idée qu'elle porte son enfant le remplissait d'un puissant mélange de tendresse et de désir. Il ignorait pourquoi, mais la vue de sa femme enceinte l'excitait terriblement.

Par chance, la grossesse semblait affecter Penny de la même manière.

— Marcus...

Son nom n'avait jamais aussi bien sonné qu'à cet instant. Sa voix était haletante alors qu'elle rebondissait sur son érection, ses cheveux formant un enchevêtrement sauvage et magnifique sur ses épaules.

— Oh ! Je suis si proche...

Il aurait dû lui demander de le chevaucher depuis des semaines ! Il fit glisser ses paumes le long de ses omoplates lisses, l'attirant plus près de son torse.

— Sois un amour, penche-toi en avant. Prends-moi comme ça.

Il vit et sentit le moment où ce nouvel angle fit son effet : des flammes jaillirent dans les magnifiques yeux de Penny, ses joues rougirent tandis qu'elle se laissait glisser sur son vit, ses lèvres formant un O silencieux tandis que son sexe étreignait sa verge comme un poing de velours. Le souffle court, il guida ses hanches, la poussant contre lui, frottant son petit bourgeon d'amour contre son sexe à chaque coup de reins.

— Marcus... je ne peux pas... c'est trop... *Oh, mon Dieu !*

Elle jouit, son sexe se contractant autour de lui, l'amenant au bord du gouffre.

———

Les yeux de Marcus s'ouvrirent brusquement.

Il prit conscience de plusieurs choses à la fois. Sa respiration était saccadée, et son membre palpitait dans l'étreinte humide de sa propre main. Il était à deux doigts de se répandre... mais quelque chose l'avait tiré de son fantasme.

Un bruit, un mouvement furtif.

Il retira sa main à la hâte et éclaboussa autour de lui en se redressant. Il avait demandé à Gibson, son valet de chambre, de lui accorder de l'intimité. Cet homme l'avait accompagné au cours de plusieurs guerres, et il suivait ses ordres aussi bien que n'importe quel soldat.

— C'est vous, Gibson? cria-t-il. Je n'ai pas encore fini. Revenez dans une demi-heure.

Pas de réponse. Avait-il imaginé le bruit?

Au bout d'une minute, Marcus se détendit et s'enfonça dans l'eau chaude et savonneuse. Distraitement, il caressa son vit encore rigide... mais il n'était plus d'humeur. La colère se mêlait maintenant à l'excitation, un mélange frustrant et puissant.

Pourquoi diable fantasmait-il sur Pandora? Après sa trahison, les mensonges qui avaient détruit tout ce qui lui était cher, il n'aurait pas dû vouloir avoir affaire à elle. Elle l'avait manipulé pendant toute la durée de leur mariage, et il ne savait sûrement pas tout. Mais il n'en avait pas non plus *envie*. Quel homme voudrait découvrir à quel point il avait été un idiot éperdu d'amour?

Dans le même temps, il ne pouvait se défaire de l'image d'elle à genoux, le suppliant de lui pardonner. Ce qu'elle lui avait raconté de son passé lui serrait la poitrine. S'il pouvait la croire, et le mot important était « si », alors la souffrance qu'elle avait connue... Il passa ses mains sur son visage luisant de vapeur, submergé par un sentiment protecteur qu'il n'arrivait pas à contrôler.

Il aurait voulu tuer cet immonde Octave pour avoir contraint Penny – une *orpheline* de dix ans, pour l'amour du ciel! – à devenir une fichue espionne. Elle n'avait peut-être pas employé le mot de contrainte, mais, aux yeux de Marcus, c'en était. Elle n'avait pas eu d'autre choix, en dehors de voler ou de mourir de faim, et il ne considérait pas cela comme de vrais choix. Octave avait profité d'elle, l'avait formée pour accomplir ses basses besognes. Marcus aurait voulu pouvoir arracher la gorge de cet homme pour avoir traité sa Penny de cette façon.

À l'époque, je voyais cela comme une façon d'accomplir une mission. Les paroles de sa femme résonnaient dans sa tête comme un écho obsédant. *C'était la seule vie que je connaissais. Je ne croyais pas mériter mieux.*

Sa fureur jaillit de nouveau, accompagnée d'une douleur qui le transperça aussi douloureusement que le scalpel d'un chirurgien. Et il savait de quoi il parlait, puisqu'on lui avait déjà retiré une balle de l'épaule. La seule chose qui avait rendu cette douleur supportable avait été de savoir que si l'assassin avait tiré quelques centimètres plus bas, il serait mort sur le coup.

Malgré tout, il préférerait recevoir une douzaine de balles plutôt que de savoir que Pandora avait été avec d'autres hommes. Qu'elle ne s'était pas crue digne d'une vie meilleure. Qu'elle avait négocié son corps magnifique comme s'il n'était rien d'autre qu'une marchandise bon marché.

La jalousie et la rage lui brûlaient le ventre. Pendant si longtemps, il avait cru qu'elle n'avait jamais appartenu qu'à lui. Son épouse vierge, sa précieuse femme, son seul et unique amour. Accepter qu'elle ait couché avec d'autres et qu'elle lui ait *menti* à ce sujet...

Tout ce que j'ai fait, c'est parce que je t'aimais follement, et que je savais que tu ne m'aimerais jamais en retour si j'étais Pandora Smith.

Pardieu! L'aurait-il épousée s'il avait su la vérité sur ses origines et tout ce qu'elle avait fait? Son ventre se noua : il n'avait pas la réponse à cette question. Pourtant, l'idée de ne jamais l'avoir rencontrée, de n'avoir jamais connu l'amour, les rires et la passion qu'ils avaient partagés, de ne pas avoir eu ses garçons...

Il ferma les yeux et sa tête retomba contre le rebord de la baignoire. C'était bien trop dur à supporter. La pression montait dans sa tête autant que dans son entrejambe. Il avait besoin d'évacuer sa frustration accumulée...

Il s'empoigna à nouveau. Il tenta de faire surgir un fantasme qui n'impliquait pas Penny… mais c'était impossible. Depuis leur rencontre, elle avait répondu à tous ses désirs. La seule et l'unique pour lui… Se maudissant d'être un imbécile, il ne pouvait nier que le mois écoulé n'avait pas changé cela d'un iota pour lui. Il désirait toujours sa maudite épouse. Une femme qui s'était moquée de lui. Il se caressa plus fort, et l'eau éclaboussa les parois de la baignoire. Son prénom lui échappa dans un gémissement douloureux alors que son plaisir montait en flèche et que ses testicules se tendaient.

— Marcus?

Ses yeux s'ouvrirent brusquement; son regard se fixa sur celui de Penny à travers la vapeur qui avait envahi la pièce. Le cœur palpitant, le sang brûlant dans les veines, pendant un instant déroutant, il ne sut pas s'il s'agissait d'un fantasme ou d'une réalité. La distinction ne devint pas plus évidente lorsqu'elle retira son peignoir, révélant un déshabillé sensuel en satin crème et en dentelle.

Elle dénoua le ruban sur son épaule gauche, et il eut l'eau à la bouche lorsque le corsage tomba, dévoilant un sein rond et parfait, couronné d'un mamelon couleur cerise bien mûre. Elle passa au nœud sur l'autre épaule, et le négligé tomba complètement, rejoignant son peignoir sur le sol.

— Tu me manques tellement, murmura-t-elle.

Bon sang! Par tous les diables!

La vision de Marcus s'assombrit, et, l'instant d'après, il sortit de la baignoire. Il n'eut pas le temps de réfléchir, il n'en avait pas envie. Son instinct prit le dessus, et il tendit la main vers ce qui lui appartenait.

———

Soulagement. Désir. Excitation.

Les émotions l'assaillirent simultanément, un barrage qui laissa Penny à bout de souffle.

Son pouls bondit quand Marcus s'avança vers elle, de l'eau ruisselant sur son corps mince et dur… et il était dur *partout*. Elle baissa le regard vers son aine, et ses genoux flanchèrent. Son sexe était énorme et épais, vigoureusement dressé, et ses testicules se balançaient lourdement entre ses cuisses musclées tandis qu'il s'approchait d'elle à pas lents. Relevant le nez, elle vit le feu dans les yeux de Marcus, et ses paupières alourdies.

Son mari était un homme dans toute sa splendeur.

Tout ce qu'elle avait toujours voulu.

Il tendit la main vers elle en même temps qu'elle tendait la main vers lui. Leurs corps se heurtèrent, l'impact de la dureté et de la douceur envoyant une onde de désir dans tout l'organisme de Penny. Son baiser était dévastateur, mêlant faim et colère, et elle s'en moquait. Le retrouver était déjà plus que ce qu'elle méritait. Plus qu'elle ne l'avait espéré en jouant cette carte audacieuse un instant plus tôt. Gémissant, elle enroula ses bras autour du cou de Marcus, réduisant la distance entre eux de la seule manière qu'elle connaissait.

Un instant plus tard, elle fut repoussée en arrière, et son dos heurta le carrelage dur et lisse. Son cou se cambra contre le mur lorsqu'il referma ses lèvres sur son mamelon, non pas avec douceur comme il l'avait fait par le passé, mais avec une férocité qui la fit haleter bruyamment. Il l'effleura de ses dents et le sexe de Penny se contracta. Quand il l'aspira fort, de l'humidité jaillit entre ses jambes.

Puis la bouche de Marcus revint sur la sienne, revendicatrice et sauvage, et la joie qu'elle en retira la déchaîna. Ses doigts se perdirent dans ses cheveux mouillés et elle se frotta sans vergogne contre lui, gémissant lorsque ses mamelons raidis se dressèrent contre la surface ferme de son torse dont les poils provoquaient une friction exquise. Plus bas, elle sentit son vit dur comme de l'acier toucher son ventre, et elle se rapprocha davantage; elle voulait cela, elle voulait Marcus de toutes les fibres de son être.

Tout à coup, elle fut soulevée du sol, le dos au mur, son mari entre ses jambes écartées. Les yeux brillants, il logea son sexe contre elle et la fit descendre. Jusqu'à la garde. Si profondément...

À peine son gémissement de plaisir l'avait-il quittée qu'il recommença, la soulevant et la plaquant sur sa verge.

Au troisième coup de reins, elle bascula. Tout son être convulsait autour de son vit qui la maintenait en l'air, transperçant son ventre, le cœur de ce qu'elle était. À travers le brouillard de son extase, elle entendit son grognement, tout comme le claquement de la chair tandis qu'il la pénétrait encore et encore. Elle s'accrocha à lui, ses mains agrippant les biceps musclés de Marcus, entourant ses hanches avec ses jambes, pour sentir son extase. Son corps puissant trembla contre elle, et son gémissement résonna contre le carrelage.

Hébétée, heureuse, elle respira son odeur, caressant les muscles lisses de son dos. C'était le paradis d'être à nouveau avec lui de cette façon. Les mots se bousculaient dans sa tête.

Je t'aime. Tu m'as manqué. Pardonne-moi, et je te jure que je ne te mentirai plus jamais.

Elle chercha la bonne chose à dire.

Il se retira si abruptement qu'elle haleta. Les pieds de Pandora se posèrent sur le carrelage glissant, et il la lâcha dès qu'elle eut retrouvé son équilibre. Se baissant, il récupéra les vêtements de sa femme sur le sol.

— Habille-toi, lui intima-t-il en les lui lançant.

Elle les attrapa par réflexe, serrant le satin contre sa poitrine. Son bonheur s'évapora à l'instant où elle vit l'expression de Marcus. Sa mâchoire dure, ses yeux plus durs encore. Il se détourna d'elle et enroula une serviette autour de sa taille, se dirigeant vers la porte.

Stupéfaite, elle lui demanda :

— Où vas-tu ?

— Dehors, répondit-il sèchement.

— Mais après que nous... Je veux dire, nous venons juste de..., balbutia-t-elle. Nous devrions parler...

— Nous avons *copulé*, Pandora, répliqua-t-il d'un ton dur qui lui coupa le souffle. Si tu penses pouvoir me manipuler avec tes charmes sexuels, détrompe-toi. Tes ruses ne fonctionnent plus sur moi. Je prendrai tout le temps que je voudrai pour décider de notre avenir, et tu n'as pas ton mot à dire. Maintenant, je sors. À mon retour, je veux que tu sois dans ta propre chambre.

En silence, luttant pour reprendre sa respiration, Penny tenta de trouver une réponse.

La frôlant comme si elle était invisible, il sortit à grands pas.

DIX

1819

— My lady, ce n'est pas sûr pour vous...

— Je me débrouillerai fort bien, répondit Penny, interrompant le valet de pied d'un ton qui n'admettait aucune discussion. Attendez ici à la calèche. Je reviendrai bientôt.

Elle s'engagea dans l'étroite ruelle encadrée de part et d'autre par des immeubles délabrés et de guingois. L'air était saturé de la fumée des feux de cuisine, et les fils à linge s'entrecroisaient au-dessus de sa tête, les vêtements se balançant comme des drapeaux mous en signe de reddition. La pauvreté était un ennemi invincible, mais dans l'esprit de Penny, les habitants de cette petite rue à la périphérie de Saint-Giles se battaient toujours. Au moins, les gens d'ici se donnaient encore la peine de cuisiner et de faire la lessive, ce qui était plus que ce qu'elle pouvait dire des endroits où elle avait vécu pendant son enfance.

Pauvres, mais pas encore vaincus, songea-t-elle, gardant cette information de côté.

En tant qu'agent, elle avait compris que l'information était un pouvoir. Un espion n'avait de valeur qu'en fonction de ses informateurs et des connaissances qu'ils lui transmettaient. Penny vivait dans la bonne société depuis près de deux ans, et elle avait compris que le gratin fonctionnait selon des principes similaires, d'où sa visite du jour. Elle trouva l'adresse qu'elle cherchait, et, rassemblant ses jupes bleu pâle, elle gravit les marches grinçantes.

Arrivée à destination, elle frappa contre le bois écaillé de la porte avec ses doigts gantés. Elle entendit des bruits de pas à l'intérieur, et une voix aiguë se tut rapidement. Le logement n'avait pas de fenêtres ni même de judas sur la porte.

Une voix émergea depuis l'autre côté du panneau de bois.

— Qui est-ce ?

— La marquise de Blackwood, dit Penny.

Le silence lui répondit, puis la porte s'ouvrit. Une femme d'une vingtaine d'années, mince, les cheveux roux, jeta un coup d'œil à l'extérieur. Ses yeux marron clair s'écarquillèrent sous sa coiffe quand elle vit Penny.

— My lady, balbutia-t-elle en faisant une révérence maladroite.

— Mademoiselle Randall, dit Penny d'un ton aimable. J'ai une proposition à vous faire. Je préférerais la faire à l'intérieur, si cela vous va ?

Clignant des yeux, la femme s'écarta et Penny entra, balayant son environnement du regard. L'endroit étant constitué d'une unique pièce exiguë, il n'y avait pas grand-chose à voir et, en vérité, l'espace était à l'image de Mlle Randall : démuni, mais soigné. L'attention de Penny fut attirée par la petite table au centre de la pièce.

Assise sur une chaise branlante, une fillette aux cheveux roux, qui devait avoir quatre ou cinq ans, s'entraînait à la couture sur un morceau de tissu. C'était une jolie petite gamine, dont les cheveux étaient domptés en deux tresses impeccables et élégantes. Comme sa mère, elle était vêtue d'une simple robe usée, méticuleusement rapiécée, repassée et sans taches. C'était le travail de quelqu'un qui avait perfectionné son art et qui le pratiquait, quelles que soient les circonstances.

— Qui êtes-vous ? s'enquit la petite fille, les yeux ronds.

— Molly, fais attention à tes manières, dit Mlle Randall en s'approchant de son enfant, adoptant une attitude protectrice. Voici madame la marquise de Blackwood. Fais la révérence, maintenant.

La petite se leva d'un bond et suivit les ordres de sa mère.

— Très jolie révérence, mademoiselle Molly, la complimenta Penny avec un sourire.

— Merci, my lady, répondit l'enfant, et ses fossettes apparurent.

— Molly, tu peux aller voir si Mary est libre pour jouer, lui dit sa mère. Mais une demi-heure seulement, attention. Ensuite, tu reprends la couture.

Les yeux de Molly s'illuminèrent et elle sortit en sautillant. Dès que la petite eût disparu, sa mère s'enquit :

— En quoi puis-je vous être utile, my lady ?

Oui, tout ce que Penny constatait ce jour-là correspondait à ce qu'elle avait appris sur Jenny Randall, et renforçait sa confiance en son plan.

— Je suis venue pour vous engager.

Les lèvres de Mlle Randall tremblèrent.

— Est-ce une sorte de plaisanterie ?

Penny comprenait pourquoi l'autre femme pouvait le penser. Après tout, Jenny Randall avait été publiquement renvoyée et humiliée la semaine passée par son ancien employeur, lady Auberville, l'une des hôtesses les plus prisées de la bonne société. Lady Auberville, qui était une femme méchante, avait renvoyé Mlle Randall devant tout son personnel. Elle avait ensuite répandu son vitriol au sujet du secret sordide de sa femme de chambre dans toute la bonne société. Désormais, tout le monde savait que Jenny Randall, une femme de chambre autrefois respectable et recherchée, avait eu un enfant hors mariage. Ses chances d'obtenir un bon poste étaient à jamais anéanties par la langue perfide de son ancienne patronne et son goût pour le scandale.

Imaginez, les gages que j'ai versés à cette traînée ingrate ont servi à entretenir son bâtard, avait crié lady Auberville à tout-va.

Bien entendu, je l'ai congédiée tout de suite ; je me devais de faire un exemple. Nous ne pouvons permettre qu'une telle immoralité entache nos foyers !

Ce qui était le comble de l'hypocrisie quand on savait que lord Auberville avait au moins trois enfants adultérins avec sa maîtresse. Mais c'était typique de la bonne société, songea Penny avec dégoût.

— Je ne plaisante pas, répondit-elle d'un ton ferme. J'ai besoin d'une femme de chambre, et il se trouve que vous êtes la meilleure. Comme il se trouve également que vous n'avez pas de poste en ce moment, je pense que nous pouvons nous entendre.

Mlle Randall la regardait fixement.

— Vous savez... pour Molly. Elle n'a pas de père.

— Et c'est tout à votre honneur de vous occuper si bien d'elle, répondit Penny. Ce qui m'amène aux détails de ma proposition. Je vous paierai le double des gages que vous perceviez chez lady Auberville, ainsi qu'une prime à l'embauche, pour que vous puissiez trouver à Molly un logement convenable proche de votre travail. Nous organiserons votre emploi du temps pour que vous puissiez la voir tous les jours, et vous aurez également des vacances, payées, bien entendu.

L'espoir brilla dans les yeux de Mlle Randall, vite étouffé par l'incrédulité.

— Je ne comprends pas, my lady, dit-elle d'une voix tendue. Vous... vous pourriez avoir n'importe quelle femme de chambre. Pourquoi voudriez-vous... quelqu'un comme moi ?

Parce que vous avez commis une erreur et que vous avez fait de votre mieux compte tenu des circonstances. Vous méritez qu'on vous tende la main, pas d'être jugées par toutes les fichues lady Auberville du monde.

À haute voix, Penny expliqua :

— Comme je l'ai dit, je veux la meilleure. J'ai vu votre travail avec lady Osterly, Mme Jones-Sykes, puis avec lady Auberville. Vous avez transformé trois matrones ternes en ladies très élégantes.

Mlle Randall se mordit la lèvre et resta silencieuse. Son absence de commentaires sur le manque de sens de la mode de ses anciennes patronnes ou sur leur bon sens en général la plaçait encore plus haut dans l'estime de Penny. Aux yeux de cette dernière, Jenny Randall avait tout à fait le droit de réduire en pièces sa dernière maîtresse malveillante... mais elle ne le faisait pas. Elle préférait s'en tenir à une attitude noble. Cela en disait long sur son jugement, sa loyauté, et sa discrétion, autant de qualités qui valaient leur pesant d'or.

— Être ma femme de chambre ne sera pas une tâche facile, poursuivit Penny. J'attends de vous que vous vous teniez au courant des dernières modes et tendances. Modistes, chapeliers, coiffeurs... vous aurez la responsabilité de me trouver les meilleurs. Je ne me contenterai pas de moins.

— Bien sûr. Mais, madame... vous êtes déjà ravissante.

— Mon but est d'être plus que ravissante. Je veux que mon mari et mon fils soient fiers de moi, déclara Penny avec une franche détermination. J'ai l'intention d'élever le nom de Blackwood aux plus hauts échelons, et je n'en suis pas encore là.

Depuis la naissance de James, elle avait travaillé dur pour améliorer son statut social. Son cercle de connaissances rivalisait désormais avec celui de Cora Pilkington, et ses soirées étaient très fréquentées. Elle n'était pas encore la marquise que Marcus méritait, mais, avec l'aide appropriée, elle y parviendrait. D'après ce qu'elle avait vu du travail et des manières de Jenny Randall, la femme de chambre serait un atout précieux pour son équipe.

— Je reconnais que je ferais quelques changements ici et là, hasarda timidement Mlle Randall. Si vous me permettez cette remarque, avec votre teint et votre allure, je vous habillerais avec des couleurs et des styles plus audacieux, my lady, afin de vous démarquer. Parfois, il ne s'agit pas tant de suivre une mode que d'en *lancer* une... si vous voyez ce que je veux dire.

— Vous voyez ? Je savais que vous étiez celle que je recherchais, dit Penny.

Les joues de Mlle Randall rosirent.

— Mais je n'ai pas encore fini de vous exposer mes attentes. En sus de la mode et du reste, j'attends de vous que vous me rapportiez tous les commérages que vous entendez. Vous et moi savons que les conversations des domestiques voyagent plus vite que toutes les autres. Ils sont les premiers à connaître le meilleur et le pire de tout ce qui se passe au sein de la bonne société... et je veux être au courant aussi, expliqua Penny avant de marquer une pause. Je compte également sur votre discrétion lorsqu'il sera question de ce qui se passe dans mon foyer.

— Oui, madame, acquiesça Mlle Randall. Je n'ai jamais dit de mal de mes employeurs.

— Vous découvrirez que je suis une employeuse juste, qui récompense la loyauté, le talent et le travail acharné, conclut Penny en lui tendant la main. Sommes-nous parvenues à un accord, mademoiselle Randall ?

Les yeux de la femme de chambre brillèrent, et elle tendit soudain la main pour saisir celle de Penny.

— Dieu vous bénisse, dit-elle, la voix chevrotante.

Avec une pointe d'embarras, Penny protesta :

— Ce n'est pas nécessaire. Sachez que si vous me rendez service, mademoiselle Randall, je vous rendrai la pareille.

Un sourire transforma le visage fin de la servante, qui fit une révérence.

— C'est Jenny, my lady. Vous avez ma parole que je ferai du bon travail. Je vous jure que je ne vous décevrai pas, ajouta-t-elle, le ton sérieux, le visage grave.

ONZE

— Je pense que nous devrions suspendre du sumac vénéneux à la place du houx pour ton bal d'hiver.

— Bonne idée, dit Penny distraitement.

— Tu vois ? Je t'avais dit qu'elle n'écoutait pas.

Un silence s'ensuivit, et Penny s'empressa de reporter son attention sur les quatre visiteuses qui se trouvaient dans son salon. Méfiante par nature, et par expérience, elle avait de nombreuses connaissances, mais peu d'amies proches. Cependant, les récents démêlés avec le Spectre l'avaient mise en contact avec les Kent.

Cette famille n'était pas conventionnelle, c'était le moins que l'on puisse dire. Issus de la classe moyenne rurale, les intrépides frères et sœurs Kent avaient réussi, apparemment sans le vouloir, à prendre d'assaut la bonne société. Le frère aîné, Ambrose Kent, avait été policier de la Tamise. Il avait fini par épouser l'ancienne lady Marianne Draven, l'une des veuves les plus riches et les plus élégantes de la société. Après son mariage, il avait fondé une société de détectives privés, et Kent et Associés était rapidement devenu l'un des cabinets d'enquête les plus respectés de Londres.

Plusieurs mois auparavant, lorsque le Spectre avait surgi pour soumettre Penny à un chantage, elle s'était tournée vers Kent et ses partenaires, en désespoir de cause. À ce moment-là, elle aurait fait n'importe quoi pour empêcher que Marcus découvre son passé. Non seulement Kent lui avait apporté son aide, mais sa femme et ses sœurs avaient également pris fait et cause pour Penny. Apparemment, ces dames s'impliquaient souvent dans les affaires de Kent, à son grand dam et à celui de leurs maris, et non seulement elles avaient aidé Penny, mais elles l'avaient incluse dans leur cercle d'amis.

À sa grande surprise, elle les avait laissées faire.

Pour l'instant, chacune de ses amies affichait une expression propre à sa personnalité. Marianne, la femme de Kent, une superbe blonde qui devait avoir l'âge de Penny, la regardait avec des yeux émeraude bienveillants et compatissants. Emma, l'aînée des sœurs Kent, était une jolie brune à l'air sérieux. Plus d'un an auparavant, elle avait séduit le meilleur parti de la bonne société, le duc de Strathaven, ancien séducteur notoire. À présent, la duchesse fronçait légèrement les sourcils, comme si elle essayait de déchiffrer l'état d'esprit de Penny. Assise à côté d'elle, Dorothea, la sœur d'Emma et nouvelle marquise de Tremont, posait sur elle un regard noisette plein d'inquiétude.

Enfin, Mlle Violet Kent, la plus jeune du groupe et celle qui avait parlé, affichait un air triomphant. Probablement parce qu'elle avait fait valoir son point de vue. Penny n'avait pas écouté. Elle s'était encore laissé emporter par ses pensées tumultueuses au sujet de Marcus et de l'état de son mariage.

— Chut, Violet! lui dit Emma. Ce n'est ni le moment ni l'endroit.

— Mais tu sais que j'ai raison. Lady Pandora n'a pas l'air d'être elle-même...

— Pourquoi n'irais-tu pas voir les garçons, ma chérie? suggéra Thea d'un ton gentil, mais ferme. Assure-toi que Fredward ne terrorise pas les garçons Blackwood.

Fredward faisait référence à Frederick et Edward, respectivement le beau-fils de Thea et le fils de Marianne. Les deux enfants de neuf ans étaient si inséparables que la famille Kent leur avait attribué un surnom commun et qu'ils étaient devenus les compagnons de jeu préférés des garçons de Penny.

Se reprenant, Penny dit ironiquement :

— Je doute que quelqu'un puisse terroriser mes fils. En fait, ce serait plutôt le contraire.

— En tout cas, réduisons le plus possible les effusions de sang. Vas-y, Violet, lui dit Marianne.

La jeune fille se leva promptement, tout en levant ses yeux fauves au ciel.

— Personne ne m'écoute jamais! grommela-t-elle d'une manière qui suggérait que c'était une habitude. Et je ne vois pas pourquoi je dois partir au moment où la conversation devient intéressante.

Une fois que sa silhouette longiligne eût disparu dans l'embrasure de la porte, Thea dit :

— Je m'excuse pour ma sœur, Pandora. C'est juste que Vi a l'habitude de dire ce qu'elle pense.

— Son honnêteté est rafraîchissante, lui assura Penny.

— Je suis d'accord, mais malheureusement, tout le monde dans la bonne société ne pense pas comme moi, dit la duchesse en soupirant. Si Violet n'apprend pas à maîtriser sa langue et ses manières, au moins *un peu*, elle va s'attirer des ennuis. Et après son comportement lors de l'affaire Waterson la semaine dernière, le scandale est déjà en train de mijoter.

Penny avait été tellement préoccupée par sa propre situation qu'elle n'avait pas entendu les commérages.

— Que s'est-il passé? demanda-t-elle.

— Rien de particulier. Violet était Violet, tout simplement, répondit Thea.

D'après ce qu'elle savait de la fougueuse Mlle Kent, cela pouvait signifier n'importe quoi.

— Je lui ai *dit* de ne pas danser plus de deux fois avec un gentleman. Mais, dès que j'ai eu le dos tourné, elle est partie comme une flèche. Et c'était une valse, en plus, souffla Emma.

— Je suppose qu'on ne peut pas lui en vouloir. M. Murray est l'un des partis les plus recherchés de la ville, remarqua Marianne, même s'il en est un peu trop conscient.

— Wickham Murray ? demanda Penny en se redressant.

Les mèches brunes de Thea basculèrent sur le côté.

— Oui. Tu le connais ?

— C'est le frère cadet du vicomte Carlisle, un des amis de Blackwood.

À la pensée de son mari, son cœur s'emballa.

— Je ne crois pas avoir rencontré ce Carlisle, remarqua Emma.

— Il n'est pas très enclin à fréquenter la bonne société. Il préfère son domaine en Écosse, ou son pavillon à la campagne, expliqua-t-elle en fronçant le nez. Il m'a toujours semblé un peu arrogant, plutôt rigide et classique. Aux antipodes, par son tempérament et son allure, de son charmant petit frère. Mais Blackwood jure que Carlisle est un brave homme et un gentleman.

— Voilà qui ne semble pas très prometteur, constata Thea en se mordillant la lèvre inférieure. Violet ne supporte pas bien la rigueur ou les traditions. Si elle s'attache vraiment à Wickham et que son frère aîné n'approuve pas...

— Nous surmonterons cette épreuve quand nous y arriverons, dit Marianne avec fermeté. Quoi qu'il arrive, nous aiderons Vi à trouver le bonheur qu'elle mérite.

Alors que les deux autres femmes approuvaient d'un murmure, Penny sentit sa gorge se nouer. Dès le début, elle avait admiré les liens étroits qui unissaient les Kent. Si, comme toute famille, ils avaient leur lot de querelles et de désaccords, ils semblaient aussi accepter sans broncher les excentricités et les manies de chacun. C'était le genre d'amour que Pandora n'avait pas connu avant de rencontrer Flora et Harry... et qu'elle avait cru avoir avec Marcus.

Le désespoir qu'elle avait contenu remonta à la surface. Depuis ce moment dans la salle de bains, dix jours plus tôt, rien n'avait changé entre Marcus et elle. Non, pas rien : les choses avaient *empiré.* Aujourd'hui, il l'évitait délibérément, passait le moins de temps possible à la maison, et elle devait affronter un désespoir grandissant. Parviendraient-ils un jour à sortir de cette impasse ?

Ses mensonges avaient-ils tout détruit ?

— Bon, assez parlé de Violet. Venons-en à la raison principale de notre présence ici.

Le ton vif de la duchesse interrompit la réflexion angoissée de Penny. Elle leva les yeux, et la compassion qui se lisait sur les visages de ses amies était presque trop difficile à supporter.

— Pandora, ma chère, comment vont les choses ? lui demanda Thea d'une voix douce.

Ne te mets pas à pleurer comme une fichue fontaine ! Reprends-toi.

— Eh bien, il y a encore beaucoup à faire, bien sûr, dit-elle d'un ton faussement enjoué. Heureusement, il nous reste trois semaines pour les préparatifs. Je pense engager le plus splendide des orchestres...

— Nous ne parlons pas du bal. Nous voulions parler de Blackwood et toi.

Si les mots de Marianne étaient directs, ses yeux verts étaient remplis d'empathie.

Étant donné l'implication de ces trois femmes dans son affaire, elles connaissaient l'existence du Spectre et savaient pour son dernier acte de destruction : la lettre qui avait révélé ses secrets, réduisant son monde en miettes. Et même si elles n'avaient pas été conscientes de son passé clandestin, elles ne pouvaient pas ignorer les rumeurs qui circulaient au sein de la société. Tout le monde parlait de la séparation des Blackwood.

Avant que la catastrophe ne se produise, la société parlait d'un mariage d'amour à leur sujet. Marcus l'accompagnait presque partout ; lors des bals, il dansait même avec elle, ce que les maris faisaient rarement avec leur épouse. Pourtant, au cours de la dernière semaine et demie écoulée, elle s'était présentée seule à quelques réceptions, auxquelles elle n'avait assisté que pour sauver les apparences. Ses apparitions solitaires avaient déclenché des ricanements derrière les éventails. Ce qui alimentait encore plus les commérages, c'était que lorsque Marcus se montrait, il ne lui accordait qu'une attention superficielle. Il la saluait froidement, puis s'en allait voir d'autres personnes.

Il était déjà assez difficile de savoir que des femmes faisaient partie de ces autres personnes. En tant que héros de guerre et homme à la virilité dévastatrice, Marcus avait toujours attiré l'attention des femmes. Par le passé, son comportement de mari à la dévotion évidente avait dissuadé les ladies intéressées de tenter d'avoir une liaison avec lui. Cependant, à présent, les catins de haut vol, tels des requins, sentaient le sang dans l'eau, et elles n'avaient pas perdu de temps pour l'encercler, le regard avide.

La plus tenace d'entre elles était la comtesse d'Ashley, anciennement connue sous le nom de Mlle Cora Pilkington. Cette traînée était la plus sournoise de toutes. Alors que, Dieu merci, Marcus était un gentleman bien trop intègre pour fleureter avec d'autres ladies, même maintenant, lady Cora dissimulait ses intentions douteuses derrière des manières discrètes et charmantes. Tout le monde savait qu'elle était malheureuse en ménage avec Ashley, et elle ne perdit pas de temps pour s'attirer la sympathie de Marcus. Penny grinçait des dents à la voir jouer le rôle de la demoiselle en détresse.

En deux occasions récentes, Penny l'avait vue s'accrocher à chaque mot de Marcus, arborant une expression plaintive autant qu'admirative, et elle avait eu envie d'arracher les yeux de cette bordelière.

Mais cela n'avait pas d'importance.

— Les choses ne se sont pas améliorées entre Blackwood et moi, avoua-t-elle d'une voix rauque. Je ne sais pas si ce sera le cas un jour. J'ai essayé... mais Blackwood ne s'est pas radouci. Je ne pense pas qu'il pourra me pardonner.

Thea saisit la main de Penny et la serra.

— Tu ne dois pas perdre espoir. Ton mari t'aime. Je suis sûre qu'il a simplement besoin d'un temps d'adaptation.

Thea voyait toujours le meilleur dans chaque situation.

— Penses-tu que cela aiderait si Tremont parlait à ton mari ? poursuivit Thea. Parce qu'il serait heureux de...

— Cela ne servira à rien. Blackwood ne veut pas entendre parler de mon passé, et encore moins de la bouche de mon ancien collègue, répondit Penny, s'efforçant de sourire. Et bien que je doute sincèrement que Tremont soit *heureux* de jouer un rôle dans mon imbroglio, je ne doute pas qu'il le ferait à ta demande, ma chère.

Thea rougit. Elle ne dit rien, car ce n'était pas nécessaire. Il était clair pour tout le monde que Tremont adorait sa jeune épouse, et qu'il lui décrocherait la lune si elle le lui demandait. Ayant connu l'espion froid et impitoyable qu'avait été Tremont, Penny considérait ce changement chez son ancien camarade comme un véritable miracle. D'un autre côté, une femme douce et innocente comme Thea n'en méritait pas moins.

— Alors, quel est ton plan ?

Penny se tourna vers Marianne qui venait de lui poser la question.

— Mon plan ?

— Pour reconquérir Blackwood, précisa la beauté blonde.

— Ce que j'ai fait jusqu'à présent, je suppose, répondit-elle en haussant les épaules pour cacher sa frustration. Je vais faire préparer ses plats préférés, faire de notre maison une oasis de tranquillité domestique. Je joue mon rôle de parfaite marquise, ce qui inclut d'organiser le dernier des bals d'hiver.

Elle marqua une pause, avant d'ajouter avec ironie :

— Et puis, je vais ramper.

— La nourriture est une excellente idée, intervint la duchesse. Quand mon mari et moi avons un désaccord, la tarte écossaise est un excellent moyen de faire la paix.

— Elle en fait au moins une fois par semaine, remarqua Thea, dont les yeux noisette pétillaient.

— Deux fois, corrigea Emma.

— La nourriture, et le rôle de la parfaite hôtesse, c'est très bien, dit Marianne, mais, à mon avis, pour le reste, il devrait y avoir une limite.

— Manifestement, je ne l'ai pas encore atteinte, répondit Penny, s'autorisant un soupir. Blackwood ne montre pas le moindre signe qu'il est prêt à me pardonner.

— Ce n'est peut-être pas de son pardon que tu as le plus besoin.

— Je te demande pardon ?

Marianne lissa les jupes de sa robe de calèche en soie fauve. Comme Penny avait appris à déchiffrer les gens pour survivre, elle comprit que son interlocutrice se préparait à lui dire quelque chose de difficile. Les paroles de Marianne lui prouvèrent que son intuition était la bonne.

— J'ai fait des choses que j'ai regrettées, que beaucoup considèrent comme inacceptables, dit la blonde d'un ton ferme. D'une certaine manière, on pourrait dire que je me suis trouvée dans la même situation que toi aujourd'hui. Au vu du mal que j'avais causé, je ne croyais pas pouvoir conquérir un homme aussi bon et honorable que mon mari.

Elle n'avait pas besoin d'en dire plus. Au sein de la bonne société, il était de notoriété publique que sa fille, Primrose, était née hors mariage, conséquence d'une incartade de jeunesse. Lorsque Ambrose Kent avait épousé Marianne, il avait également adopté Primrose, et la famille tout entière avait pris la jeune fille sous son aile, lui signifiant clairement qu'elle était l'une des leurs.

— Comment as-tu fait ? Pour le conquérir, je veux dire ? s'enquit Penny.

— En me pardonnant à moi-même. En vérité, Ambrose m'a aidée à comprendre que nous commettons tous des erreurs, et, surtout, que le véritable amour pardonne, conclut Marianne en la regardant droit dans les yeux.

Ces mots provoquèrent une flambée douloureuse dans la poitrine de Penny. Il lui fallut un moment pour comprendre ce qu'elle ressentait. Cette émotion était tellement en contradiction avec sa culpabilité et ses remords qu'elle n'y avait même pas prêté attention. Mais cette braise incandescente était là, depuis des jours si elle voulait être honnête, et c'était... du ressentiment.

Certes, elle avait fait du tort à Marcus, et elle avait brisé sa confiance. Elle méritait sa colère... et pourtant, ne méritait-elle pas aussi au moins *une chance* de se racheter ? Il lui avait juré qu'ils ne se coucheraient jamais fâchés l'un contre l'autre. Mais, depuis six semaines maintenant, elle subissait sa colère et, pire encore, passait des nuits blanches dans un lit froid et solitaire. Il refusait de l'écouter, l'excluait complètement, et lorsqu'elle avait tenté désespérément de se rapprocher de lui, il l'avait rejetée... comme une prostituée.

Parce que c'est ce que tu es. Et il ne sait même pas ce qu'il y a de plus laid. Imagine à quel point il te mépriserait s'il connaissait toute la vérité...

Les poings de Pandora se refermèrent sur ses genoux tandis qu'un étau de honte enserrait son cœur. Elle ne pouvait pas partager ces idées noires avec ses amies ni avec quiconque, à l'exception de Flora. Alors, avec une habileté née de la pratique, elle les rangea dans une boîte de son cerveau et les y enferma jusqu'à ce qu'elle sache ce qu'elle devait en faire. Ce qui pourrait ne jamais arriver.

Pour l'instant, elle devait persévérer. Se concentrer sur son plan. Montrer à Marcus qu'elle était vraiment repentante et qu'elle pouvait être une épouse digne de lui était son seul espoir de le reconquérir.

Elle regarda toutes ses invitées.

— Je suis sensible à votre inquiétude. Sincèrement, je vous remercie de votre visite, mais je crois qu'il vaut mieux que je poursuive mon plan. Je vais continuer à essayer de faire plaisir à mon mari, et cela inclut d'organiser le plus gros événement que la bonne société ait jamais connu.

Se préparant à affronter leurs regards perspicaces, Penny maintint son sourire en place. Au bout d'un moment, Marianne dit d'une voix douce :

— Alors, tu dois nous dire comment nous pouvons t'aider aux préparatifs du bal.

Pandora fut soulagée de voir que ses amies n'insistaient pas sur le sujet.

— Je n'ai même pas encore dressé la liste des invités, avoua-t-elle.

— Si tu as une plume et un parchemin, je pourrais en faire une, proposa Emma. À nous toutes, nous devrions savoir qui se trouve en ville.

— Nous pourrions également dresser la liste de tout ce dont tu auras besoin, intervint Thea.

Penny avait plusieurs idées en tête.

Le pardon de mon mari.

Son amour.

Le mariage que j'avais autrefois.

— Merci. C'est parfait, leur dit-elle en souriant pour cacher son cœur douloureux.

Douze

lors que la calèche s'arrêtait devant leur maison, le plus jeune fils de Marcus, les yeux indigo écarquillés et le ton mielleux, demanda :

— S'il te plaît, papa, ne pourrions-nous pas aller nous promener sur la place avant le dîner ?

— Nous sommes déjà habillés pour la neige, et il n'a pas fait aussi chaud de toute la semaine, intervint à son tour leur deuxième fils. Quelle différence dix minutes pourraient-elles faire ?

Pour ne pas être en reste, l'aîné cita :

— *La marche est le meilleur remède pour l'homme.*

Lorsque ces polissons unissaient leurs forces, ils constituaient une puissance avec laquelle il fallait compter.

Réprimant un sourire, Marcus répondit :

— Qui suis-je pour contredire Hippocrate ? Du moment que votre maman est d'accord.

Ces derniers mots lui vinrent naturellement, sans qu'il y ait eu de réflexion consciente. C'était une habitude née de plus d'une décennie passée à élever trois garçons pleins d'entrain avec sa femme. Comme il était trop tard pour les reprendre, il leva un sourcil vers elle.

Assise sur la banquette en face de lui avec leur plus jeune

garçon, Pandora le dévisagea, agitant ses cils charbonneux. L'incertitude qui transparaissait dans ses yeux lui tordait le ventre... de honte.

Ces derniers temps, il s'était comporté comme un salaud avec elle, et il en était conscient. Seulement, il ne savait pas comment s'arrêter. Ni comment endiguer la jalousie furieuse qui grondait en lui à la pensée de sa trahison... de ses relations avec d'autres hommes. Même maintenant, ses muscles se contractaient par réflexe, et il devait contenir sa fureur.

Elle regarda leurs enfants, ajusta le col du manteau d'Owen et rabattit son bonnet tricoté sur ses boucles sombres.

— Pas plus de dix minutes, leur dit-elle d'un ton ferme. Veillez à garder vos écharpes et vos gants et faites attention aux plaques de verglas.

— Oui, maman ! s'exclamèrent les garçons en chœur.

Le cocher sortit les marches et les trois garçons bondirent en direction de la place, leurs manteaux de laine marine et leurs écharpes rouges tranchant sur le sol enneigé. Marcus descendit ensuite, puis il aida sa femme à faire de même. Ses bottes se posèrent légèrement sur le sol, sa cape de velours rubis doublée d'hermine tourbillonnant gracieusement autour d'elle. Sans un mot, il lui offrit son bras. Les yeux écarquillés, son souffle dessinant de petits nuages dans l'air frais, elle le prit et s'accrocha fermement à lui tandis qu'ils suivaient leurs enfants au-delà des grilles.

Le crépuscule approchait et le parc était vide. Le soleil couchant faisait scintiller des joyaux sur le sol et les arbres recouverts de neige. La glace crissait sous leurs pieds tandis qu'ils suivaient leurs fils, qui criaient et se lançaient des boules de neige.

— Ce sont de petits sauvages, remarqua Marcus.

— C'est juste qu'ils ont été enfermés ces derniers temps. Entre la neige et le froid, ils n'ont pas eu l'occasion de dépenser leur énergie, répondit Penny. Ce sont des garçons qui se comportent comme des garçons.

Elle le dirait même si ces coquins commettaient des meurtres. Marcus sentit ses lèvres tressaillir. Sa femme défendait toujours leur progéniture, même lorsqu'elle ne le méritait pas, un penchant qu'il trouvait aussi exaspérant qu'adorable. Bon sang! Que c'était bon d'avoir à nouveau une conversation normale avec elle! De marcher bras dessus, bras dessous avec elle, de parler de leurs enfants.

Comme il ne voulait pas laisser échapper cette sensation, il dit :

— Aurais-tu oublié que nous venons de les emmener voir le spectacle à l'Astley? Après avoir passé l'après-midi à regarder Madame Monique la Magnifique se tenir en équilibre sur une corde raide, je pourrais croire qu'ils ont eu leur part d'excitation pour la journée.

— Eh bien, regarder quelqu'un marcher sur une corde raide, ce n'est pas la même chose que de le faire soi-même, répondit-elle doucement.

Il comprit le sous-entendu, et l'attitude timide et inhabituelle de Penny lui noua le ventre, lui donnant envie de s'excuser d'avoir agi comme un mufle au cours des deux dernières semaines. Et dans le même temps, sa propre vulnérabilité à l'égard de sa femme le mettait en colère. Parfaitement conscient de sa capacité à le duper, il n'accepterait plus de se laisser manipuler comme une marionnette; mais il ne pouvait se libérer de ses fils. Comme l'avait clairement démontré leur rencontre dans sa salle de bains.

Le désir et la colère le traversèrent en une vague déroutante. Un seul regard sur elle avait suffi pour que Marcus perde le contrôle, succombant à des pulsions qu'il ne voulait pas connaître, du moins, pas avant d'avoir les idées claires et de pouvoir décider de l'avenir. Pourtant, elle avait claqué des doigts et il s'était précipité vers elle comme un maudit chien de chasse dressé.

Il en voulait à Penny d'avoir un tel pouvoir sur lui, même s'il détestait la façon dont il la traitait. C'était un dilemme diabolique qu'il ne savait pas encore comment résoudre. Mais il ne voulait pas non plus que les choses continuent ainsi, que la tension plane sur eux comme un linceul.

Le silence s'étira plus longtemps qu'il ne l'avait prévu, ce dont il se rendit compte lorsque Penny dégagea sa main, comme si elle savait quelle direction morose avaient prise ses pensées.

— Je vais aller voir les garçons…, dit-elle, les cils baissés.

Marcus attrapa la main de Pandora et la replaça fermement dans le creux de son bras.

— Ils vont bien. Reste et marche avec moi un moment.

Le doute assombrit le regard de sa femme.

— Tu en as envie ?

— Je te l'ai demandé, non ? répondit-il d'un ton rude qu'il s'efforça de corriger. Cela fait un moment que nous n'avons pas discuté seuls.

Penny ne dit rien. Elle n'avait pas à le faire, car c'était lui qui avait érigé un mur de silence entre eux. Elle mordilla sa lèvre inférieure ; il vit le regard en coin qu'elle lui jeta prudemment pendant qu'ils avançaient.

L'esprit de Marcus se mit en quête d'un sujet approprié.

— Comment avancent les préparatifs du bal d'hiver ?

— Plutôt bien, répondit-elle, et son hésitation s'estompa. Cela ne fait qu'une semaine que j'ai envoyé des invitations et j'ai déjà reçu des réponses positives de la part de presque tout le monde. Nous aurons une foule sur les bras.

Cela ne surprenait pas Marcus. Au fil des ans, voir Penny s'épanouir dans son rôle de marquise de Blackwood avait été pour lui une source de fierté. Elle avait abordé ce travail comme elle semblait le faire pour tout dans la vie : avec passion et enthousiasme, animée d'une volonté farouche de réussir. À force de travail acharné, qu'elle parvenait à faire paraître facile, elle était devenue l'une des hôtesses les plus influentes et les plus en vogue de la ville… sans oublier qu'elle était une mère attentionnée et une maîtresse adorée de tous ses domestiques.

Pourtant, en dépit de tous ses succès, de cette confiance qu'elle avait durement acquise, elle n'avait jamais perdu sa vulnérabilité face à lui. Après chaque merveilleux bal qu'elle organisait, elle lui demandait toujours, une pointe d'anxiété dans les yeux :

— Qu'en as-tu pensé, Marcus ? T'es-tu amusé ?

Le nœud se resserra dans la poitrine de Marcus. Comment pourrait-il faire le lien entre la femme aimante qui s'était consacrée à le satisfaire et l'ex-espionne sournoise qui lui avait menti pendant toute la durée de leur mariage ?

Il... ne pouvait pas. Peut-être n'était-ce pas possible. *Savoure cette maudite promenade ! N'y pense pas maintenant.* Laissant son trouble de côté, il s'éclaircit la gorge.

— Qui attendons-nous ?

Il posait la question non pas parce que la réponse l'intéressait, mais parce qu'il voulait prolonger cette conversation domestique. S'attarder un peu plus longtemps dans cette oasis de normalité.

— La foule habituelle en dehors de la saison : les Temple, les Osterwick, les Knowles. Oh ! Les Harteford seront là aussi, car lady Helena se repose en ville.

— Elle se repose ?

— Après son accouchement.

Marcus ressentit l'écho du chagrin et le vit dans le tremblement des lèvres de sa femme. Si trois années s'étaient écoulées depuis qu'ils avaient enterré leur enfant mort-né, le souvenir de cette perte les habitait toujours. C'était un nouveau rappel des liens complexes qui les unissaient, des fils invisibles tissés par le temps et les expériences partagées. Marcus songea soudain que le chagrin, comme la joie, pouvait cimenter les briques d'un mariage.

— D'après ce que j'ai entendu dire, lady Helena se porte bien, dit Penny d'une voix tranquille.

— J'en suis heureux.

Lord Nicholas et lady Helena Harteford étaient davantage des connaissances que des amis pour eux, mais c'était surtout dû au fait que le couple passait le plus clair de son temps dans sa propriété à la campagne. Chaque fois que Penny et Marcus voyaient l'autre couple, la conversation allait bon train, car ils avaient beaucoup de choses en commun. Les deux couples s'étaient mariés à peu près au même moment et vivaient la même expérience : celle d'élever des petits diablotins. De fait, les trois garçons des Harteford faisaient paraître James, Ethan et Owen bien tranquilles en comparaison.

— Une fille ? s'enquit Marcus.

Penny esquissa un sourire et secoua la tête.

— Pauvre Harteford, dit-il d'un ton dépité.

— Pauvre *lady Harteford*. Elle est totalement dépassée en nombre.

Sa femme lui sourit.

À cet instant, ils entrèrent dans un carré de soleil, dont la lueur illumina Penny. Des diamants de glace s'accrochaient à ses cils sombres. La doublure d'hermine de sa capuche n'avait rien à envier à la perfection duveteuse de sa peau, la richesse de son manteau rouge mettant en valeur son teint éclatant.

Oh, comme sa beauté le touchait ! Le choc était aussi viscéral qu'un coup de poing dans le ventre. Il en avait été ainsi dès leur rencontre, et, en dépit de tout, il savait que cela ne changerait pas jusqu'à son dernier souffle.

Que le diable l'emporte !

Réprimant l'envie folle de la prendre dans ses bras, il s'éclaircit la gorge et demanda d'un ton bourru :

— Qui d'autre viendra ?

— J'ai invité Carlisle comme tu l'as demandé. Lui et son frère M. Murray ont répondu qu'ils seraient présents, répondit-elle, le front soucieux. En général, Carlisle n'est pas du genre à faire la fête. Je suis assez surprise qu'il ait accepté de venir.

Marcus, lui, n'était pas surpris. Pendant son séjour chez son ami, il était devenu évident qu'il n'y avait qu'un seul moyen de sortir Carlisle de son dilemme financier. Comme l'avait dit le vicomte d'un ton cynique :

— J'ai un titre à vendre, et je chercherai la plus offrante. Il s'agira d'un accord commercial pur et simple. Tant que cela reste clair, il n'y a aucune raison pour que le mariage interfère avec ma vie.

Cet homme avait beaucoup à apprendre.

— Carlisle est en train de tourner une nouvelle page, dit Marcus d'un ton neutre. Qui d'autre ?

— Les Ashley. Lady Cora très certainement, et son mari, peut-être.

Marcus nota le ton tranchant de sa femme. Pour une raison qui lui échappait, elle n'avait jamais aimé la comtesse d'Ashley, même si c'était Penny qui avait attiré Marcus loin de l'autre femme... et cela ne lui avait pas demandé beaucoup d'effort. Un seul regard sur Penny lui avait fait perdre la capacité de voir les autres femmes. Par le passé, il avait secrètement trouvé la possessivité de sa femme amusante et même un peu excitante. Mais aujourd'hui, cette attitude lui déplaisait.

De quoi pouvait-elle bien être jalouse ? Il n'avait jamais eu de relations secrètes avec Cora ou avec qui que ce soit. Il avait respecté ses vœux, s'était montré honnête et avait tout raconté pendant toute la durée de son mariage, contrairement à sa femme qui avait menti sur son passé, sur les autres hommes qu'elle avait fréquentés.

Soudain, la paix le quitta. Ses épaules se contractèrent, et son sang se mit à bouillonner.

— Papa ! Par ici !

La voix de Jamie transperça le brouillard de sa colère. Son fils aîné lui faisait signe, debout à l'extrémité du parc.

— Je crois que j'ai trouvé une sorte de terrier. Mais je ne suis pas sûr de l'animal qui l'a creusé.

Marcus respira, heureux de cette interruption.

— J'arrive tout de suite, mon fils, lui cria-t-il, avant de s'adresser à Pandora d'un ton brusque. Je vais aller voir ce qu'il a trouvé.

— Bien sûr.

La douleur revint dans les yeux de sa femme, mais il n'y pouvait rien. Mieux valait qu'il s'éloigne plutôt que de laisser libre cours à ce qui bouillonnait en lui. Il se dirigea à grands pas vers Jamie, furieux que la pire chose qu'elle ait faite n'ait pas été de trahir sa confiance. Non, c'était qu'elle l'avait fait douter de *lui-même.*

Il avait toujours été un homme qui savait ce qu'il voulait. Il avait dirigé un bataillon entier, pris des décisions rapides qui avaient affecté la vie d'un nombre incalculable de personnes, et n'avait jamais failli. Il n'avait jamais faibli. Cependant, depuis les révélations de Pandora, ses pensées étaient comme une bascule, oscillant d'avant en arrière avec une exaspérante indécision. Son humeur pouvait changer du tout au tout d'un instant à l'autre, à tel point qu'il avait l'impression de devenir fou.

Il se reconnaissait à peine, et il détestait cela. Chassant ses idées noires, il s'approcha de Jamie.

— Où est ce terrier ?

— Juste ici, papa, répondit Jamie, pointant du doigt un trou dans la neige à la base d'un arbre. Je pense que ce pourrait être un lapin ou un opossum...

— Descends de là tout de suite, Owen !

Le ton pressant de Penny incita Marcus à se tourner. Son cœur se serra dans sa poitrine lorsqu'il vit son plus jeune fils en équilibre sur la branche d'un chêne, à près de cinq mètres du sol.

— Mais, maman, je peux marcher comme Madame Magnifique ! chantonna le garçon, faisant un pas sur la surface glacée. Regarde-moi !

Ses paroles s'achevèrent sur un cri quand il perdit l'équilibre et dégringola de l'arbre, agitant les bras.

Marcus était déjà en train d'accourir, mais Penny arriva la première, les bras tendus. Leur fils la percuta de plein fouet, et elle encaissa tout son poids, tombant à la renverse avec un bruit sourd. Sa tête heurta le sol glacé avec un craquement terrifiant.

Il les rejoignit la seconde suivante. Avec une rapidité acquise sur le champ de bataille, il s'assura qu'Owen était seulement assommé, mais indemne. Il éloigna le garçon de Penny et le plaça à côté de lui, aboyant :

— Reste ici et ne bouge pas !

Owen acquiesça, les lèvres tremblantes.

— Est-ce que maman… ?

Le pouls palpitant, Marcus retira ses gants et examina délicatement sa femme. Elle avait les yeux fermés, mais il n'y avait pas de sang. Rien de cassé, pour autant qu'il puisse le dire. Son pouls était faible, mais régulier.

— Penny, mon amour, insista-t-il. Ouvre les yeux.

Rien. Son ventre se noua.

Des bruits de pas signalèrent l'arrivée de Jamie et d'Ethan.

— Est-ce que maman va bien ? demandèrent-ils à l'unisson.

— Ça ira, répondit Marcus d'une voix rauque. Réveille-toi, Penny. Tu ne veux pas que les garçons s'inquiètent, n'est-ce pas ?

Une éternité sembla s'écouler avant que ses cils ne s'agitent et ne dévoilent des yeux violets hébétés.

Dieu merci. Bon sang ! Dieu merci !

— Owen… ? murmura-t-elle.

Marcus s'obligea à parler en dépit de sa gorge complètement nouée.

— Il va bien. C'est de toi que nous devons nous inquiéter, lui dit-il avant de la soulever dans ses bras avec le plus grand soin. Ça va ?

— Je vais bien. J'ai juste… j'ai eu le souffle coupé, dit-elle, la voix haletante. Je peux marcher.

Son cœur tambourinant dans sa poitrine, Marcus la porta jusqu'à la maison, suivi de leurs fils.

Treize

Êtes-vous sûre que je ne peux rien vous apporter d'autre, my lady? s'enquit Jenny en débarrassant le plateau du petit déjeuner. Un autre oreiller, d'autres couvertures… ?

— Je vais très bien, assura Penny à la femme de chambre aux cheveux roux. Il n'y a pas de quoi en faire une histoire.

— Eh bien, vous nous avez vraiment fait peur, my lady. À nous tous. Hier soir, pendant que nous attendions que le médecin en finisse avec vous, je n'avais jamais vu les jeunes maîtres aussi calmes et moroses. Et lord Blackwood a failli creuser une tranchée dans le salon en faisant les cent pas.

Une vague de chaleur se déploya au creux du ventre de Penny.

— Il s'inquiétait pour moi?

— Il était dans tous ses états, l'informa Jenny en souriant, les yeux brillants. Le genre d'inquiétude qui permet de faire couler l'eau sous les ponts, si vous me permettez.

Penny n'était pas surprise que Jenny ait remarqué la rupture entre Marcus et elle. Après tout, la femme de chambre avait l'habitude d'entrer et de le trouver dans le lit de Penny. Son absence, ainsi que la tension qui régnait entre eux en dehors de la chambre à coucher devaient susciter des commentaires, et elle se demandait ce que le personnel pensait du froid qui régnait entre le maître et la maîtresse de maison.

— Est-ce qu'on parle beaucoup en bas ? s'enquit-elle.

Au fil des ans, la loyauté de la femme de chambre s'était révélée inébranlable. Penny lui faisait confiance, non seulement pour se montrer discrète, mais aussi pour lui dire la vérité. Jenny valait son pesant d'or.

— Un peu, my lady, avoua la domestique, mais tout le monde sait à quel point le maître vous aime, alors la plupart pensent que c'est une dispute. Le genre qui fait partie intégrante de tout mariage. Et, comme je l'ai dit, lord Blackwood est en train d'user le tapis tant il s'inquiète pour vous en ce moment même. Il ne le ferait pas s'il ne vous aimait pas sincèrement, n'est-ce pas ?

Une lueur d'espoir jaillit dans le cœur de Penny.

— Merci, Jenny. Et je ne veux pas que les garçons ou mon mari s'inquiètent, alors, s'il vous plaît, aidez-moi à m'habiller. La robe en laine safran, ce sera bien, je crois.

— Mais, my lady, vous devriez vous reposer un peu plus...

Un coup impérieux, frappé à la porte, interrompit la femme de chambre. Le rythme cardiaque de Penny s'accéléra.

— Entrez ! dit-elle, légèrement essoufflée.

Marcus entra à grands pas. Il était en manches de chemise, son gilet marine austère moulant son torse mince, son pantalon gris anthracite épousant ses jambes musclées. L'inquiétude dans son regard coupa le souffle de Pandora et des larmes lui brûlèrent les yeux.

Elle avait craint qu'il ne la regarde plus jamais de cette manière.

— Milord, le salua Jenny avec une légère révérence. Je vais aller préparer votre toilette, my lady.

Le sourire aux lèvres, la femme de chambre se hâta de sortir et referma la porte derrière elle.

Le tic-tac de l'horloge en bronze doré sur la cheminée résonnait moins fort que le martèlement du cœur de Penny dans ses oreilles.

Entourant d'une large main le montant au bout du lit, Marcus dit :

— Comment te sens-tu ce matin ?

— Beaucoup mieux. J'ai une petite bosse sur la tête, mais c'est surtout ma fierté qui a été touchée, répondit-elle, se risquant à esquisser un sourire. J'ai cru pouvoir garder l'équilibre.

— Tu as rattrapé notre fils qui tombait d'un arbre. Tu as de la chance qu'Owen ne t'ait pas aplatie comme une crêpe !

— Il est devenu plus grand que je ne l'avais imaginé, expliqua-t-elle, puis, voyant l'expression de Marcus s'assombrir, elle poursuivit rapidement. Ce n'est pas la faute d'Owen.

Marcus se renfrogna davantage.

— Ce n'est pas sa faute ? Ce garçon mérite une bonne correction pour vous avoir mis en danger, lui et toi.

Penny se redressa contre les oreillers à cette idée. Dès l'instant où elle avait tenu son premier-né dans ses bras, elle s'était juré qu'aucun de ses enfants ne connaîtrait la souffrance si elle pouvait l'éviter. Aucun de ses enfants ne se sentirait jamais en danger, indésirable ou mal-aimé. Et au diable ceux qui pensaient que « qui aime bien châtie bien ».

Heureusement, la plupart du temps, Marcus respectait sa volonté. Il était partisan d'une discipline stricte et il était sévère, mais il avait l'habitude de sermonner et de punir par des moyens autres que corporels.

— Owen a été suffisamment puni. Je suis sûre qu'il s'en veut terriblement, insista-t-elle. Il n'a pas besoin...

— Bon sang de bonsoir ! Cesseras-tu jamais de défendre ces petits voyous ?

Marcus s'approcha du côté du lit, la regardant fixement, les mains posées sur les hanches. Estimant qu'il était plus exaspéré que fâché, elle décida d'être honnête.

— Non.

Son mari se renfrogna.

— Il est privé de ses privilèges de sortie pendant un mois.

C'était une punition juste.

— D'accord, dit-elle doucement.

— Quant à toi..., commença-t-il, se passant une main dans les cheveux. Bon sang, Penny ! Ne prends plus de risques comme ça !

— Je suis désolée. Je n'ai pas réfléchi. Je l'ai simplement vu tomber et j'ai réagi.

Elle déglutit, se remémorant la panique, l'horreur totale de voir Owen en danger. Marcus ne dit rien. Elle ne parvenait pas à déchiffrer son expression, elle ne savait pas si elle avait poussé trop loin sa chance, si elle l'avait encore mis en colère. Il la surprit en s'asseyant sur le bord du lit.

— Nous devrions parler, dit Marcus.

Une pointe d'appréhension lui chatouilla la nuque.

— Oui ?

— À propos de l'état de notre relation. Cela ne peut pas continuer ainsi, dit-il d'un ton laconique.

Le ventre de Penny se noua. Avait-il pris une décision quant à leur avenir ? Mon Dieu ! Avait-il décidé de divorcer, finalement ?

Il poursuivit d'un ton neutre.

— Je ne peux pas pardonner le passé.

Elle était incapable de respirer, et elle ne parvint même pas à hocher la tête. La terreur la paralysait.

— Je pense donc que la seule solution, c'est d'aller de l'avant. De mettre tout cela derrière nous. Pour le bien des enfants, nous devons tourner la page et prendre un nouveau départ.

Peu à peu, le cerveau de Penny se remit en marche. Une sensation la traversa, un soulagement si intense qu'il confinait à la douleur.

— Y consentirais-tu, Pandora ?

— Oui, Marcus ! Oh, oui ! murmura-t-elle.

Il l'avertit.

— Il y a des conditions. Pour commencer, après aujourd'-hui, je ne veux plus entendre parler de ton passé. Apprendre tes incartades, dit-il d'un ton mordant, ne m'a pas mis dans de bonnes dispositions. Alors, si tu m'as menti sur autre chose, sur d'autres amants, tu ferais mieux d'en finir et de me le dire maintenant. Parce qu'après aujourd'hui, je ne veux plus rien entendre.

Il existait des secrets qu'elle ne lui avait pas révélés, mais pas du genre de ceux dont il parlait. Ce n'étaient pas des duperies dont elle aurait dû se sentir coupable. Elle avait le sentiment qu'il valait mieux garder les choses simples.

— Il n'y a pas eu d'autres incartades, répondit-elle d'une voix calme.

Il lui jeta un regard.

— D'accord, dit-il, et il se leva.

Elle ne put réprimer la pointe de déception dans sa voix.

— C'est tout ? Tu t'en vas ?

— Tu devrais te reposer.

— Je me sens bien. Crois-moi, j'ai connu des chutes bien pires...

Elle s'interrompit, se rendant compte de ce qu'elle avait révélé par inadvertance. Dans son désir de garder Marcus auprès d'elle un peu plus longtemps, elle avait fait référence à son passé. Ce passé dont il venait de lui dire qu'il ne voulait plus entendre parler.

Bon sang, qu'est-ce qui me prend ?

— Nous avons d'autres choses à discuter, ajouta Penny sans conviction.

Marcus fronça les sourcils, croisant les bras sur sa large poitrine.

— Ah ! oui ?

— À propos de... nous. De notre arrangement, commença-t-elle, avec l'impression de tâtonner dans l'obscurité. Nous n'avons pas parlé de ce que signifie prendre un nouveau départ.

— Je crois que nous venons de le faire.

— C'est vrai. Je veux dire, je comprends que mon passé est derrière nous. Mais qu'en est-il de l'avenir ? s'enquit-elle, déglutissant. Comment serons-nous... en tant que couple marié, je veux dire ?

L'expression de son mari ne changea pas.

— Tu fais référence aux affaires de la chambre à coucher.

Rougissante, Penny murmura :

— Oui.

Au bout d'un moment, il dit :

— Je te dois des excuses.

— Pour quoi ? s'enquit-elle, confuse.

— Pour la façon dont je t'ai traitée dans la salle de bains.

Les joues de la jeune femme s'échauffèrent davantage. Humectant ses lèvres, elle dit :

— C'était ma faute. Je n'aurais pas dû te pousser.

Il se passa à nouveau la main dans les cheveux, avant de les poser sur ses hanches.

— Non, tu n'aurais pas dû. Mais je n'aurais pas dû te laisser comme je l'ai fait. J'ai laissé la colère prendre le dessus et je t'ai mal traitée. J'ai eu tort et je m'en excuse, Pandora.

— Excuses acceptées. Et ce n'était pas... mal, ajouta-t-elle en voyant le regard de Marcus s'adoucir. Seulement la façon dont nous nous sommes séparés. Avant cela, c'était... merveilleux.

Le regard de son mari passa de chaleureux à brûlant.

— Bon sang ! Pandora...

— Je sais que j'ai commis des erreurs, mais puisque nous prenons un nouveau départ, je veux être une épouse pour toi, poursuivit-elle. Je veux partager un lit avec toi, être avec toi, parce que je t'ai...

Il posa un doigt sur les lèvres de Penny, endiguant le flot de ses paroles.

— Non, protesta-t-il d'un ton sévère.

— Non, quoi ? parvint-elle à articuler.

— Ne précipite pas les choses. Avec du temps et des efforts, je pense que nous pouvons reconstruire notre mariage. Mais cela ne veut pas dire que les choses seront comme avant, dit-il, et ses paroles mesurées la transpercèrent, broyant ses entrailles. Tu ne dois pas me pousser sur ce point ; ni sur ce point ni sur aucun autre. Je ferai tout mon possible pour ne pas mal réagir, mais je ne tolérerai pas d'être manipulé.

Le cœur de Penny cognait dans sa poitrine.

— Je n'essaie pas de te manipuler.

— Pendant douze ans, tu l'as fait.

Elle n'avait rien à répondre à cela. Rien du tout. Parce qu'il avait raison.

La gorge nouée, elle lui demanda :

— Quand pourrons-nous... être à nouveau ensemble ?

— Laisse-moi en prendre l'initiative. Nous commencerons par rétablir la confiance et nous verrons à partir de là.

— D'accord.

Il n'y avait rien d'autre à dire. Obtenir une seconde chance était plus que ce qu'elle méritait, et elle en avait conscience. Elle ne voulait pas compromettre cette occasion.

Il posa sa main sur sa mâchoire, et elle se laissa bercer par cette caresse, avide de ce lien entre eux. Elle s'imprégna de la force et de la solidité chaleureuse de la main de son mari avant que celle-ci ne se retire et qu'il recule d'un pas.

— Je vais faire monter les garçons, dit-il. Ils sont impatients de te voir.

— Ils vont s'inquiéter s'ils me voient encore au lit. Je vais m'habiller et descendre les voir...

— Pour l'amour du ciel ! Tu viens de faire une chute. Reste au lit pour la journée et repose-toi, Penny.

Elle voulut protester, mais les mots moururent sur ses lèvres. Sa poitrine se serra, et elle lutta pour repousser ses larmes. Elle était de nouveau Penny. Sa Penny.

Elle avait retrouvé cela.

— Très bien, Marcus, murmura-t-elle.

Il hésita, comme s'il était sur le point de dire quelque chose de plus... mais au lieu de cela, il lui adressa un bref signe de tête et quitta la chambre. Elle se laissa retomber contre les oreillers et essaya de ne pas se sentir seule. De trouver du réconfort grâce à l'espoir.

QUATORZE

Les deux semaines suivantes passèrent dans le flou pour Penny. Elle devait s'occuper de tous les détails restants pour le bal ainsi que de remettre son mariage sur les rails. Dans le premier cas, elle était sûre de ses progrès; dans le second, pas vraiment.

Non pas que Marcus n'ait pas tenu parole. Il n'avait pas fait mention de son passé, et son attitude envers elle s'était visiblement radoucie. Quelques jours auparavant, il l'avait même taquinée à la table du dîner, lui demandant si elle essayait de le faire grossir en faisant préparer tous ses plats préférés. Elle avait eu envie de lever les yeux au ciel, car, contrairement à elle, cet homme pouvait manger comme un ogre sans prendre un gramme. Mais, surtout, il avait remarqué ses efforts pour lui faire plaisir. C'était un progrès, et c'était bon.

Pourtant, tout ne se passait pas sans heurts. Par le passé, Marcus avait été le plus calme de leur couple, le point d'ancrage de ses tempêtes occasionnelles, même si, honnêtement, elles n'étaient pas si rares. Il avait été son refuge, et jamais il n'avait été d'humeur changeante ou irritable. Cependant, le nouveau Marcus avait des humeurs, aussi changeantes que le temps.

Tout en tenant sa promesse de ne pas s'énerver contre elle, il devenait soudain silencieux, distant, ses pensées prenant manifestement une tournure sombre et lugubre. Elle détestait qu'il rumine, elle aurait préféré une véritable dispute à la tension qui pouvait s'installer à tout moment comme un givre mortel et anéantir leur réconciliation naissante. Elle avait l'impression d'être l'une des artistes de l'Astley, marchant sur une corde raide pas moins dangereuse que celle de Madame Monique la Magnifique.

Et dans le même temps, elle n'osait pas l'affronter. Elle lui avait donné sa parole qu'elle n'insisterait pas; comme leur trêve était très récente, elle ne voulait pas les pousser au conflit une fois de plus. Elle s'obligea donc à la patience et elle le laissa dicter le rythme de leur rapprochement.

Pourtant, un sentiment dangereux s'ancrait en elle : l'impatience.

Ce matin-là, elle avait reçu un message de sœur Agatha, une réponse à son appel à l'aide. Et le conseil de sa vieille amie tenait en trois mots : *sois toi-même*. Mais Agatha ne parlait sûrement pas de la *véritable* Penny.

À l'époque où elle était Pompeia, l'espionne impitoyable, elle avait canalisé son entêtement inné à son avantage. Elle s'était montrée audacieuse et téméraire, acceptant des missions périlleuses que d'autres avaient refusées. Comme elle n'avait pas grand-chose à perdre à l'époque, elle ne craignait pas grand-chose non plus. Elle s'était jetée à corps perdu dans tous les personnages qu'elle avait dû incarner, sans retenue, jouant pour gagner. Toujours.

Douze années de mariage avaient modéré cette partie d'elle-même. Elle s'était habituée à être la marquise dévouée de son mari, un rôle qu'elle avait choisi et qui, en vérité, la ravissait. À tel point que cela ne l'avait pas dérangée de supprimer certains aspects de son ancien moi, car avoir l'amour de Marcus – l'amour du meilleur homme qu'elle ait jamais connu – valait n'importe quel prix.

Le fait était qu'elle s'était tellement habituée à être lady Blackwood que Pompeia n'était plus qu'une silhouette en arrière-plan.

Une touche de peinture sur un paysage. Cela lui avait semblé être une bénédiction, car, en toute honnêteté, elle n'avait jamais beaucoup aimé Pompeia.

Pourtant, ce jour-là, pour une raison qu'elle ne s'expliquait pas, l'ombre de son ancienne vie était de retour et prenait de plus en plus de place. C'était comme si la révélation de ses secrets avait ressuscité la Pompeia d'autrefois, une femme qui n'aurait été la bienvenue dans aucune des salles de bal de la bonne société. Qui n'aurait pas eu l'amour d'un homme aussi digne et honorable que le marquis de Blackwood.

Mais, en ce moment, tu n'as pas son maudit amour, n'est-ce pas ?

Elle bloqua sa voix intérieure insidieuse, celle qui se sentait de plus en plus à son aise dans sa tête. Elle ne comprenait pas pourquoi, après tout ce temps, cette partie indésirable d'elle-même était revenue. Peut-être que la réapparition du Spectre avait mis le feu aux poudres. Quelle qu'en soit la cause, elle se promit de ne pas céder aux impulsions brûlantes et imprudentes que Pompeia entraînait inévitablement dans son sillage.

Par exemple, elle refusait de se plier à l'injonction de Marcus d'y aller doucement. De le laisser prendre les devants. Non. Pompeia voulait vivre en oubliant le passé. Et elle voulait le faire en ouvrant la porte entre leurs chambres à coucher, en grimpant dans le lit de son lord et en réclamant ce qui lui revenait de droit.

Alors, donner carte blanche à Pompeia ? Ce n'était pas une option.

Cela anéantirait toutes ses chances de retrouver le bonheur avec Marcus.

Alors, Penny décida de s'en tenir à son plan initial. Pendant deux semaines entières, elle continua à se comporter en bonne épouse contrite. Et si Marcus ne lui rendait pas visite dans son lit, au moins, il restait à la maison la nuit. Les plaisanteries se multipliaient entre eux, ils retrouvaient un peu de leur camaraderie d'antan. Ils avaient même passé une soirée à jouer aux échecs ; et conformément à son rôle de pénitente, elle l'avait laissé gagner.

C'était à présent le soir de son très attendu bal d'hiver. L'occasion pour elle de montrer à Marcus qu'elle était la marquise idéale pour lui. Et de montrer au monde que la séparation des Blackwood était terminée.

S'observant dans la psyché, elle dit :

— Vous ne croyez pas que la robe est exagérée, Jenny ?

— Elle est parfaite, déclara la femme de chambre. J'ai toujours dit que Madame Rousseau était la meilleure modiste de tout Londres, et, cette fois-ci, elle s'est surpassée. Vous êtes un véritable chef-d'œuvre, my lady. Je n'ai jamais rien vu d'aussi beau de toute ma vie.

En commandant sa robe pour le bal, Penny avait dit à la modiste de ne pas regarder à la dépense, et Madame Rousseau, qui était à la fois une femme d'affaires avisée et une artiste, l'avait prise au mot. La robe était confectionnée dans une soie bleu glacier pâle, le tissu étant agrémenté de perles cousues à la main pour créer un effet subtil et tourbillonnant rappelant des congères. Le corsage laissait les épaules de Penny dénudées, épousant sa poitrine et sa taille, tandis que l'ample jupe à la mode retombait en cascade sur ses chaussures bleu glacier assorties.

À ses yeux, le plus grand atout de cette robe résidait dans son effet de surprise. Vue de face, la robe apparaissait assez discrète ; le haut, garni d'une large bande de ruban cerise, ne laissait apparaître qu'une infime partie de son décolleté, ce qui n'était pas négligeable étant donné qu'elle était plutôt généreusement dotée dans ce domaine. L'autre côté du vêtement, en revanche, était plongeant : il dévoilait la ligne lisse de sa colonne vertébrale, le ruban rouge vif se rejoignant en un nœud parfait et élégant à un cheveu au-dessus de la naissance de son dos.

La robe était délicieuse... bien qu'un peu osée.

Penny redressa les épaules. Avec l'aide de Jenny, elle avait cultivé son propre style. En tant que marquise de Blackwood, elle était connue pour prendre des risques en matière de mode, et son style audacieux avait toujours fait ses preuves. Marcus, quant à lui, semblait accorder une attention particulière à ses robes les plus séduisantes. Frissonnant, elle tâcha de compter les fois où ils étaient rentrés d'une soirée en ville et avaient à peine eu le temps d'atteindre l'une de leurs chambres avant qu'il n'abaisse son corsage jusqu'à sa taille, relevant ses jupes, posant sur elle des mains brûlantes et possessives.

Tu m'as tenté toute la soirée, Penny, et maintenant, j'ai ma juste récompense, grognait-il.

Certaines fois, ils n'avaient même pas pu attendre d'être à la maison. En privé, ils plaisantaient sur le fait que le tempérament vif d'Owen était sans doute dû au fait qu'il avait été conçu au cours d'un trajet en calèche plutôt mouvementé pour rentrer de l'opéra.

Le souvenir de leurs activités passées après les soirées lui donna de l'espoir et renforça sa détermination. Si tout se passait comme prévu ce soir-là, elle aurait une belle réussite sociale à son palmarès. Marcus en serait certainement impressionné. Et peut-être, juste peut-être, serait-il enclin à étendre la célébration à une rencontre privée entre eux par la suite.

L'espoir faisait vivre, après tout.

— Le collier de rubis, madame? s'enquit Jenny.

Penny acquiesça, et la femme de chambre accrocha le lourd bijou de pierres précieuses autour de son cou. Le collier de gros rubis rouge sang reliés par des diamants froids et étincelants lui avait été offert par Marcus. Il le lui avait donné à l'occasion de leur dixième anniversaire de mariage.

Pour ma femme, dont le prix est largement supérieur aux rubis, avait-il murmuré dans son oreille.

La gorge de Pandora se noua, ses doigts effleurant le symbole de l'estime de son mari. Une estime qu'elle retrouverait, quoi qu'il advienne. Elle se regarda une dernière fois dans le miroir et vit la flamme de la bataille dans ses yeux.

— Je suis prête, dit-elle en levant le menton.

Si tout se passait comme prévu, le bal de ce soir marquerait le début de leur nouveau départ.

———

Alors qu'il avalait d'une traite une nouvelle coupe de champagne, Marcus espérait que ce maudit bal prendrait bientôt fin.

Son ventre se noua quand il aperçut Penny entourée d'un cercle d'admirateurs, dont les quatre cinquièmes étaient des hommes. Elle riait, vêtue d'une robe si indécente qu'il brûlait de s'approcher et d'exiger qu'elle monte se changer. Lorsqu'il l'avait regardée descendre l'escalier pour accueillir leurs invités, il avait été une fois de plus frappé par son charme, la juxtaposition de sa beauté froide et de ses yeux violets passionnés lui faisant bouillir le sang.

Puis elle s'était retournée, et son sang avait dégringolé vers une partie précise de son anatomie. Le désir s'était mêlé à la fureur. Bon sang ! Son dos tout entier était exposé !

À ce moment-là, il ne pouvait rien y faire, du moins pas sans risquer d'apparaître comme un mari jaloux et fou d'amour. Cette idée même lui donnait envie de grogner. Il n'allait pas se donner en spectacle devant leurs invités, pas plus qu'il n'allait offrir à Pandora la satisfaction de savoir qu'elle pouvait le pousser à se comporter comme un imbécile.

Si elle voulait exposer ses charmes à la manière d'une prostituée, songea-t-il, lugubre, alors, qu'il en soit ainsi. Il aurait une explication avec elle après la fête. Mais, si elle faisait le moindre geste déplacé ce soir-là, si son comportement ne faisait même que frôler l'inconvenance... Il serra les poings le long de son corps.

— Ça fait deux fois.

Le ton sinistre de Carlisle le tira de sa bouderie. Le vicomte se tenait à côté de lui, et regardait les danseurs tourbillonner sur un air écossais, affichant une mine encore moins réjouie que celle de Marcus.

— Deux fois ? répéta Marcus.

— Wick a dansé deux fois avec cette maudite fille, précisa Carlisle.

Marcus suivit la direction du regard de son ami.

Effectivement, le jeune frère de Carlisle, Wickham Murray, était en train d'évoluer sur la piste de danse. Favori de ces dames, Murray était un fringant adonis, grand et musclé, vêtu à la dernière mode. Marcus reconnut sa partenaire actuelle comme étant Mlle Violet Kent, sœur cadette de la duchesse de Strathaven. Le couple formé par Murray et Mlle Kent avait fière allure. Sous le regard de Blackwood, le jeune homme entraîna la femme brune dans une pirouette particulièrement dynamique, et leurs rires partagés attirèrent l'attention de la foule autour d'eux.

— Y a-t-il un problème à ce qu'il danse avec Mlle Kent? s'enquit Marcus.

— Il y en a environ dix mille, pour être précis, répondit Carlisle, dont les traits étaient figés dans une expression de mauvais augure. Mon frère est endetté, et comme je ne suis pas en mesure de le sortir de là, pour une fois, il va devoir régler lui-même ses problèmes. Ce qui signifie qu'il devrait être en train de faire la cour à une héritière et non à une jeune fille de la classe moyenne qui aspire à la respectabilité.

Marcus remarqua les chuchotements émanant d'un groupe de femmes qui se tenaient près d'un palmier en pot. Leurs éventails battaient l'air de manière parfaitement synchronisée, elles prenaient manifestement note des moindres paroles de Carlisle et s'en délectaient.

Baissant la voix, et espérant que son ami comprendrait, Marcus lui répondit :

— Mlle Kent est tout à fait respectable : elle est la belle-sœur d'un duc et d'un marquis.

— À moins que sa dot ne soit supérieure à vingt mille livres, et, crois-moi, Wickham aura au moins besoin de ça, je me fiche bien qu'elle appartienne à la famille du roi lui-même, expliqua le vicomte, arborant une moue dédaigneuse.

Il jeta un regard appuyé à Mlle Kent, qui rougissait et riait après une nouvelle pirouette risquée.

— De plus, mon frère a besoin d'une épouse convenable pour

le garder dans le droit chemin, et je ne suis pas sûre qu'elle sache même épeler le mot *bienséance*, et encore moins l'appliquer.

Cette fois-ci, les femmes qui écoutaient haletèrent suffisamment fort pour attirer l'attention du vicomte. Il plissa les yeux et elles s'éloignèrent précipitamment en se dandinant, leurs jupes virevoltant et bruissant derrière leurs éventails.

— Pour un homme qui n'aime pas le scandale, remarqua sèchement Marcus, tu viens de fournir à ces femmes de quoi alimenter les commérages pendant des semaines.

— Je ne disais que la vérité. Si cela leur donne de la matière, alors soit, répliqua le vicomte, renfrogné. C'est précisément la raison pour laquelle je déteste ces événements sociaux, sans vouloir t'offenser.

— Je ne suis pas offensé.

D'autant plus que Marcus était d'accord avec lui en ce qui concernait ce bal en particulier. Il posa à nouveau les yeux sur Pandora, et la pression dans ses veines augmenta dangereusement. Le comte d'Edgecombe avait rejoint son cercle et, ce faisant, ce gredin posa une main sur le bas de son dos.

Un autre homme *touchait sa femme*. La sale patte de ce bougre resta un instant de trop au-dessus du nœud écarlate dans son dos, celui qui l'attirait comme s'il s'agissait d'un cadeau à déballer, avant qu'il ne la retire. Pourtant, le mal était fait. Les cicatrices se réveillèrent dans le cerveau de Marcus : *Pierre Chenet, Jean-Philippe Martin, Vincent Barone.* Des images de Penny, touchée par ces hommes sans visage, gémissant sous eux, lui brûlèrent la peau, l'obligeant à écarter son col. Un instinct sauvage s'empara de lui.

— Tu devrais peut-être y réfléchir à deux fois, l'avertit Carlisle en le retenant par le bras.

— Il l'a *touchée*.

Ils l'ont tous fait. La rage frémit dans ses muscles.

— L'espace d'un instant seulement, et Edgecombe prétendra que c'était innocent. Veux-tu vraiment faire une scène pour une telle bagatelle ? Veux-tu avoir l'air d'un mari jaloux dominé par sa femme ?

Les paroles de Carlisle atteignirent Marcus à travers son brouillard de fureur. Il fit appel à toute sa volonté pour se calmer.

— Je croyais t'avoir entendu dire que les choses s'étaient améliorées entre vous deux, dit le vicomte.

Marcus redressa sa veste. Il mourait d'envie de frapper quelque chose. En particulier le visage du malotru qui se tenait à côté de sa femme, les yeux rivés sur son maudit corsage.

— C'est vrai.

— Bien, dit Carlisle en souriant. Voilà pourquoi je ne me marierai jamais par amour. Que les choses aillent bien ou non, dans tous les cas, tu finis par passer pour un imbécile.

— Tu ne m'aides pas, répondit Marcus, serrant les dents.

— Bien sûr que si. Si je n'étais pas là, tu serais en train de frapper Edgecombe à la tête, et, crois-moi, la caboche de ce brigand n'a pas besoin d'être endommagée davantage. Il est déjà assez stupide comme ça. Maintenant, veux-tu un conseil ?

— Ai-je le choix ?

— Ignore-la. Va jouer ton rôle d'hôte. Vous n'avez pas besoin de laver votre linge devant la bonne société tout entière.

Carlisle n'avait pas tort. Soufflant fort, Marcus se reprit. *Continue. Ne passe pas pour un idiot aux yeux du monde entier.* Il balaya la salle de bal du regard, et il aperçut lady Cora Ashley qui lui faisait signe.

— Tu as raison. Voudrais-tu te joindre à moi pour accueillir quelques invités ?

— Non, merci. J'ai vu tout ce que je pouvais supporter pour la soirée. Bonne chance, et bonne soirée, mon ami, lui dit Carlisle en s'inclinant.

Le vicomte partit dans un sens et Marcus dans l'autre.

QUINZE

Le bal tournait au cauchemar.

Et pour ne rien arranger, Penny était accaparée par sa belle-mère.

— Vous avez le don d'organiser des fêtes, déclara lady Aileen, la marquise douairière de Blackwood. Ce bal ne fait pas exception.

La petite femme ridée agita le pommeau orné de pierres précieuses de sa canne pour désigner le paysage hivernal que Penny avait mis des semaines à créer. Au fil des ans, elle avait compris que le succès tenait aux détails, à la mise en place d'une scène qui contenait à la fois le confort du familier et l'élément de surprise. En ce sens, les divertissements n'étaient pas très différents de son travail d'agent.

Pour l'événement de ce soir-là, elle avait disposé des branches de conifères et des rubans argentés sur le haut plafond. Des palmiers en pot avaient été peints à la main pour donner l'apparence du givre sur les frondaisons, et des stalactites en verre scintillaient sur les branches. La nourriture et les boissons les plus raffinées circulaient en abondance.

— Il est heureux que les poches de mon fils soient suffisamment profondes pour financer votre passe-temps, poursuivit la douairière.

Penny s'était attendue à une pique. Comme toujours, les compliments de la vieille harpie étaient à double tranchant. Les années qui passaient et les trois petits-fils que Penny avait engendrés avaient atténué, sans toutefois les faire disparaître, les tensions entre lady Aileen et elle. Elle soupçonnait la harpie de s'ennuyer et d'apprécier secrètement leurs échanges animés, et elle, de son côté, rendait coup pour coup. Par moments, cela entraînait des guerres, mais dans l'ensemble, les deux femmes parvenaient à se côtoyer sans trop d'effusions de sang. Elles le faisaient pour le bien de l'homme qu'elles aimaient toutes les deux.

Déglutissant, Penny coula un nouveau regard en direction de Marcus. En temps normal, le voir si beau dans sa tenue de soirée lui procurait un frisson de satisfaction féminine, mais ce soir, la douleur et la frustration bouillonnaient en elle. Elle avait fait de son mieux pour plaire à son mari... et il se comportait comme un fichu *abruti*. Il l'avait ignorée toute la soirée et se trouvait actuellement à plusieurs mètres de là, en train de divertir un groupe de ladies insipides qui étaient suspendues à ses moindres paroles.

Cora Ashley en faisait partie. Vêtue d'une délicate nuance de rose, la blonde se tenait en face de Marcus, agitant ses faux cils devant lui. Comme toujours, son mari, le comte d'Ashley, était absent.

— Que se passe-t-il entre vous et mon fils ?

Ces paroles brutales ramenèrent l'attention de Penny sur la douairière, qui la scrutait, plissant ses yeux d'un bleu plus délavé que celui de Marcus.

— Rien.

Penny refusait de donner satisfaction à sa belle-mère.

— Boniments ! Je suis peut-être vieille, mais je ne suis pas stupide. Avant, Marcus ne vous quittait jamais plus d'une demi-heure, mais ce soir, il agit comme s'il ne remarquait pas votre existence, remarqua la douairière.

Avant que Penny pût se remettre de l'humiliation de savoir que le mépris de Marcus à son égard était visible par tous, lady Aileen la scruta de la tête aux pieds.

— C'est la robe. Doux Jésus! En avez-vous oublié la moitié à l'étage? Aucun homme ne souhaite que son épouse soit habillée comme une femme facile, ma chère.

Alors même que le sang de Penny bouillonnait, elle garda une expression polie. Son mariage avec Marcus ne regardait personne. Et la dernière chose qu'elle comptait faire était de suivre les conseils de la douairière en matière de mode; cette vieille peau portait exclusivement du noir de la tête aux pieds, et si elle avait troqué sa canne contre une faux, alors le déguisement eût été complet.

De plus, comme elle n'était pas idiote, Penny n'avait pas eu besoin que sa belle-mère lui fasse remarquer que le comportement de Marcus était dû à sa robe; son expression était devenue aussi sombre qu'un nuage d'orage lorsqu'il en avait vu le dos. Ou l'absence de dos. Mais il était déjà trop tard pour qu'elle enfile une autre robe et, de plus, cela aurait alimenté les commérages parmi les invités si elle s'était enfuie pour quitter le vêtement qu'ils étaient en train de complimenter.

Ainsi, si Penny reconnaissait avoir fait une erreur de calcul dans le choix de sa tenue vestimentaire, elle ne parvenait pas à endiguer sa colère débordante. Avant, Marcus avait apprécié ses robes chics, même si elles étaient un peu osées. Comment aurait-elle pu savoir que toute sa personnalité avait changé? Elle ne savait pas lire dans ses pensées, et, au lieu de lui parler, il s'était tenu à l'écart d'elle toute la soirée.

— Madame Rousseau m'a assuré que cette robe faisait fureur à Paris, expliqua Penny.

Lady Aileen renifla.

— Oui. Eh bien, cela en dit long sur les Français, n'est-ce pas?

— Ils sont connus pour leur œil avisé en matière de mode, répliqua Penny en serrant les dents.

— Et moi, je suis connue pour mon œil avisé quand il est question de l'humeur de mon fils. Si j'étais vous, je monterais directement à l'étage, ma fille, et j'opterais pour une tenue plus appropriée.

Si Pandora avait éprouvé ne serait-ce qu'une légère envie de changer de robe, elle fut réduite à néant par le fait que sa belle-mère l'avait suggéré.

— Je suis très bien comme ça, affirma-t-elle, redressant les épaules.

— Vous récolterez ce que vous aurez semé. Mais vous ne pourrez pas dire que je ne vous avais pas prévenue. Les vautours sont en train de tourner au moment même où nous parlons, dit la douairière en pointant sa canne vers la horde qui entourait Marcus.

Sur ces paroles, elle s'en alla en clopinant saluer un cercle de ses amies.

Le regard de Penny se porta à nouveau sur Marcus, toujours entouré de femmes. La détestable lady Ashley ne se contentait plus de battre des cils devant Marcus, elle laissait échapper aussi ce rire agaçant chaque fois qu'il prenait la parole. Pandora mourait d'envie de s'approcher et de sauter sur cette bordelière, mais son bon sens et sa fierté l'en empêchèrent.

— Quel merveilleux événement, lady Blackwood!

Détournant son attention de Marcus et de son harem, Penny se concentra sur l'accueil des nouveaux venus. Le groupe se composait de quatre couples, des gens qu'elle appréciait tous; ainsi, pour la première fois de la soirée, son sourire était sincère.

Elle commença par embrasser l'air près des joues de lady Helena Harteford. Comme à son habitude, la belle brune aux courbes arrondies était accompagnée de son marquis, grand et austère, qui s'inclina poliment sur la main de Penny. Ils étaient suivis de Marianne et d'Ambrose Kent; le charme éclatant de cette femme contrastait nettement avec l'élégance et le naturel de son mari, mais tous deux allaient parfaitement ensemble, comme une fourchette et un couteau. Le duc et la duchesse de Strathaven, un couple brun et plein de vie, la saluèrent à leur tour, puis Thea et son époux Gabriel, le marquis de Tremont, se présentèrent.

Tremont inclina sa tête fauve.

— Bonsoir, Lady Blackwood.

Il y a peu encore, une méfiance réciproque aurait entaché tout échange entre Penny et son ancien collègue. Première règle de l'espionnage : ne faire confiance à personne, surtout pas à un autre espion. Mais le récent mariage de Tremont l'avait changé ; l'amour de sa marquise avait fait de lui un homme différent, en qui Penny avait suffisamment confiance pour unir ses forces avec lui. Avec l'aide des Kent, Tremont et Penny avaient mis fin à l'affaire du Spectre, et, ce faisant, ils avaient mis un terme à leur animosité passée.

— Je suis si heureuse de vous voir tous ici ! s'exclama Penny, et elle le pensait.

— Cela fait un certain temps que nous sommes arrivés, lui confia Thea, mais nous ne voulions pas t'empêcher d'accomplir tes devoirs d'hôtesse.

— Ce qu'elle veut dire, c'est que tu as été entourée d'admirateurs toute la soirée ! Nous n'avons pas pu nous faufiler jusqu'à toi, expliqua Marianne.

— Voilà un problème que je ne connais que trop bien, marmonna Ambrose Kent.

Magnifique et pleine d'esprit, Marianne Kent recevait sa part d'attention de la part des hommes. Elle décocha un clin d'œil à son mari.

— Tu sais que je garde toutes mes valses pour toi, mon chéri.

— En parlant de valse, quelqu'un a vu Violet ? s'enquit Emma, tordant le cou pour voir la piste de danse. Dès qu'elle arrive à un bal, elle est comme un poisson lâché dans l'océan. Je n'arrête pas de la perdre de vue.

Bénéficiant de l'avantage de sa taille, le duc de Strathaven dominait sa petite duchesse. Ses yeux vert pâle balayèrent la salle de bal avec attention.

— Je ne la vois pas, ma jolie. Pourrait-elle être dans le jardin ?

— Connaissant Violet, elle pourrait être n'importe où et faire n'importe quoi, ce qui est précisément ce qui me fait peur, expliqua Emma, sourcils froncés.

— Ne t'inquiète pas, mon amour. Nous allons la trouver, la rassura Strathaven.

Passant un bras possessif autour de la taille de sa femme, il s'adressa au groupe :

— Excusez-nous pendant que nous nous occupons d'une urgence domestique.

Et le couple s'éloigna dans la foule.

— Devrions-nous les aider à chercher ? s'enquit Thea.

— Tremont, Harteford et moi-même pouvons y aller, proposa Kent. Amusez-vous bien, mesdames.

Tandis que les hommes prenaient congé de leur épouse, Pandora fut prise d'un sentiment de jalousie. Harteford murmura quelque chose à l'oreille de sa lady qui la fit rougir, et Tremont embrassa tendrement sa jeune épouse sur le front. Pendant que le mari de Penny... Elle ne put s'empêcher de jeter un regard discret en direction de Marcus. *Bon sang de bonsoir !* Il était *toujours* dans le groupe de Cora Ashley, mais cette garce intrigante s'était glissée à côté de lui. Penny cramponna son éventail de dentelle tandis que lady Cora se penchait et murmurait quelque chose à l'oreille de Marcus, posant un gant rose sur son bras.

Sur le bras de mon *mari.* L'éventail fragile se brisa dans la main de Pandora.

— Tout va bien, ma chère ?

La voix calme de Marianne interrompit sa rêverie angoissée. Pour une fois, elle se sentait trop blessée et en colère pour mesurer ses paroles. Elle n'avait même pas le cœur de se soucier de la présence de lady Helena, qui n'était qu'une simple connaissance. Comme la marquise était l'amie proche de Marianne, elle était sans doute au courant d'une partie de la vérité.

Amère, Penny jeta son éventail cassé dans le pot d'un palmier tout proche.

— Non. Les choses sont loin d'aller bien.

— Lord Blackwood doit être fier de ton événement, intervint Thea. Je n'ai jamais assisté à un bal aussi bien organisé, et personne ne peut nier que c'est un succès.

Cette soirée aurait dû être le chef-d'œuvre de Penny. Sa façon de reconquérir son mari et de montrer au monde à quel point ils s'aimaient. Au lieu de cela, c'était un véritable fiasco.

— Je croyais que cela m'aiderait, mais ce n'est manifestement pas le cas. Rien de tout cela n'a d'importance, dit-elle, agitant une main lasse vers la foule gaie et bruyante. Il est toujours en colère contre moi.

— Alors, pourquoi ne vas-tu pas lui parler? suggéra Marianne. Lui dire ce que tu ressens?

— Je ne sais pas ce qui se passe, et ce n'est sans doute pas à moi de le dire, intervint la voix douce et distinguée de lady Helena. Mais si cela a quelque chose à voir avec des problèmes de mari, je pourrais peut-être vous aider.

Marianne n'avait donc rien dit à son amie. Penny lui était reconnaissante de sa discrétion. Dans le même temps, elle ne put s'empêcher de répondre ironiquement :

— Que savez-vous de ce sujet, Lady Helena? Votre mari vous adore, et il ne vous a probablement jamais causé de souci.

Marianne et lady Helena échangèrent un regard... avant d'éclater de rire. Penny fronça les sourcils.

— Qu'y a-t-il de si amusant?

Thea haussa les épaules, l'air tout aussi perplexe.

— Je n'en ai pas la moindre idée.

— Pardon... pardon, haleta lady Helena, s'essuyant les yeux avec un mouchoir.

Lorsqu'elle eut terminé, et qu'elle eut repris son souffle, elle sourit à Pandora.

— C'est juste que je connais deux ou trois choses sur les maris difficiles.

— Crois-moi, c'est vrai, confirma Marianne.

— Et ce que je sais m'amène à penser que les commérages qui circulent sur votre éloignement ne peuvent pas être vrais, poursuivit Helena.

— Pourquoi dites-vous cela? s'enquit Penny avec une morne résignation. Marcus ne m'a pas prêté attention de toute la soirée.

— Oh, si, ma chère ! Il a fait attention à vous, répondit Helena, une lueur dans le regard. Seulement, il le fait uniquement quand vous ne regardez pas. En ce moment, par exemple.

La tête de Penny se tourna dans la direction de Marcus. Elle croisa son regard orageux, et son cœur partit au galop. L'instant d'après, il se détourna, penchant la tête pour écouter Cora. Une minute plus tard, il quitta le groupe.

Pour aller chercher quelque chose pour la traînée en manque d'attention ? songea Penny, indignée.

La mâchoire serrée, elle dit :

— Pourquoi ne peut-il pas tout simplement me *parler* de ce qui l'agace ?

— Parce que c'est un gentleman, répond Marianne. Quand il est question de parler de leurs émotions, ils préféreraient se faire arracher une dent.

— Ou boire. Ou se battre sur un ring de boxe, ajouta Helena.

— Ou se taire, même s'ils souffrent à l'intérieur, intervint Thea d'une voix douce. Comme je viens moi-même tout juste de me marier, je ne peux pas prétendre avoir les mêmes connaissances que vous toutes. Mais ma mère m'a toujours dit qu'il y a un adage important à respecter dans le mariage : l'erreur est humaine et le pardon est divin.

Flora aurait dit quelque chose de similaire.

— Ta maman est une femme sage, dit Helena en hochant la tête.

— Je serai la première à admettre que tendre un rameau d'olivier n'est pas mon activité préférée, mais je l'ai fait, déclara Marianne sur un ton philosophique, et cela fonctionne invariablement.

Compte tenu du désastre de la soirée jusqu'à présent, parler ne pouvait pas aggraver les choses. Penny poussa un soupir.

— Je vais aller lui parler.

Arrivant à point nommé, un valet de pied passa et elle prit une flûte de champagne sur son plateau. Elle avala d'abord les bulles, avant de ravaler sa fierté. Ensuite, elle partit à la recherche de son mari.

———

Un quart d'heure plus tard, Penny s'approcha du petit balcon situé à l'extrémité nord de la salle de bal. L'endroit était désert, car de nouvelles collations chaudes venaient d'être apportées, attirant les convives vers les tables des buffets. Marcus n'était pas parmi eux. En fait, Penny l'avait cherché dans tous les endroits évidents, mais il restait introuvable. Comme les domestiques n'avaient pas souvenir de l'avoir vu aller à l'étage, le balcon était le prochain endroit à vérifier.

Les épaisses tentures bordeaux étaient tirées, et les portes avaient été laissées ouvertes derrière elles. Un courant d'air frais parcourut la peau de Penny. Elle écarta l'un des rideaux... et son cœur manqua un battement.

Marcus se tenait debout dans le froid clair de lune. Il n'était pas seul.

La scène lui transperça le cœur comme une baïonnette. Cora Ashley, dans les bras de Marcus, la bouche collée à la sienne. Un son déchirant s'échappa de la gorge de Penny. Marcus sursauta, tourna la tête dans sa direction, son regard croisant celui de sa femme.

Il repoussa Cora.

— Penny... !

Elle n'entendit pas la suite. Le cœur en miettes, elle s'enfuit, aussi vite et aussi loin qu'elle le pouvait.

SEIZE

L e lendemain soir, Marcus quitta son club. Il était ivre, mais pas assez. La culpabilité et le repentir se mêlaient mal à l'alcool qu'il avait ingurgité tandis qu'il attendait que le valet de pied aille chercher son manteau et son chapeau.

Bon sang ! Mais qu'ai-je fait ?

Il s'était comporté comme un maudit *abruti*, voilà ce qu'il avait fait ! Il n'aurait jamais dû accepter de retrouver cette satanée Cora Ashley sur le balcon. Lorsqu'elle l'avait supplié de lui accorder quelques minutes de son temps, qu'elle lui avait fait tout un plat, les larmes aux yeux, de son mariage malheureux, il aurait dû lui dire de trouver une autre épaule sur laquelle pleurer. Mais il ne l'avait pas fait. Pourquoi ?

Parce qu'il avait été tellement torturé par la jalousie et la colère à cause du passé de Penny qu'il avait renoncé à tout bon sens. Se complaisant à s'apitoyer sur son sort, il avait pensé qu'il était bon de partager son malheur, ce qui lui avait valu de tomber dans un guet-apens. Cela ne faisait pas deux minutes qu'il était sur le balcon quand Cora s'était jetée sur lui. Ce souvenir lui noua le ventre. Il l'avait repoussée immédiatement... mais pas assez tôt.

Penny était arrivée à ce moment-là, et elle avait tout vu. L'expression anéantie de sa femme... Sa poitrine se contracta, formant un nœud si serré et si douloureux qu'il avait du mal à respirer.

Il n'était rien d'autre qu'une pourriture.

Le valet de pied arriva avec ses vêtements d'extérieur, et Marcus les enfila avant de sortir dans la nuit hivernale. La neige tombait doucement, de gros flocons qui fondaient sur son manteau de laine. Il se dirigea vers sa calèche un peu plus haut dans la rue, l'esprit en ébullition.

Comment vais-je réparer cela ? Il avait fait un tel gâchis qu'il ne savait même pas par où commencer. La veille, après le départ des invités, il avait essayé de parler à Penny, mais elle lui avait bloqué l'accès à la porte entre leurs chambres. Jamais, en douze ans de mariage, il n'avait entendu le calme et l'acier mortel de sa voix lorsqu'elle lui avait dit de la laisser tranquille.

Accablé par la haine de lui-même et l'excès de champagne, il s'était éloigné en titubant et s'était écroulé sur son lit. À son réveil le matin, il s'était rendu directement dans la chambre de Penny... qui était déjà partie. Elle n'avait pas indiqué où elle allait ni quand elle serait de retour. Il avait soumis sa femme de chambre à un véritable interrogatoire, jusqu'à ce qu'elle semble au bord des larmes.

Il avait attendu toute la journée à la maison que Penny revienne, mais, à la tombée de la nuit, il n'y avait toujours aucun signe d'elle. Voyant l'inquiétude sur les visages de ses fils, sans doute parce qu'il avait creusé un sillon sur le tapis d'Aubusson à force de faire les cent pas, il leur avait lu une histoire pour les endormir. Puis il était parti boire un verre au club, incapable de supporter plus longtemps le supplice de l'attente.

De savoir à quel point il avait blessé Penny, la femme qu'il aimait plus que tout, son épouse chérie... Il se rendait compte maintenant qu'il l'avait punie sans pitié. Elle l'avait peut-être trahi, mais il lui avait plus que rendu la pareille en la traitant comme il l'avait fait. La gorge de Marcus se noua à l'idée qu'elle était seule quelque part, le cœur brisé, à pleurer ; la douleur de sa femme était plus qu'il ne pouvait en supporter. Il ne lui restait plus qu'à espérer la retrouver à la maison, pour pouvoir la supplier de lui pardonner et lui demander de réellement prendre un nouveau départ avec lui.

Il était prêt à laisser le passé derrière eux, et il priait pour qu'il en soit de même pour elle.

Bien que la neige ait cessé, la chaussée était glissante sous ses bottes alors qu'il s'approchait de sa voiture. Le cocher sauta au bas du véhicule, le chapeau baissé et le col relevé pour lutter contre le froid ; il lui ouvrit la portière.

— La nuit est froide, n'est-ce pas, Harvey..., commença Marcus.

Il s'interrompit en regardant attentivement le cocher. Puis il se figea. Ce n'était pas Harvey. Il avait la même moustache et les mêmes cheveux bruns, mais ses yeux étaient différents, brillants et dotés de longs cils... À cet instant, une poudre blanche brouilla la vue de Marcus. Elle emplit son nez, ses poumons, et, suffoquant, il bascula la tête la première dans l'obscurité.

Dix-Sept

1817

— Comment ça, tu démissionnes? Tu ne peux pas démissionner, cracha Octave. Les *espions* ne démissionnent pas.

Pandora posa les paumes à plat sur le bureau du maître-espion.

— Je le fais, dit-elle d'un ton ferme, le regardant droit dans les yeux. J'en ai fini, Octave.

Il fronça ses sourcils saillants, une expression qui, elle le savait, signifiait qu'une bataille s'annonçait. Mais cela n'avait pas d'importance. Pour la première fois de son existence, elle avait une raison valable de se battre.

Octave se pencha en avant sur son siège.

— Qu'en est-il des autres? Marius, Trajan, Cicéron et Tibère sont déjà en route pour le repaire du Spectre en Normandie. Ils auront besoin de ton aide pour capturer le méchant une fois pour toutes : tu ne peux pas abandonner tes collègues.

Après toutes ces années, pensait-il vraiment pouvoir la culpabiliser pour qu'elle se plie à ses exigences?

— Nous avons tous rejoint ce réseau d'espionnage de notre plein gré. Ce que les autres choisissent de faire ne me concerne pas, affirma-t-elle, se redressant du bureau, mais sans rompre le contact visuel. Le seul contrôle que j'ai, c'est celui de mon propre destin, et je choisis d'emprunter un chemin différent.

Octave se leva d'un bond, sa maigre silhouette vibrant d'une hostilité réprimée. Il pointa son index vers elle d'un air accusateur.

— *Tu* n'as pas le choix! C'est *moi* qui t'ai faite, Pompeia. Si je ne t'avais pas sauvée du ruisseau, tu y serais encore. Impuissante. Brisée. As-tu oublié ce que j'ai fait pour toi? Que je t'ai donné les armes et la volonté de survivre?

L'image de la ruelle sombre la submergea. Le parfum nauséabond se mêlant à la sueur, le poids qui l'écrasait, la vermine qui se faufilait entre les tas d'ordures. Le flot de terreur impuissante : toute une vie à se montrer prudente, et pourtant elle était tombée dans un piège. Elle ne pouvait s'en prendre qu'à elle-même. Personne pour l'aider. Personne pour s'en soucier. Son panier de fleurs éparpillé, les violettes écrasées sur les pavés, ses cris étouffés par le cuir, la douleur qui la déchirait...

Quand cela avait été fini, elle était restée là, recroquevillée sur le côté. Un mur blanc et froid s'était dressé dans son esprit, bloquant les bruits de pas qui s'éloignaient. Le visage maculé de larmes, le corps engourdi, elle avait tendu la main vers une violette qui était tombée, une qui n'avait pas été piétinée, effleurant du bout des doigts les pétales qui étaient parvenus à survivre...

Les yeux bleu pâle d'Octave la transpercèrent à travers le souvenir qui s'estompait.

— Je t'ai donné le pouvoir. Je t'ai appris à venger ton honneur et à rendre la justice. Tu m'es *redevable*.

Ses mots étaient tranchants, mais ils avaient autant de force que celle d'une lame depuis longtemps émoussée. Capable de toucher sa peau sans la lacérer. Et au lieu de sang, ce fut de l'amertume qui jaillit.

— Je t'ai rendu ta *gentillesse* au centuple. Je ne te dois rien. Je

ne te dois même pas la courtoisie de te donner ma démission...
mais je te l'accorde quand même, affirma-t-elle.

Et comme la loyauté ne s'éteignait pas si facilement, même
entre espions, elle ajouta à voix basse :

— Annule la mission. Envoie un message à Marius et aux
autres. Ils vont avoir besoin de temps pour se regrouper et revoir
leur plan, puisque je ne serai pas là.

— Je n'annulerai rien ! gronda Octave, frappant du poing sur
le bureau.

Son obstination n'aurait pas dû la surprendre. Il lui avait fallu
des années, mais elle avait fini par comprendre la vérité : Octave se
fichait d'elle. Il en avait toujours été ainsi. S'il avait exprimé sa
fierté ou son approbation au fil des ans, c'était en tant que maître
faisant l'éloge d'une bête bien dressée. Le maître-espion était
dominé par son ambition, par son besoin obsessionnel de pour-
chasser les espions ennemis, et tout et tout le monde, y compris les
agents qu'il avait formés, n'étaient que des pions dans le jeu.

Un jeu auquel elle refusait de se prêter plus longtemps.

— Tu auras donc leur sang sur les mains, lui dit-elle avant de
se tourner pour partir.

— Tu crois que je ne sais pas de quoi il retourne ? Tu crois
que je ne suis pas au courant de tes petites escapades à Toulouse et
à Quatre Bras ?

Pandora se figea, le cœur battant la chamade. Octave n'en avait
pas terminé.

— Tu crois que je ne suis pas au courant de ton attachement
pathétique au lieutenant-colonel Marcus Harrington ?

Maîtrisant son expression, elle fit de nouveau face au maître-
espion.

— Ce ne sont pas tes affaires.

— Ce sont mes affaires quand un maudit militaire me prive de
mon meilleur espion ! Je ne t'aurais jamais crue idiote, ajouta
Octave, plissant ses yeux pâles.

— Je ne suis pas idiote ! répliqua-t-elle, les mains crispées sur
les côtés.

— Tu l'es si tu crois qu'un homme comme lui voudra de toi. C'est un sang bleu et, qui plus est, un militaire jusqu'au bout des ongles. Toi et moi savons que les gens comme lui nous regardent de haut et ricanent de nos méthodes même quand ils doivent nous remercier de leur avoir sauvé la vie. Tu peux risquer ta peau pour la sienne autant que tu voudras, mais il ne t'en remerciera jamais. Et même s'il était capable de passer outre le fait que tu es un agent, ajouta Octave avec un rictus, il n'oubliera pas le fait que tu n'es plus une jeune fille vierge. Les hommes comme lui exigent un millésime coûteux et veulent être ceux qui font sauter le bouchon.

Ces mots crus la firent déglutir, mais elle s'obligea à faire taire la douleur.

Tu as un plan. Marcus ne doit jamais apprendre la vérité. Tu vas laisser Pompeia derrière toi et devenir la femme de ses rêves. Tu feras de lui un mari et un père, et tu lui offriras tout ce qu'il a toujours voulu.

— Je te remercie pour ta perspective sur les gentlemen, dit-elle avec ironie, mais, au vu de la source, pardonne-moi si je n'en fais pas grand cas.

— Bon sang! Pompeia, tu es née pour cette vie! s'exclama Octave qui, en bon maître des échecs qu'il était, changeait de tactique à la vitesse de l'éclair. Ta place est ici, pas dans la bonne société! Je veux le bonheur pour toi et je peux te garantir que tu ne le trouveras pas auprès de cet imbécile de Harrington.

— Tu crois que je suis *heureuse* ici? Avec ce que j'ai fait? lui demanda-t-elle, un rire rauque s'échappant de sa gorge. Mon Dieu! Octave, tu ne sais pas, je me trompe?

Parce qu'il ne s'était jamais soucié d'elle ni de quoi que ce soit en dehors de sa propre ambition. Elle se retourna et commença à marcher.

Les paroles d'Octave la suivirent.

— Le mariage et l'amour ne sont pas pour toi, Pompeia. Tu vas tout perdre si tu franchis cette porte.

— Le jeu en vaut la chandelle.

Marcus vaut la peine de prendre le risque.

Elle ouvrit la porte d'un coup sec et sortit du bureau pour se diriger vers son avenir qui, elle l'espérait, inclurait l'amour d'un homme bon.

Dix-Huit

En se réveillant, Marcus cligna des yeux en découvrant la voûte sombre au-dessus de son lit. Sa première pensée fut qu'il avait une migraine atroce. Ses tempes palpitaient et sa bouche était plus sèche que le désert. Les vestiges d'un rêve effroyable hantaient les confins de sa conscience.

Un cauchemar.

Cela faisait bien longtemps qu'il n'en avait pas fait. Après la guerre, ils l'avaient tourmenté, mais cela s'était progressivement amélioré grâce à Penny qui dormait à ses côtés.

Penny. Tout lui revint. Ce qu'il lui avait fait.

Son estomac se retourna, et cette fois, cela n'avait rien à voir avec la quantité monstrueuse d'alcool qu'il avait ingurgitée et tout à voir avec l'expression dévastée de sa femme. Ce regard qui resterait gravé dans son cerveau d'imbécile jusqu'au jour de sa mort.

Comment avait-il pu être aussi stupide ?

Il leva une main pour se frotter le visage et se figea en entendant un cliquètement inattendu. Quand il bougea le bras, il l'entendit à nouveau. Métal contre métal, comme les maillons d'une...

Que diable ?

Quand ses yeux s'adaptèrent à la pénombre, il constata avec stupeur qu'une menotte métallique entourait son poignet droit. Il se redressa d'un coup, tira sur son bras, et le choc fit place à l'incrédulité lorsqu'il découvrit qu'une chaîne le retenait prisonnier, l'attachant à l'un des montants de son lit. Sauf que... ce n'était pas son lit. Qu'est-ce que...?

Écartant les épaisses tentures du lit, il se leva en titubant. Il ne put faire que quelques pas avant que la chaîne ne le retienne, l'empêchant d'aller plus loin. Le cœur battant à tout rompre, il scruta la pièce obscure... c'était une chambre. Un feu brûlait dans l'âtre et les flammes donnaient assez de lumière pour qu'il soit possible d'apercevoir la forme d'une porte au fond de la pièce et des fenêtres aux volets clos le long d'un autre mur. L'endroit lui était étrangement familier, comme un rêve ou un cauchemar...

Des fragments explosèrent dans son cerveau. Des morceaux de ce qu'il avait cru être des rêves, mais qui prenaient maintenant la forme de... souvenirs? Une poudre blanche au goût d'oubli. Un trajet en calèche mouvementé, sa conscience qui vacillait, une main qui effleurait son front. *Dors encore un peu, mon amour.* Plus de poudre. L'obscurité.

— Que diable se passe-t-il? grogna-t-il.

La porte s'ouvrit. La lumière intense d'une unique bougie l'éblouit momentanément, mais il n'y avait pas d'erreur possible sur la femme qui la tenait. Ses cheveux de jais cascadaient librement sur sa robe de chambre en satin rouge, et ses yeux, d'un violet étincelant, s'arrêtèrent sur les siens.

— Je vois que tu es réveillé, dit sa femme.

———

Profitant de la surprise de son mari, Penny posa le plateau sur la table entre eux. Ce faisant, la bougie qui s'y trouvait vacilla, projetant des ombres sur la pièce et sur les traits sévères de Marcus. Le pouls de la jeune femme s'emballa. Pour une fois, il n'était pas soigné : ses cheveux étaient ébouriffés, et une légère barbe soulignait les creux et les bords durs de son visage. Sa chemise n'était pas rentrée, et elle était ouverte au niveau du col, dévoilant son torse sculpté.

Dieu, qu'il était magnifique! Et furieux. Ce qui était prévisible.

Elle recula hors de sa portée, et fit un geste vers le plateau.

— Je t'ai apporté une collation. Tu dois avoir faim et soif.

— *Que diable* se passe-t-il? s'exclama-t-il, une flamme dans le regard, sa colère emplissant la pièce.

Elle ne se laisserait pas intimider. Elle n'avait plus peur, et, à la vérité, elle était aussi en colère que lui. L'image de lui en train d'embrasser Cora Ashley la dévorait, renforçant sa détermination.

Le regardant droit dans les yeux, elle lui dit :

— Ce qui se passe, c'est que je ne supporte plus que tu diriges notre mariage. J'ai accepté de te laisser prendre les choses en main parce que je t'avais fait du tort et parce que tu as dit que cela aiderait à rétablir la confiance entre nous. Lors du bal, ta manière de rétablir la confiance a laissé beaucoup à désirer, ajouta-t-elle d'une voix tremblante d'émotion.

— Ce n'était pas ce qu'il semblait, dit-il sèchement.

— Non? Alors, je ne t'ai pas surpris collé à Cora Ashley? Tu n'avais pas tes bras autour d'elle? Tu n'étais pas en train de *l'embrasser*?

— Si tu voulais bien te calmer...

Oh, non! Il ne venait quand même pas de lui dire une chose pareille! La fureur de Penny déborda.

— Je ne me calmerai *pas*! J'ai peut-être trahi ta confiance, Marcus, mais je n'ai *jamais* trahi nos vœux de mariage. Je t'ai été fidèle depuis le jour de notre rencontre. Apparemment, tu ne peux pas en dire autant.

— Bon sang! Veux-tu bien m'écouter? s'écria Marcus.

Il posa les mains sur ses hanches minces, puis se renfrogna quand le mouvement fit cliqueter la chaîne.

— Elle s'est jetée sur moi, d'accord? J'ai été pris au dépourvu. Je n'ai accepté de la retrouver sur le balcon que parce qu'elle a prétendu qu'elle avait besoin de parler à quelqu'un. À propos de son mariage.

Penny était soulagée, mais elle ajouta d'un ton dédaigneux :

— Et, manifestement, tu es un expert en la matière !

— C'est l'hôpital qui se moque de la charité, non ? Vu que *ta* solution à nos problèmes conjugaux semble être l'enlèvement.

— Tu es mon mari. Ta place est auprès de moi, affirma-t-elle.

Elle le dit comme elle le ressentait : sans équivoque et sans regret.

— Pas avec une traînée de haut vol à la moralité douteuse.

Quelque chose s'enflamma dans les yeux de Marcus, et ce n'était pas seulement de la colère. Elle fut soudain consciente de la tension qui crépitait entre eux, du sang qui bouillonnait sous sa peau. Ses mamelons étaient dressés, et la picotaient sous sa robe de chambre.

— Oui, je suis ton mari, Pandora. Alors, détache-moi, bon sang !

Son ordre et le grognement dans sa voix excitèrent davantage la jeune femme. Son cœur s'emballa quand elle remarqua qu'il était tout aussi affecté : son érection venait buter contre le devant de sa chemise. Mais elle ne pouvait pas céder au désir... Il suffisait de voir où cela les avait menés dans la salle de bains. Non, le sexe n'était pas la réponse à leurs problèmes... pas à tous, en tout cas. Ce dont ils avaient le plus besoin, c'était de parler, et, pour cela, elle devait garder la tête froide. Ce qui signifiait qu'elle devait s'éloigner de son mari, dangereux, agaçant et irrésistiblement viril.

Elle mit davantage de distance entre eux et fit un geste vers le plateau posé sur la table.

— Restaure-toi. Tu auras besoin d'énergie pour notre discussion. La discussion que nous aurions dû avoir dès le départ au lieu de ton moratoire stupide sur la communication.

— Attends une minute. Où vas-tu ?

— Je reviendrai quand tu auras mangé et fait ta toilette, affirma-t-elle, puis elle s'arrêta sur le seuil de la porte pour le regarder. Tu voudras être à l'aise pendant que je te parlerai de mon passé.

———

Au grand dam de Marcus, il se rendit compte qu'il était affamé. Il dévora la tourte à la viande et la soupe aux pommes de terre, qui étaient parmi ses plats préférés, même s'il aurait dû vérifier s'il y avait du poison, et il but tout le pichet d'eau aromatisée au citron. Ensuite, il fit sa toilette derrière le paravent, se lava le visage et se brossa les dents au lavabo. Comme il ne pouvait pas ôter sa chemise avec la menotte, il se contenta de déchirer le vêtement sale et de passer autour de ses épaules la douce couverture de laine que Pandora lui avait si gentiment laissée. Quand il eut terminé, et qu'il se sentit à nouveau humain, il se mit à réfléchir à sa situation.

Et il en arriva à une conclusion plutôt surprenante.

Sa fureur s'estompait, supplantée par une excitation brûlante et indéniable. Il ne savait pas s'il avait envie d'étrangler sa femme ou de lui faire l'amour... les deux, sans doute, et dans la même mesure. Peut-être en même temps.

Ses manigances dépassaient les bornes, et il ne manquerait pas de le lui faire savoir lors de leur petite discussion. Mais il ne pouvait nier que son caractère et son ardeur toute féminine l'excitaient au point de le rendre fou. À vrai dire, cela avait toujours été le cas. L'éclat de ses yeux violets lorsqu'elle avait affirmé qu'il était son mari et que sa place était ici, avec elle, et les efforts qu'elle avait déployés pour organiser ce rendez-vous fou dans leur cottage des Cotswolds – car, oui, il avait reconnu l'endroit et compris sa signification – faisaient enfler la chaleur dans son aine.

Elle était à nouveau sa Penny.

Passionnée, téméraire et terriblement séduisante, elle avait capturé ses sens et son cœur dès le début... et rien n'avait changé cela. Rien ne *pourrait* changer cela. Ni le passé de Penny, ni sa propre stupidité... ni rien.

Cette prise de conscience le frappa comme les premiers rayons de l'aube, brisant l'obscurité.

Il avait fallu qu'elle l'enlève pour qu'il se rende compte qu'il lui appartenait déjà. Tout comme elle lui appartenait. Ils étaient faits l'un pour l'autre, et ce constat simple fit soudain paraître le chaos actuel beaucoup moins décourageant. Alors que son brouillard de colère et d'orgueil blessé se dissipait enfin, il voyait clair : ce qu'elle avait fait avant leur mariage n'avait plus d'importance. Ce qui importait, en revanche, c'était qu'elle ait ressenti le besoin de lui mentir pendant toutes ces années, et c'était un sujet qu'ils devaient absolument aborder.

Quand les pas de sa femme résonnèrent dans le couloir, l'impatience le gagna. Bon sang! Sa Penny lui avait tant manqué! Il esquissa un lent sourire. Il ne savait pas quels jeux elle avait en tête pour la suite, mais, quels qu'ils soient, il était prêt à jouer.

Dix-Neuf

Portant une grande boîte sous son bras, Penny s'approcha de la porte. Elle ne savait pas à quoi s'attendre, et cela n'avait pas d'importance, car elle allait révéler à Marcus ce qu'il avait besoin de savoir sur son passé. Cela ne servait à rien de différer, car cela n'avait fait qu'empirer les choses entre eux.

Prenant une grande respiration, elle entra et vit Marcus assis sur la chaise près de la table. Il avait mangé, s'était lavé, et avait jeté sur ses larges épaules la couverture qu'elle lui avait laissée. En dessous, son torse était nu, et la lumière du feu scintillait sur son corps viril et parsemé de poils. Il avait l'allure du maître de maison en dépit du fait qu'il était enchaîné au lit. Elle aurait sans doute dû détacher la menotte... mais d'un autre côté, il valait peut-être mieux qu'elle dise ce qu'elle avait sur le cœur avant de le libérer.

Il se leva quand elle entra, ses manières impeccables étant presque amusantes au vu de la situation. C'était l'une des choses qu'elle avait toujours aimées chez Marcus. Il était un gentleman, non seulement par sa naissance, mais aussi par son comportement : il montrait du respect aux autres... même s'ils ne le méritaient pas.

— Tu te sens mieux ? lui demanda-t-elle.

— Aussi bien qu'un homme qui a été drogué et enlevé par sa femme puisse se sentir, répondit-il d'un ton neutre.

S'il pensait lui donner mauvaise conscience, il ne la connaissait pas. Il ne savait pas à quelles extrémités elle était prête à aller pour sauver leur mariage. Si l'espionnage lui avait appris quelque chose, c'était que parfois le meilleur choix était le moindre des maux. Elle resserra les bras autour de la boîte.

Marcus fit un geste vers la chaise de l'autre côté de la table, faisant cliqueter les maillons métalliques.

— Veux-tu t'asseoir? Ou peut-être préfères-tu me détacher d'abord?

Elle prit le siège. C'était la plus sûre des deux options. D'autant plus qu'elle avait mesuré la chaîne, et qu'elle savait qu'elle se trouvait précisément à vingt-cinq centimètres hors de sa portée.

Il fit de même, adoptant une posture de lord sur son siège, le torse droit et les cuisses légèrement écartées. Elle fit de son mieux pour ne pas reluquer son torse nu, la façon dont les pans de la couverture accentuaient les muscles durs...

— Tu voulais parler. Alors, parle, suggéra-t-il.

Elle ne savait pas quoi penser de son ton neutre. Ou de son expression impassible. Il n'avait pas l'air en colère, mais si elle se fiait à ce qui s'était passé ces deux derniers mois, il ne faudrait pas grand-chose pour en arriver là.

Cesse de gagner du temps. Lance-toi. Elle souffla avant de prendre la parole.

— Je sais que tu ne veux pas entendre parler de mon passé, mais tu vas devoir le faire. J'en suis arrivée à la conclusion que l'honnêteté est le seul moyen pour nous de surmonter ça.

— Dans ce cas, je t'en prie, sois honnête.

Que cherchait-il en employant un ton aussi calme? Ses yeux bleus étaient fixes, et il ressemblait tellement à son Marcus d'antan qu'elle ressentit l'envie de tout abandonner et de se glisser sur ses genoux. De le supplier de la prendre dans ses bras et de la câliner, pour ressentir à nouveau le réconfort d'être dans ses bras, l'endroit le plus sûr qu'elle ait jamais connu.

Au lieu de cela, elle plaça la boîte sur la table. Elle en occupait presque la totalité. Elle posa une main sur le couvercle avant que Marcus puisse le soulever.

— Nous allons commencer par le début, dit Penny. Le jour où nous nous sommes rencontrés.

— Tu veux parler du bal des Pilkington ?

Quand le vin est tiré...

— Non, en fait, ce n'était pas ce jour-là.

Marcus fronça les sourcils.

— Je suis certain que si.

Décidant de laisser la vérité parler d'elle-même, Penny retira le couvercle de la boîte. Lui jetant un regard perplexe, Marcus plongea la main à l'intérieur, écartant les couches de tissu protecteur. Il sortit la veste, en examina le tissu écarlate, l'insigne... et son incrédulité se lut sur ses traits.

— Que diable... ? Ma veste d'officier. Pourquoi as-tu... ?

Penny vit le moment où il comprit la vérité.

— C'est... c'était *toi* ! balbutia-t-il. La prostituée du camp. Celle qui a été attaquée par l'un de mes hommes.

Donc, il se souvenait d'elle.

— Oui, confirma-t-elle.

— Je ne comprends pas. Pourquoi étais-tu là ? s'enquit-il, mais soudain, son regard se fit plus aiguisé. Mon Dieu ! Cette nuit-là... c'était Noël. Starky a été retrouvé mort. De cause naturelle, selon toute apparence.

Penny n'était pas surprise que Marcus fasse le lien aussi rapidement. Le lieutenant-colonel Harrington était un homme brillant. Elle pria en silence pour qu'il croie à son explication.

— C'était un traître, commença-t-elle.

— Oui, je sais, acquiesça-t-il, à sa grande surprise. Plusieurs mois après sa mort, nous sommes entrés en possession de lettres qu'il avait écrites. De plans de nos positions de combat qu'il avait dessinés. Les missives prouvaient qu'il avait vendu des secrets militaires aux Français.

— Oui, c'était ce qu'il faisait, confirma Penny, soulagée.

Les yeux bleus de Marcus la transpercèrent.

— Starky n'a pas eu de crise cardiaque ?

Elle soutint le regard de son mari.

— Non. Il n'a pas eu de crise cardiaque.

Marcus la regarda fixement, puis se passa une main dans les cheveux.

— Parbleu... du poison ?

Elle acquiesça, et son cœur s'emballa dans sa poitrine. Non pas parce qu'elle avait admis avoir tué un traître, car ce gredin de Starky avait fait perdre la vie à d'innombrables Britanniques en divulguant des informations à l'ennemi. Mais parce qu'elle ne savait pas ce que son mari allait penser d'elle. Du fait qu'elle était capable de prendre la vie d'un homme.

— Quand la trahison de Starky a été révélée, dit Marcus lentement, Wellington a déclaré que Dieu nous avait protégés en éliminant un traître de nos rangs. S'il n'était pas mort à ce moment-là, il nous aurait davantage compromis, rendant les mois précédant Waterloo encore plus sanglants et infernaux. Mais ce n'était pas l'œuvre de Dieu, remarqua Marcus, l'air abasourdi. C'était toi.

Penny humecta ses lèvres sèches.

— Octave disait qu'il n'y avait pas d'autre choix. Qu'il fallait éliminer Starky ou laisser des innocents périr à sa place.

— Je comprends son raisonnement. Je peux même comprendre que les actes en temps de guerre n'obéissent pas à la même morale que celle qui prévaut en temps de paix. Mais ce que je ne comprends pas, poursuivit Marcus d'une voix grave et dangereuse, alors qu'un muscle s'agitait dans sa mâchoire, c'est pourquoi il t'a envoyée, toi, une simple *enfant* à l'époque, accomplir une mission aussi bougrement dangereuse !

Était-il en train de se montrer protecteur... envers elle ?

Une boule lui obstruait la gorge. Elle n'aurait pas cru cela possible, mais son amour pour cet homme grandit encore. En même temps, elle se rendit compte qu'il ne saisissait pas tout à fait le sens de ce qu'elle essayait de lui communiquer. De ce qu'elle était en train de lui révéler sur qui elle avait été.

— Octave m'y a envoyée parce que j'étais l'une des meilleures, expliqua-t-elle sans fierté ni emphase ; les faits n'avaient pas besoin d'être embellis. Ce n'était pas ma première mission de ce genre, et ce ne fut pas ma dernière.

Marcus ne répondit rien. Son regard scrutateur ne quittait pas son visage. Peut-être commençait-il enfin à percevoir la vérité sur celle qu'il avait épousée.

— Pourquoi l'as-tu gardée ?

Elle ne s'attendait pas à une telle question de sa part ; il lui fallut un instant pour comprendre qu'il parlait de sa veste.

— Parce que je voulais me rappeler cette nuit-là, répondit-elle, car elle n'avait rien à cacher. La nuit où je suis tombée amoureuse.

Les pupilles de Marcus s'assombrirent.

— Tu n'as rien laissé paraître.

— Comment aurais-je pu ? D'une part, j'étais en mission, et d'autre part, j'étais déguisée en prostituée. Tu m'aurais rejetée sans ménagement.

Il ne la contredit pas, car tous deux savaient que c'était vrai. Il n'était pas le genre d'homme à s'abaisser à fréquenter une prostituée, à profiter de quelqu'un de moins chanceux que lui.

— Pourquoi as-tu attendu le bal des Pilkington pour m'approcher ? Il a eu lieu près de quatre ans plus tard, constata-t-il, les sourcils froncés.

— Au début, nous avons été occupés par les affaires de Napoléon. Ensuite sont arrivées les conséquences de la guerre. Et, la vérité, c'est sans doute que je n'étais pas prête à faire ta connaissance, dit-elle en haussant les épaules. J'avais besoin de temps pour me préparer, pour devenir le genre de lady qui pourrait éveiller ton intérêt. Flora m'aidait, elle me donnait des leçons sur toutes les choses qu'une débutante doit savoir.

— Entre la chasse aux traîtres et la protection de ton pays, tu as appris à servir le thé et à tenir une conversation appropriée ? s'enquit Marcus, incrédule.

— Crois-moi, les premières compétences étaient bien plus

faciles à acquérir que les deuxièmes. Je préfère affronter un peloton d'exécution qu'une salle pleine de matrones commères.

Marcus ne réagit pas à sa tentative d'humour.

— Et si j'avais rencontré quelqu'un d'autre entre-temps ? l'interrogea-t-il.

Penny se mordit la lèvre avant d'avouer :

— Je gardais un œil sur toi.

— Explique « garder un œil », exigea-t-il, haussant un sourcil.

Elle expira.

— J'étais là à Toulouse. En avril 1814.

La surprise se lut sur le visage de Marcus.

— C'était un combat sanglant. Nous étions chargés de conquérir les hauteurs de Calvinet, et, par chance, la balle d'un tireur d'élite n'a fait qu'effleurer mon..., commença-t-il avant de s'interrompre.

Ses yeux s'écarquillèrent quand il comprit.

— Ce n'était pas de la chance ?

— Non, confirma-t-elle d'une petite voix. Il y avait une telle confusion que je n'ai vu le tireur d'élite que trop tard. Il a tiré, mais j'ai réussi à en modifier la trajectoire.

— Doux Jésus !

Ne sachant pas comment interpréter son expression, elle décida de continuer.

— Et j'étais là, dans ce village près de Quatre Bras, deux jours avant la bataille. Quand l'autre tireur t'avait en ligne de mire. Mais je l'ai eu à temps.

— La balle... Elle a sifflé à côté de mon oreille, se remémora Marcus, affichant une mine stupéfaite.

Connaissant son mari, elle devina qu'il n'était peut-être pas très heureux de découvrir qu'elle avait joué un rôle actif dans sa survie. C'était un homme fier, pas du genre à se cacher derrière les jupes d'une femme. Ou son pistolet.

Lui jetant un regard prudent, elle décida qu'il valait mieux en finir avec son histoire.

— Quand tu as quitté l'armée, je me suis tenue informée de

tes activités. Je t'aimais, mais je n'étais pas sûre de pouvoir gagner ton amour en retour. Cependant, quand j'ai entendu les rumeurs disant que tu étais sur le point de faire ta demande à Cora Pilkington, j'ai su que je devais agir. J'ai donné ma démission à Octave et je suis venue à Londres pour te retrouver.

Le silence retomba entre eux. Marcus avait les yeux mi-clos, ses traits semblaient taillés dans le granit. Elle rassembla son courage pour affronter les plus sombres de ses péchés, les hommes avec lesquels elle avait couché, mais Marcus prit la parole en premier.

— Viens ici, lui intima-t-il en se levant.

Le cœur de Penny se mit à battre à tout rompre quand elle vit la chaleur ardente de ses yeux. Était-il très en colère contre elle ? La laisserait-il terminer ce qu'elle avait à dire ?

— Je n'ai pas terminé, dit-elle, puis elle prit une respiration et redressa les épaules. Je... je dois te parler de... Pierre Chenet, Jean-Philippe Martin.

Elle dut s'obliger à prononcer le nom suivant.

— Vincent Barone.

— Je m'en contrefiche, déclara-t-il. Ils n'ont aucune importance.

— Ils... ah non ? lui demanda-t-elle, confuse.

— Je m'en suis rendu compte après le bal d'hiver. Après m'être comporté comme un imbécile et avoir failli faire exploser notre mariage, j'ai compris que tout ce qui comptait, c'était que nous soyons ensemble.

— Mais, je pensais... tu... tu as dit que les choses ne pourraient plus jamais être les mêmes entre nous. Que tu ne pouvais pas me pardonner, balbutia-t-elle.

— Peux-tu me pardonner de m'être conduit comme un imbécile face à Cora Ashley ?

— Oui.

— Alors je peux te pardonner pour le passé. Pour des choses qui ont eu lieu avant même que nous soyons ensemble, affirma-t-il, et les flammes dans ses yeux bleus envoûtèrent Penny. Maintenant, ramène tes jolies fesses par ici.

Les mamelons de la jeune femme se dressèrent, mais elle se raccrocha à ce qui lui restait d'instinct de conservation.

— Pourquoi ?

— Viens ici et tu le sauras.

C'était un risque, elle le savait, mais elle ne pouvait résister à son ton autoritaire, à la chaleur intense de son regard. Elle se leva, réduisant la distance qui les séparait, parcourant ces vingt-cinq centimètres jusqu'à un territoire inconnu. Elle était une femme qui avait regardé la mort en face plus d'une fois et qui s'en était tirée en riant, et pourtant elle tremblait maintenant devant son mari.

Marcus enroula un doigt sous son menton pour le relever, et la tendresse qui adoucissait ses traits ciselés lui fit monter les larmes aux yeux.

— Pompeia, Pandora Smith ou Hudson, quel que soit le nom que tu choisisses de te donner, je t'ai aimée dès notre rencontre. Ou, devrais-je dire, dès la première fois que tu t'es révélée à moi. Je t'ai aimée à chaque instant depuis, et je t'aimerai, promit-il solennellement, jusqu'à mon dernier souffle et au-delà. Parce que tu es ma Penny porte-bonheur, ma femme, l'autre moitié de mon âme.

Un sanglot monta à la gorge de la jeune femme ; une joie et un soulagement intense l'empêchaient de parler.

Mais elle n'eut pas besoin de le faire. L'instant d'après, la bouche de Marcus s'emparait de la sienne dans un baiser plus éloquent que tous les mots.

Vingt

Marcus souleva sa femme dans ses bras et la posa sur le lit.

Un genou sur le matelas, il la regarda comme le trésor qu'elle était. Subjugué par sa beauté et sa force, et par le fait qu'elle se soit engagée si fermement envers lui, il caressa sa joue douce.

— J'ai toujours su que tu étais un ange, murmura-t-il. Seulement, je ne savais pas que tu étais mon ange gardien personnel.

Penny rougit.

— C'est un peu exagéré. J'ai juste... donné un coup de main. Quand je le pouvais.

— Ma chérie, *donner un coup de main*, c'est m'aider avec mes boutons de manchette. Redresser ma cravate. Ce que tu as fait à Toulouse et avant Quatre Bras...

Il secoua la tête, incapable de nommer le sentiment qui naissait dans sa poitrine. C'était trop, trop grand pour être exprimé avec des mots.

— Cela ne te dégoûte pas ? murmura-t-elle. De savoir que je suis capable de tuer ?

C'était cela. Cette complexité en elle qui avait captivé Marcus dès le début. Le mystère allié à la franchise, l'assurance sensuelle se mêlant à la plus douce des vulnérabilités.

— As-tu tué sans discernement ? l'interrogea-t-il.

Elle secoua la tête.

— Assassiné des innocents, des bébés dans leur lit ?

De nouveau, elle secoua la tête contre le matelas.

— Alors, savoir que tu as tué des transfuges et des ennemis de notre nation, que tu tuerais pour me sauver la vie..., dit-il, se penchant pour effleurer ses lèvres. Non, mon amour, cela ne me dégoûte pas.

— Je ferais n'importe quoi pour toi, affirma-t-elle.

Il n'y avait ni hésitation ni honte dans ses mots ou dans les profondeurs de ses yeux. Il ne pouvait s'empêcher d'être émerveillé par cette femme qu'il connaissait maintenant. Elle avait survécu à une telle noirceur dans son existence, et pourtant, son amour... son amour avait toujours été clair et pur. La chose la plus vraie qu'il ait jamais connue.

— Oh, comme je t'adore ! avoua-t-il d'une voix rauque avant de s'emparer à nouveau de sa bouche.

Il avait prévu d'y aller doucement, de se racheter de sa stupidité et des semaines qu'ils avaient perdues à cause de cela en faisant l'amour avec douceur et tendresse à sa lady. Mais lorsqu'elle entrouvrit les lèvres, que sa langue l'attira à l'intérieur, il sut qu'il ne s'agirait pas de retrouvailles paisibles. Leur baiser s'enflamma, la chaleur brûlant les entrailles de Marcus, et, en un rien de temps, ils s'arrachèrent mutuellement leurs vêtements, luttant pour se débarrasser de tout ce qui se trouvait entre eux.

— La chaîne, haleta Penny. La clé est dans... l'autre chambre...

— Au diable la chaîne ! Il n'y a pas d'échappatoire pour moi ou pour toi, mon amour. Pas depuis le début. Jamais, répliqua-t-il, jetant le peignoir de sa femme sur le côté du lit. Et maintenant, je t'ai exactement où je te veux.

Une faim intense le saisit à la vue du festin généreux que lui offrait sa femme. À genoux à côté d'elle, il plongea aussitôt, sans se soucier des bonnes manières, pour saisir ses seins doux. Les effluves de jasmin et de néroli enflammaient ses sens, son sang bouillonnant dans ses veines tandis qu'il suçait ses mamelons, frottant et jouant avec ces boutons de rose décadents, tandis qu'elle haletait son nom.

La gourmandise de Marcus le poussa à descendre plus bas, sa langue traçant les creux de ses côtes, l'échancrure sensuelle de son ventre. L'eau à la bouche, il plaqua ses mains sur les cuisses de la jeune femme, les écartant largement, et s'arrêta pour contempler son sexe. Pour admirer la délicate toison d'ébène et la chair rosée qui s'y cachait.

Le désir palpitait dans sa tête, dans son cœur, dans son vit.

— Bon sang! Tu m'as manqué, marmonna-t-il.

Trop impatient pour se déplacer entre les cuisses de Penny, il se contenta de plonger et d'enfouir sa tête là où il le souhaitait. La vue était inversée, mais comme il connaissait bien la jolie figue de sa femme, il savait se repérer sous n'importe quel angle. Il sépara ses replis intimes, passa sa langue dans son pot de miel, envahi d'un désir intense tandis qu'il léchait sa chair douce. Derrière lui, il entendit les gémissements haletants de sa femme, et il redoubla d'efforts, exposant son bourgeon, titillant le centre de son plaisir au rythme de ses propres battements de cœur effrénés.

Alors qu'il pensait que les choses ne pouvaient pas aller mieux, la main de Penny entoura son vit palpitant. Elle l'empoigna, tirant avec la juste dose de pression pour le rendre fou. Alors qu'il cherchait à lui rendre la faveur de cette torture exquise, elle se déplaça soudain, glissant la tête sous lui et entre ses jambes. Il poussa un juron lorsque les lèvres de sa femme se refermèrent sur son sexe palpitant.

— *Doux Jésus*, Penny! gémit-il.

Elle lui avait déjà donné du plaisir avec sa bouche par le passé, et il avait toujours aimé cela, le considérant comme un plaisir décadent. Mais cette position était nouvelle pour eux. Nouvelle et incontestablement érotique.

— Bon sang, tu m'as manqué!

La voix rauque de Penny, qui lui renvoyait ses propres mots, le fit frémir. Et c'était avant qu'elle ne s'efforce de faire entrer le plus possible de son sexe dans sa bouche. Ses hanches remuèrent, incapables de résister à ce doux et généreux appel. Il plongea profondément, gémissant en enfouissant simultanément son érection dans la gorge de sa femme et sa bouche dans son sexe. Le son de son gémissement étouffé, qu'il sentit vibrer contre sa hampe turgescente, l'amena au bord du gouffre.

Mais il ne voulait pas y aller, pas sans elle. Il caressa son fier bourgeon avec sa langue, introduisant en même temps deux doigts dans son fourreau. Lorsque ses muscles intimes se contractèrent à son contact, et qu'il la sentit haleter contre son vit, incapable de se concentrer sur ce qu'elle faisait, il comprit qu'elle était proche. Perdue dans un plaisir brut. Il suçota sa perle et elle se cambra contre sa bouche.

Magnifique et sauvage. Sa Penny. Tout entière à lui.

L'instant d'après, il changea de position. Il se plaça au-dessus d'elle, face à face, corps à corps, l'extrémité de son membre se logeant contre son intimité soyeuse et humide. Regardant droit dans les yeux sa bien-aimée aux paupières alourdies, son visage rougi, il s'enfonça en elle... chez lui. La chaleur, délicieuse et moite. Le feu remonta le long de sa colonne vertébrale, réduisant à néant sa maîtrise de lui-même. Il la pénétra de plus en plus profondément, et elle réagit en entourant ses hanches avec ses jambes, lui offrant ainsi un meilleur accès. Lui donnant tout.

— Mon Dieu! C'est si bon! gronda-t-il.

— Oui, mon amour. *Oui.*

Elle écarta les lèvres et il prit sa bouche de la même façon qu'il prenait son sexe : avec chaleur et force, sans aucune retenue. Il n'y avait plus que la joie d'être comme ils étaient censés être. Ensemble à s'aimer.

Le corps de sa femme se soulevait contre le sien en parfaite harmonie. Doux contre dur, de la sueur couvrant leur peau et renforçant leur intimité. Il sentit la pression monter en lui à mesure que sa chair claquait en rythme contre celle de sa femme. Il filait tout droit vers son apogée, et cette fois, il n'y avait pas moyen de l'arrêter. Mais il connaissait sa femme et il savait comment il voulait y arriver.

— Jouis encore, Penny, murmura-t-il. Emmène-moi avec toi.

— Oh, Marcus ! *Oui*...

Marcus cambra le cou au premier spasme de Penny. Gémissant, il s'enfonça en elle, et son fourreau le serra sur toute sa longueur, exigeant sa félicité. La chaleur explosa en lui, sa semence bouillonna et jaillit de sa hampe en flots abondants. Même après que les frissons se furent estompés, il ne put s'arrêter de la pénétrer, continuant à la revendiquer par de douces caresses.

Plongeant son regard dans les yeux satisfaits de sa femme, il murmura :

— Alors, que penses-tu de cette réconciliation ?

— Pas mal, répondit Penny, et ses lèvres esquissèrent un sourire coquin. Pour commencer.

— Tu vas me tuer, tu le sais.

Il le dit avec le sourire, parce qu'il avait hâte.

———

Penny se réveilla lentement d'un rêve aussi intense que délicieux.

Mais ce n'était pas un rêve.

Plongée dans les yeux bleus et chaleureux de Marcus, dont les doigts glissaient dans ses cheveux alors qu'elle était allongée sur le flanc face à lui, elle sentit la joie envahir tout son être. Elle avait retrouvé son mari. Après avoir fait l'amour la veille au soir, elle était allée chercher la clé pour le libérer, et il lui avait à nouveau fait l'amour, lentement, tendrement, avant qu'ils ne s'endorment dans les bras l'un de l'autre.

Et il était toujours là.

— Bonjour, mon amour, murmura-t-il.

— Oui, c'est un bon jour, chuchota-t-elle en retour.

Il esquissa un sourire qui atteignit ses yeux.

— Grâce à toi et à ton exceptionnelle exécution de ce rendez-vous. Je n'arrive toujours pas à croire que tu as réussi à organiser tout cela en un jour.

C'était *effectivement* un exploit de taille. Le lendemain de ce bal désastreux, elle avait passé la journée à courir dans tous les sens, à prendre des dispositions à la hâte. Elle avait envoyé un message pour que le cottage soit préparé et que des provisions soient achetées. Ensuite, elle s'était excusée auprès des enfants en leur expliquant qu'elle accompagnait leur papa pour un voyage d'affaires. Elle avait également pris des dispositions pour les faire garder pendant son absence. Après cela, elle avait envoyé un mot à Flora, lui demandant de prier pour que tout se passe bien. Oh ! Et elle avait aussi dû se rendre dans un certain établissement situé dans les faubourgs pour se procurer la poudre pour l'endormir.

— Cela en valait la peine, lui dit-elle.

Marcus continua à lui caresser les cheveux.

— Combien de temps allons-nous rester ici ?

Elle aimait tant ses caresses...

— Une semaine. Ta mère a accepté de s'occuper des enfants.

Le sourire de Marcus devint diabolique.

— Tu as demandé une faveur à ma mère ? Dis donc, tu voulais *désespérément* me récupérer !

Effectivement. Elle avait été assez désespérée pour aller voir la douairière, penaude. Cependant, cela ne signifiait pas qu'elle lui avait révélé la vraie raison pour laquelle elle avait besoin de son aide. *Je vais enlever votre fils pour réparer mon mariage* ne donnait pas vraiment confiance. Elle avait donc donné à sa belle-mère la même explication qu'aux enfants.

Un voyage d'affaires, hein ? Eh bien, amusez-vous bien, tous les deux, avait dit lady Aileen d'un air entendu. *À votre retour, j'aurai remis de l'ordre dans la maison et les enfants sur la bonne voie.*

Sur le moment, Penny avait été si reconnaissante à sa belle-mère pour son aide qu'elle avait négligé le commentaire sarcastique sur ses compétences ménagères et parentales.

Elle leva les yeux au ciel devant Marcus.

— Ne va pas te faire des idées.

Elle leva la main dans l'intention de lui donner une petite tape sur la poitrine et elle se figea au cliquetis du métal, au poids autour de son poignet. Incrédule, elle vit la menotte et la chaîne qui l'attachaient au montant du lit.

— Qu'est-ce que c'est que ça ? s'indigna-t-elle. Relâche-moi tout de suite !

Penny s'interrompit dans un halètement quand Marcus la fit promptement basculer sur le ventre. Il dégagea ses cheveux de ses épaules, et elle frissonna quand ses lèvres effleurèrent la peau sensible de sa nuque avant de remonter jusqu'à son oreille.

— Ce qui est bon pour l'un est bon pour l'autre, lui murmura-t-il, une pointe de rire dans sa voix rauque.

Puis il déposa des baisers tout le long de sa colonne vertébrale qu'il mordilla et lécha au passage. La joue contre le matelas, Penny abandonna tout semblant de résistance. *Après tout, ce n'était que justice*, songea-t-elle avec philosophie. Ensuite, elle renonça à toute réflexion. Son soupir lascif se mua en gémissement lorsque son mari entreprit de lui montrer comment il voulait lui rendre la pareille, dans une version épicée et excessivement délicieuse de leurs ébats de la veille.

VINGT-ET-UN

Siège de campagne Blackwood, 1826

— Vas-y, mon fils. Va auprès de ta femme. Je vais raccompagner les enfants à la maison.

Marcus détacha son regard de Penny et regarda sa mère. Sous le bord de sa coiffe noire, elle arborait son habituel masque stoïque, mais il vit l'inquiétude dans ses yeux pâles. La douairière avait peut-être la réputation d'être une harpie, mais ceux qu'elle aimait, elle les aimait profondément. Au fil des ans, il savait qu'elle en était venue à aimer Penny, même si elles s'affrontaient constamment.

Marcus posa une main sur l'épaule de sa mère, sentant la fragilité sous le velours noir.

— Merci, maman. Nous vous rejoindrons bientôt.

— Prenez votre temps. Et, Blackwood... tu vas prendre soin d'elle, n'est-ce pas ? Ces choses affectent les femmes différemment des hommes. Tu donnes vie à quelque chose, et voir cette flamme s'éteindre... ce n'est pas facile, mon garçon, dit-elle d'une voix légèrement vacillante, et il comprit qu'elle pensait à James, le fils qu'elle avait perdu. Ce n'est pas facile du tout.

Après avoir aidé sa mère et ses garçons à monter dans la calèche, Marcus rejoignit sa femme.

Penny se tenait sous les branches gracieuses et incurvées d'un érable. Sa robe noire et son teint mat tranchaient avec les feuilles aux couleurs flamboyantes, mais elle était très pâle, voire blême. Quand elle leva le regard vers le sien, une douleur résonna dans la poitrine de Marcus. L'incompréhension et la souffrance. La douleur lancinante d'une blessure vieille de trois jours seulement.

— Maman emmène les garçons pour un moment, lui dit-il d'une voix douce. Nous pouvons rester ici aussi longtemps que tu le souhaites.

Elle acquiesça mollement, son regard se portant à nouveau sur la petite pierre tombale en marbre. Une couronne de fleurs roses, qu'elle avait confectionnée, était posée dessus. Marcus se plaça au côté de Penny, et, pour une fois, il ne savait pas vraiment quoi dire. Comment lui apporter du réconfort quand il n'en trouvait pas la force ?

La voix grave de sa femme rompit le silence.

— Tu sais, j'ai entendu les commérages de villageoises quand je suis allée acheter les fleurs.

— Des commérages à quel propos ? s'enquit-il en fronçant les sourcils.

— L'une d'entre elles disait qu'on faisait beaucoup de bruit pour un bébé mort-né. Elle a dit que cela arrivait tout le temps dans le village, et que nous agissions comme si le ciel nous était tombé sur la tête.

Un sentiment de fureur s'empara de Marcus, rugissant dans tout son être.

— Sais-tu de qui il s'agissait ?

— Elle ne faisait que dire ce qu'elle pensait, remarqua Penny, la respiration tremblante. Mais cela m'a fait réfléchir : pourquoi faut-il que des bébés meurent ? Pourquoi a-t-il fallu que notre petite fille meure ?

La voix de la jeune femme se brisa.

Sa question lui tordit les tripes.

— Je ne sais pas, répondit Marcus, faute de mieux.

— Crois-tu que ce pourrait être une punition... pour des fautes passées, des péchés que j'ai commis ?

— Mon Dieu ! Non ! s'exclama-t-il, consterné. Bien sûr que non ! Comment peux-tu penser une telle chose ?

— Parfois, je me pose des questions à ce sujet. Si j'avais été une meilleure personne, si j'avais mené une existence plus exempte de péchés...

— Penny, regarde-moi.

Il lui souleva le menton, et l'éclat de ses yeux violets arracha la croûte, faisant saigner la plaie à nouveau.

— L'un n'a rien à voir avec l'autre, dit-il d'un ton ferme. La vie est mystérieuse. De mauvaises choses arrivent sans raison.

— Tu n'en sais rien, murmura-t-elle. Flora... ma mère, je veux dire, elle avait un dicton. *On récolte ce que l'on sème.*

Des ombres traversèrent le regard de Penny, dont les cils étaient humides. Il ne savait pas ce qu'elle pensait, mais il continua malgré tout, poussé par le besoin de tuer cette culpabilité inutile qu'elle semblait ressentir.

— Même si c'était vrai, tu n'aurais pas à t'inquiéter. Tu es une lady, douce et pure. Quel acte répréhensible aurais-tu pu commettre ? lui demanda-t-il, repoussant une boucle tombée derrière son oreille, la sentant trembler. Si nous devions être jugés à l'aune de nos péchés, de nous deux, je suis sans doute celui qui mériterait le plus d'être puni.

— Ce n'est pas vrai. Tu es un héros ! s'exclama-t-elle, la voix éraillée.

— Pendant la guerre, j'ai commis des atrocités. Tellement. Tu le sais... Tu as été témoin de mes cauchemars, poursuivit-il, effleurant sa joue avec ses phalanges. J'aimerais vraiment ne pas avoir fait ces choses, mais on ne peut pas changer le passé. Ce que j'ai fait, je l'ai fait au nom du devoir, et je dois vivre avec. Mais cela n'a rien à voir avec la mort de notre petite fille.

— Tes actions étaient honorables. Tu protégeais ton pays,

protesta-t-elle, lui touchant le bras. Marcus, tu es le meilleur homme que j'aie jamais connu.

— Et toi, mon amour, tu es la meilleure femme que j'aie jamais connue. Tu es la mère dévouée de trois garçons en bonne santé et une épouse aimante pour moi. Tu nous as offert le cadeau du bonheur et de l'amour. Cela doit certainement effacer tous les péchés que tu penses avoir commis, dit-il avec tendresse.

Les lèvres de Penny frémirent. Une larme s'échappa du coin de son œil droit.

Il la prit dans ses bras et la serra contre lui pendant qu'elle était secouée de sanglots. Ses propres yeux le brûlaient et s'embuèrent de larmes.

Même après la fin de la tempête, ils restèrent ainsi un long moment. Les feuilles tombaient autour d'eux; il serra plus étroitement sa femme tandis qu'ils veillaient l'ange qui n'avait traversé que trop fugitivement leur vie.

Finalement, il lui dit :

— Il commence à faire froid. Nous devrions rentrer.

Penny acquiesça et il lui prit la main pour l'entraîner avec lui.

— Marcus.

Il tourna la tête vers elle, lui jetant un regard inquisiteur.

— Oui, mon amour ?

— Je voulais juste te dire... Je ne sais toujours pas pourquoi il a fallu que cela arrive. Et je ne suis pas en paix avec ça, lui dit-elle, les yeux très brillants. Mais je suis heureuse que tu sois ici avec moi.

La poitrine de Marcus se serra, et il renforça sa prise sur la main de sa femme.

— Je serai toujours là, Penny. C'est ça, le mariage. Être ensemble à travers toutes les saisons, quelles que soient les épreuves qu'elles nous apportent.

Elle lui adressa un petit sourire tremblant, ses doigts serrant ceux de Marcus.

Ensemble, ils rentrèrent à la maison.

Vingt-Deux

Décembre 1829

Pour Penny, le séjour au cottage se révéla être un second voyage de noces. Le mari qu'elle adorait était de retour et, à vrai dire, les choses entre eux étaient meilleures que jamais. Et elle ne pensait pas seulement aux ébats amoureux qui se produisaient tous les jours à plusieurs reprises, chaque fois différents et créatifs, et tous sublimes.

Elle ne s'était pas rendu compte à quel point ses secrets l'avaient accablée au fil des ans, pesant sur elle comme un manteau gorgé d'eau. En se débarrassant du passé, elle se sentait plus libre qu'elle ne l'avait jamais été dans son mariage. Que Marcus puisse accepter les choses qu'elle avait faites en tant qu'espionne... elle n'avait pas imaginé que ce serait à ce point important. C'était comme si son âme avait été enserrée dans un corset pendant tout ce temps, et que les cordons se relâchaient maintenant, lui permettant de respirer plus librement.

Certes, son seul ignoble secret subsistait... mais comme Marcus avait déclaré que le passé n'avait pas d'importance, elle avait décidé de ne pas réveiller le chat qui dormait. Elle n'avait pas l'intention de révéler son déshonneur alors qu'elle n'y était pas obligée. Si cette décision faisait d'elle une lâche, tant pis. Elle préférait être une lâche avec un mari qui l'aimait plutôt qu'une courageuse idiote qui risquait de perdre tout ce qu'elle venait de reconquérir.

Elle se disait que les choses allaient déjà mieux que jamais entre eux. Cela ne servait à rien d'en rajouter et de risquer de tout gâcher. Non, mieux valait laisser les choses en l'état. Après tout, Marcus lui avait pardonné et ne l'avait pas condamnée pour ses péchés. Elle n'avait plus à craindre en permanence de se démasquer et pouvait laisser libre cours à ses pulsions. En fait, son mari semblait se réjouir lorsqu'elle le faisait.

Le troisième jour, elle suggéra sur un coup de tête qu'ils aillent se promener. Marcus commença par rechigner, car il préférait la chaleur douillette du cottage et, en agitant les sourcils, il lui proposa une idée plus coquine que de braver l'extérieur. Mais comme elle ressentait encore des picotements entre ses cuisses à la suite de leurs ébats précédant le petit déjeuner, elle put rester ferme dans son projet de leur faire prendre l'air et de faire de l'exercice.

Ce fut ainsi qu'une demi-heure plus tard, elle se retrouva à marcher main dans la main avec son époux dans les bois entourant leur propriété. Le soleil éclatant de l'après-midi scintillait sur les branches recouvertes de glace et les champs immaculés, sa chaleur rendant leurs chapeaux et leurs gants garnis de fourrure presque inutiles.

Respirant l'air vivifiant, elle lui dit :

— Tu vois ? Je t'ai dit qu'il ne faisait pas trop froid pour une promenade.

Les yeux de Marcus, aussi bleus que le ciel, brillaient d'une lueur amusée.

— Peut-être pas pour toi, jeune créature au sang chaud. Mais certains d'entre nous préfèrent se prélasser au coin du feu plutôt que de se geler le derrière.

— Nous nous sommes prélassés devant le feu toute la journée d'hier.

— Oui, et quelle magnifique séance de détente !

Vu qu'ils avaient été tous les deux nus, leurs membres enchevêtrés et d'autres parties de leur corps jointes, elle ne pouvait pas dire le contraire.

— Je ne me souviens pas vous avoir déjà vu aussi excité, Lord Blackwood, le taquina-t-elle.

Marcus s'arrêta, se tourna vers elle et posa un doigt ganté sous son menton.

— J'ai toujours eu envie de toi, Lady Blackwood. Il a fallu que je manque de te perdre pour me rendre compte à quel point.

La gorge de Penny se noua. Bon sang ! Elle aimait tant cet homme !

Il posa sa bouche sur la sienne, puis ils continuèrent à marcher. La légère couche de neige crissait sous leurs bottes, et, en voyant les traces qu'ils laissaient derrière eux sur la toile blanche immaculée, elle avait l'impression qu'ils étaient les deux seules personnes sur terre... au moins pour les quelques jours à venir. Ils arrivèrent au bord d'un petit étang, et elle contempla la surface tranquille, remplie d'un sentiment de satisfaction.

— Penny, je me demandais quelque chose.

— Mmmh ?

Son regard s'arrêta sur un oiseau solitaire flottant sur l'eau. Il n'y en avait pas d'autres à proximité. C'était une créature courageuse, capable d'affronter seule les éléments.

— T'ai-je donné le sentiment que tu devais mentir sur ton passé ?

Penny posa aussitôt les yeux sur le visage de Marcus, et, en voyant ses sourcils froncés, sa paix s'estompa. Elle avait cru qu'ils s'étaient mis d'accord pour tirer un trait sur son passé. Avait-il déjà changé d'avis ?

— Je te demande pardon ?

— Non, mon amour, ne sois pas inquiète. Je pensais ce que j'ai dit : ce que tu as fait avant notre mariage n'a pas d'importance pour moi, affirma-t-il, et la sincérité de son regard la réconforta. Mais notre relation en a, et je veux savoir s'il y avait quelque chose *en moi*, une chose que j'aurais pu dire ou faire qui t'aurait poussée à te confier à moi plus tôt.

Le pouls de Penny s'apaisa. Elle secoua la tête.

— Il ne s'agissait pas de toi, Marcus. Tu es l'homme le plus digne de confiance et le plus honorable que j'aie jamais rencontré. C'est pour cela que je suis tombée amoureuse de toi en premier lieu.

— Ce n'était pas mon physique d'adonis? plaisanta-t-il en haussant un sourcil.

— Eh bien, ça aussi, confirma-t-elle.

Sachant qu'il tentait de rendre la conversation plus légère et plus aisée pour elle, elle exhuma autant de vérité qu'elle le pouvait.

— À cause de l'enfance que j'ai vécue, j'ai appris que pour survivre, il fallait ne faire confiance à personne. Ma formation d'agent n'a fait que renforcer cet instinct. Ensuite, je t'ai rencontré, et soudain, mon monde tout entier a basculé. Je voulais des choses que je ne pensais pas possibles pour une femme comme moi.

Marcus l'étudia un instant et lui dit doucement :

— Une femme comme toi?

Comme toujours, Penny se sentait mise à nu par son regard intense, par ces yeux d'un bleu vif qui pénétraient toutes ses couches... jusqu'à son horrible essence même. Elle ravala sa soudaine panique.

— Une espionne, je veux dire. Quelqu'un qui a fait des choses terribles, même si elles ont été commises au nom de la justice.

— Penny, tu es la femme la plus douce, la plus courageuse et la plus forte que je connaisse.

Ses louanges lui firent l'effet d'un rayon de soleil, chassant certaines de ses ombres, mais elle répondit franchement :

— Je ne suis pas douce.

Il posa une main sur sa joue, et le cuir était chaud contre sa peau froide.

— Pour moi, tu l'es. Ce que je sais aujourd'hui de ce à quoi tu as survécu et du monde d'où tu viens ne fait que m'émerveiller davantage devant la douceur de ton amour. J'ignore comment tu as pu endurer une telle brutalité et devenir la femme que tu es. La seule chose que je sais, c'est que, par miracle, tu es à moi.

Les yeux de Penny s'embuèrent.

— Ne me faites pas pleurer. Mes cils vont geler.

— Je n'ai pas l'intention de te faire pleurer à nouveau, sauf si ce sont des larmes de joie. Mais je veux que tu saches que tu peux me parler du passé... de tout, affirma Marcus, qui suivit avec son pouce la pente de sa pommette. Je veux que tu saches que tu peux me faire confiance.

L'instant resta suspendu entre eux, comme leur souffle. Elle sentit le poids de la honte autour de son cou et elle voulait s'en libérer, mais il se resserrait comme un nœud coulant. La peur l'étouffait, le souvenir de son impuissance, la douleur, le sentiment qu'elle ne serait plus jamais propre. Et, pire que tout, il y avait la peur de le perdre.

Peut-être Octave avait-il eu raison, après tout. *On peut sortir une fille du ruisseau, mais pas le ruisseau de la fille.* Certes, elle avait parcouru un long chemin, mais jamais elle ne pourrait s'empêcher de regarder en arrière. Pas complètement. Et elle n'accablerait pas Marcus de sa propre disgrâce.

— J'ai confiance en toi, murmura-t-elle.

Mais je n'ai pas confiance en moi. Je ne crois pas être assez bien pour toi.

Le regard de Marcus fouilla celui de Penny.

— D'accord, mon amour, dit-il enfin.

Elle fut soulagée qu'il abandonne cette discussion. Ils poursuivirent leur promenade, et leur conversation s'orienta vers des sujets plus légers à mesure qu'ils terminaient la boucle autour de l'étang. Lorsqu'ils revinrent au cottage, l'humeur de Penny s'était à nouveau améliorée. Leur badinage avait pris des allures résolument séductrices. Elle riait, esquivant ses mains joueuses, alors qu'ils s'approchaient de leur nid d'amour.

Son rire se bloqua dans sa gorge lorsqu'elle aperçut une charrette rustique tirée par des chevaux près du cottage. Écartant une pile de couvertures, une femme vêtue d'un simple manteau gris descendit du siège du cocher. Bien que douze ans se soient écoulés depuis que Penny avait vu pour la dernière fois ce doux visage et ces chaleureux yeux bruns, elle eut soudain l'impression que c'était hier. Poussant un cri, elle s'élança, glissa un peu dans la neige, et jeta ses bras autour de son amie.

— Flora ! dit-elle, à bout de souffle. Que fais-tu ici ?

— J'ai reçu ton message, et je devais venir m'assurer que tu allais bien, expliqua Flora.

Son regard se porta sur Marcus, qui restait à distance respectueuse, l'air curieux.

— Au besoin, j'avais l'intention de faire semblant d'être une étrangère perdue dans les bois et qui passait par hasard près de votre cottage, dit-elle tout bas.

— Tu n'as pas besoin de faire semblant. J'ai parlé de toi à Marcus... même s'il ne sait pas que tu es en vie, répondit Penny, parlant tout aussi bas.

— Lui as-tu tout raconté de ton passé ? chuchota Flora.

Penny se mordit la lèvre.

— Presque tout.

Elle vit au regard de son amie que cette dernière comprenait.

— Ma chérie... les problèmes entre vous sont-ils réglés ?

Expulsant une bouffée d'air, Penny sourit et lia son bras à celui de son amie.

— Oui. Il m'a pardonné de lui avoir menti. Viens le rencontrer. Je pense que tu l'approuveras.

— S'il t'aime comme tu le mérites, c'est déjà le cas, la rassura Flora.

Si le fait d'apprendre que Flora Hudson était toujours en vie et qu'elle s'occupait désormais des nécessiteux sous le nom de sœur Agatha avait surpris Marcus, voir Penny en compagnie de cette femme constituait une véritable révélation pour lui. Il avait vu sa femme endosser de nombreux rôles : maman dévouée, épouse aimante, maîtresse attentionnée, brillante hôtesse mondaine... C'était une femme capable de faire tout ce qui lui faisait envie. Pourtant, il n'avait, semble-t-il, jamais vu ce côté détendu et jeune en elle.

Sa joie était enfantine, contagieuse, lui offrant un aperçu de la fille vulnérable et gentille qu'elle avait dû être autrefois. Celle qu'Agatha avait manifestement contribué à élever. Car il était évident à ses yeux que Pandora et cette femme étaient de la même famille, quand bien même elles n'étaient pas du même sang. Et il éprouvait une profonde gratitude envers elle, car elle avait manifestement pris sa Penny sous son aile.

Sœur Agatha était douce, pieuse, une belle femme qui avait vieilli avec une grâce tranquille. Il était difficile d'imaginer que cette lady avait été une espionne. Cependant, lorsqu'elle évoquait ses activités caritatives au sein de la société de Saint-Margery, située à une demi-journée de cheval du cottage, ses yeux s'illuminaient et laissaient transparaître la force de sa volonté. Le genre de ténacité et de passion qu'il avait vu sur le visage de sa femme lorsqu'elle entreprenait une tâche, qu'il s'agisse de résoudre un problème ménager épineux, d'organiser son prochain événement mondain ou même de se battre pour leur mariage.

Oui, il avait une dette envers sœur Agatha.

Après avoir terminé le dîner, un délicieux ragoût que Penny avait préparé, le surprenant une fois de plus par ses talents culinaires cachés – y avait-il quelque chose que cette femme ne soit pas capable de faire? –, ils continuèrent à discuter devant le feu. Agatha s'installa sur le fauteuil le plus proche de l'âtre, tandis que sa femme et lui partageaient la confortable causeuse en face d'elle.

— J'ai hâte que tu rencontres les garçons, dit Penny. Ils vont t'adorer.

— J'ai tellement entendu parler de James, Ethan et Owen que j'ai l'impression de les connaître déjà, répondit Agatha, tournant ses yeux bruns, chaleureux et avisés vers Marcus. Même si, par nécessité, Pandora écrivait peu, elle n'a jamais rechigné à user de superlatifs pour décrire vos enfants, my lord.

— Lorsqu'il est question de notre progéniture, ma femme voit les choses en rose, affirma-t-il, adressant un clin d'œil à Penny. N'écoutez pas un mot de ce qu'elle dit, sœur Agatha. Elle vous fera croire que ces garnements sont des anges, avec des auréoles et des ailes.

— Elle a utilisé davantage de superlatifs pour vous décrire, ajouta Agatha.

— Je retire tout ! intervint Penny, plissant ses magnifiques yeux vers lui. Nos garçons ne sont *pas* des garnements, ils sont simplement pleins d'entrain.

— Elle le pense vraiment ! dit Marcus à l'amie de sa femme. Récemment, l'entrain d'Owen l'a poussé à escalader un arbre, à monter à quatre mètres de haut et à écraser Penny en retombant.

Agatha eut l'air de se retenir de sourire.

— Oh là là. Ils tiennent de toi, n'est-ce pas, Pandora ?

— Heureusement, ils tiennent leur tête dure de leur père, marmonna Penny. Owen n'a eu qu'une ecchymose.

Marcus sourit.

— Vous devez venir voir ces voyous de vos propres yeux, sœur Agatha. Et vous jugerez qui a raison, de ma femme ou moi.

— Merci pour l'invitation, my lord. J'aimerais me rendre à Londres bientôt pour rencontrer votre famille, mais avec la reconstruction de l'abbaye en cours, nous avons besoin de tout le monde pour l'instant. D'ailleurs, j'y retourne demain.

— Si tôt ? Non, tu dois rester ! s'exclama Penny, abattue. Nous avons tant de choses à rattraper…

— On a besoin de moi à l'abbaye, ma chérie, lui dit Agatha avec douceur, mais fermeté. Je suis venue parce que ton message m'a inquiétée. Je suis soulagée de voir que je n'avais pas à me faire de souci.

— Par curiosité, que disait la missive de Penny ? s'enquit Marcus.

Des rides d'humour apparurent au coin des yeux d'Agatha.

— Si mes souvenirs sont bons, ses mots exacts étaient : *J'aime bien trop mon mari pour le laisser entre les griffes d'une traînée. Je vais donc devoir me résoudre à l'enlever et à le ramener dans notre cottage des Cotswolds où notre mariage a commencé et où j'espère que nous pourrons prendre un nouveau départ.*

Agatha s'interrompit un moment, et adressa un sourire à Penny qui rougissait furieusement.

— C'est l'enlèvement qui a attiré mon attention, je me suis dit qu'il valait mieux que je vienne voir ce qu'il en était. Mais, de toute évidence, je n'avais pas besoin de m'inquiéter.

— Je vous suis reconnaissant de vous préoccuper de Penny. À l'avenir, sachez que je lui ai donné la permission de m'enlever chaque fois que l'envie lui en prendra, ajouta-t-il avec un coup d'œil malicieux à son épouse.

— *Marcus !* siffla Penny, les joues en feu.

En riant, il lui prit la main et l'embrassa.

— Je crois qu'il est temps pour moi de vous laisser à vos retrouvailles, mesdames, dit-il, puis il se leva et s'inclina devant Agatha. Bonsoir, madame. Ce fut un vrai plaisir de vous rencontrer enfin.

— Le plaisir était pour moi, my lord.

———

Après le départ de Marcus, Penny s'enquit avec impatience :

— Alors, que penses-tu de lui ?

— Ce que je pense n'a guère d'importance. Mais d'après ce que j'ai vu ce soir, lui répondit Agatha en souriant doucement, il est parfait pour toi. Il est exactement tel que tu me l'as décrit.

— N'est-il pas le meilleur des maris ? Je suis la femme la plus chanceuse du monde, se réjouit Penny.

Agatha arbora soudain une expression songeuse.

— C'est vrai. Et tu lui fais confiance, ma chérie ?

— Bien sûr que oui ! Il m'a pardonné d'avoir été une espionne, il m'a pardonné mon passé. Et même de lui avoir menti... euh... au sujet de notre nuit de noces, avoua Penny, dont les joues s'échauffèrent.

— Tu te souviens que je n'ai pas approuvé ce stratagème, dit Agatha d'un ton sec.

— Je le sais bien. À l'époque, j'avais l'impression de ne pas avoir le choix.

— Ma chérie, je te l'ai déjà dit et je te le répète : tu te mésestimes. Tu l'as toujours fait, dit-elle en fronçant les sourcils. Et, bien que je rechigne à dire du mal des morts, j'en veux toujours à Octave pour le rôle qu'il a joué là-dedans.

À la mention du maître-espion, le ventre de Penny se noua, mais elle ne laissa rien transparaître.

— De l'eau a coulé sous les ponts. Marcus connaît la vérité maintenant, et je ne lui mentirai plus jamais.

— Ton mari connaît-il toute la vérité ?

Le pouls de Penny s'emballa devant le ton doux et le regard attentif d'Agatha. Son amie n'ajouta pas un mot, et elle n'avait pas besoin de le faire. Toutes deux savaient de quoi elle parlait.

— Tout ce qu'il a besoin de savoir, affirma Penny à voix basse.

Se penchant en avant, son amie lui prit les mains, qui étaient devenues froides malgré la chaleur du feu.

— Tu n'as pas à avoir honte. Ce qui t'est arrivé…

— Je ne veux pas en parler, répliqua Penny en s'écartant.

— La peur est une cage, persista Agatha. La vérité est la clé pour te libérer.

— Je suis libre. J'ai un mari qui m'aime, une famille que j'adore, dit Penny avant de déglutir. J'ai tout ce dont j'ai besoin.

L'une des mains d'Agatha se porta vers le médaillon d'argent qui pendait devant son corsage gris, et elle l'effleura de ses doigts.

— Quand Harry m'a été arraché d'une manière aussi absurde, il m'a fallu beaucoup de temps pour accepter le fait que Dieu a un plan pour chacun d'entre nous. Sa disparition a détruit ma vie telle que je la connaissais, mais sa mort m'a obligée à trouver une autre voie, celle qui m'a depuis menée à ma véritable vocation. J'aimais Harry de tout mon cœur, et, parce que l'espionnage était sa passion, je me suis engagée à ses côtés, même si je n'ai jamais aimé ça. Tout ce que je voulais, c'était aider les gens dans le besoin ; c'est ce que je fais aujourd'hui. D'une manière qui me permet enfin d'être apaisée.

— Je suis heureuse que tu aies trouvé cela, Agatha, lui dit Penny d'une voix tremblante. Personne ne le mérite plus que toi.

— Ce que je veux dire, c'est que même les choses horribles, les deuils et les tragédies peuvent nous enseigner une leçon. As-tu jamais songé que la réapparition du Spectre n'était peut-être pas une coïncidence? Qu'il y avait peut-être une raison pour qu'il montre sa tête hideuse au moment où il l'a fait? Que le moment était sans doute venu de dire la vérité... ta vérité?

L'obscurité submergea Penny comme une vague qui l'emplit de panique. Et, cette fois-ci, elle craignit de n'être pas capable de la tenir à distance. Que cet avilissement qu'elle s'était efforcée d'oublier détruise la beauté de son présent.

— Je t'en prie, n'en parlons plus, supplia-t-elle. Ne gâchons pas nos premières retrouvailles en douze ans.

Agatha la regarda un long moment puis soupira.

— Tu sais que je ne veux que le meilleur pour toi, ma chérie.

— Je sais, répondit Penny d'une voix tremblante. Mais tu dois me croire quand je te dis que tout va bien. Je suis heureuse. Plus heureuse que je ne mérite de l'être.

Agatha posa une main sur sa joue.

— Un jour, ma chérie...

Leurs regards se croisèrent; celui d'Agatha était solennel et un peu triste.

— ... un jour, j'espère que tu te rendras compte de ce que tu mérites vraiment.

Vingt-Trois

Le lendemain matin, Penny dit au revoir à Agatha. Elles n'étaient pas adeptes des longs adieux, mais cela ne les empêcha pas de s'accrocher l'une à l'autre et de se promettre de se revoir bientôt. Marcus aida Agatha à monter sur le siège du cocher de la charrette.

— Attendez-vous à recevoir un don pour l'abbaye. Un témoignage de reconnaissance pour tout ce que vous avez fait, lui dit-il.

Sachant qu'il ne faisait pas uniquement allusion aux œuvres caritatives d'Agatha, Penny sentit croître en elle tout ce qu'elle ressentait pour lui, pour sa bonté et son sens de l'honneur.

Je l'aime tellement! Cette pensée aurait dû être joyeuse; pour une raison inconnue, elle était teintée de désespoir. *Tout ira bien,* se dit-elle. C'était simplement que la conversation avec Agatha avait réveillé des fantômes; bientôt, ils se tairaient à nouveau, elle les y obligerait, les ferait disparaître comme elle l'avait toujours fait.

— Merci, my lord, lui répondit Agatha d'un ton serein. Je n'ai pas de cadeau à vous donner en retour, mais, si vous me le permettez, j'aimerais vous offrir une petite bénédiction.

Marcus inclina la tête, son bras entourant la taille de Penny.

— Puissiez-vous tous les deux reconnaître la richesse qui vous a été donnée et vous abandonner à la confiance, dit-elle, ses yeux bruns fixés sur Penny, dans la grâce du bon Dieu.

Les paroles d'Agatha persistèrent après son départ, poussant Penny à profiter au maximum de chaque instant qu'elle passait avec Marcus. Il semblait partager ce sentiment; à peine le chariot d'Agatha avait-il atteint les bois enneigés qu'il soulevait Penny dans ses bras et la ramenait dans le cottage, étouffant ses rires sous ses baisers.

Et ainsi se déroula la journée.

Cette nuit-là, comblée, Penny s'endormit dans les bras de Marcus, entourée de sa présence chaleureuse et solide.

Elle se réveilla en criant.

———

— Penny, mon amour. Je suis là. Tu es en sécurité.

La voix ne venait pas de la ruelle. Ni de l'obscurité qui la retenait, qui l'étouffait. Ses poumons luttaient pour aspirer de l'air. La lumière jaillit, l'aveuglant.

Des taches flottantes s'effacèrent, laissant apparaître son mari.

C'est Marcus. C'est Marcus. Son esprit désorienté s'accrocha à ces mots, aux détails de son corps, comme une personne qui se noie se cramponne à un morceau de bois flotté.

Les traits inquiets de son visage, ses yeux bleu brillant d'inquiétude. Il avait le torse nu, et des ombres dansaient sur ses muscles saillants. Il était assis à côté d'elle, les draps enroulés autour de sa taille mince.

La chambre à coucher. Le cottage dans les Cotswolds.

Il tendit la main vers elle, et elle ne put s'empêcher de tressaillir.

Penny lut la surprise sur les traits de Marcus.

— Tu as fait un cauchemar, chérie. Un méchant cauchemar. Mais tu es en sécurité.

Il lui parlait d'une voix grave et apaisante, celle qu'il utilisait avec les garçons lorsqu'ils se faisaient mal et qu'ils avaient besoin de réconfort.

— Tu es ici avec moi, la rassura-t-il.

— Oui.

Son ventre était tellement noué qu'elle eut du mal à prononcer le mot.

Il tendit à nouveau la main, lentement cette fois, et elle parvint à rester immobile quand il posa la paume sur sa joue. Une larme roula sur sa peau calleuse. Il soutint son regard.

— Veux-tu en parler ?

— C'est... ce n'est rien. Rien qu'un rêve. Comme tu l'as dit.

— Tu frissonnes de partout, ma chérie. Viens ici.

Elle le laissa la serrer contre son torse. La peau de Penny était froide, moite, et elle s'imprégna de la chaleur de Marcus tandis qu'il tirait les couvertures sur eux deux. Blottie contre lui, tremblante, elle entendait les battements réguliers et puissants de son cœur, qui l'ancrèrent dans le présent. Elle frotta sa joue contre son torse dur, et la griffure de ses poils lui rappela que tout ceci était bien réel. Qu'elle était ici. Pas là-bas.

Je suis avec Marcus. Je suis en sécurité.

— Après Waterloo, je faisais des rêves, dit Marcus.

Sa voix gronda sous son oreille. Elle était tranquille, il parlait sur le ton de la conversation. Il l'apaisait.

— De vilains rêves. Du champ de bataille. Tu te souviens de cette fois où je t'ai réveillée au cours de notre voyage de noces ?

Elle avait oublié, mais le souvenir lui revint.

— Ici, dans ce lit, dit-elle.

— Oui. Je me suis réveillé terrifié. À cause du rêve, mais surtout parce que je t'avais fait peur. À l'idée que mon épouse depuis cinq jours puisse me prendre pour un fou.

— Ce n'est pas ce que j'ai pensé.

Marcus lui caressa les cheveux, d'une main aussi chaude et rassurante que sa voix.

— Non, c'est vrai. Ce que tu as fait, c'est me prendre dans tes bras et m'obliger à en parler. Tu m'as écouté sans jamais me juger. Tu l'as fait à chaque cauchemar, et ils ont fini par disparaître.

Le pouls de Penny accéléra ; elle savait où la conversation les menait.

— Aie confiance en moi, je peux faire la même chose pour toi, mon amour, lui dit Marcus.

— Je... j'ai peur.

— De ton rêve ?

— Oui. Mais, plus encore..., dit-elle, et sa voix se brisa. J'ai peur de ce que tu penseras. De moi.

— Rien ne pourra changer cela. Tu es mon amour, ma Penny, et tu le seras toujours.

— J'ai failli te perdre. Je ne veux pas prendre ce risque à nouveau...

— Ma chérie, tu n'arriverais même pas à me perdre à Covent Garden un jour de marché.

Penny releva la tête.

— Ce n'est pas vrai. Si je ne t'avais pas enlevé, tu serais peut-être avec Cora Ashley. Notre mariage serait toujours en danger...

— Bon sang, Penny ! C'est vraiment ce que tu penses ? s'enquit-il, et elle lut une véritable incrédulité dans son regard. Je n'irai jamais voir Cora Ashley ni aucune autre femme d'ailleurs. Tu es la seule pour moi. Je te l'ai dit.

Il l'avait fait, oui. À plusieurs reprises.

Sur le moment, elle avait su que ses promesses étaient sincères, et elle les avait crues... n'est-ce pas ? La confusion et la honte l'envahirent. *Pourquoi ai-je tant de mal à y croire ?*

Marcus s'installa avec Penny contre les oreillers, de sorte qu'ils soient face à face. Prenant les mains de sa femme, il dit :

— Je me suis comporté comme une ordure parce que j'étais blessé. Cela n'excuse pas la façon dont je t'ai traitée, et tu as ma parole que je ferai tout mon possible pour ne plus jamais m'en prendre à toi de la sorte. Mais tu dois savoir ceci : même si ma foi en notre mariage a traversé une brève crise, mon amour pour toi n'a jamais faibli.

— Comment est-ce possible ? Je t'ai caché le fait que j'avais été une espionne. Que je... que je n'étais pas vierge.

Par instinct, Penny se prépara à ce qui allait se passer. Elle observa son expression, s'attendant à ce qu'elle se durcisse.

Cela n'arriva pas. Au lieu de cela, le regard inébranlable, Marcus lui dit :

— J'ai couché avec plus d'une douzaine de femmes avant de te rencontrer, Penny. Treize, pour être exact. Le savais-tu ?

Elle l'ignorait.

— Non.

— Vas-tu m'en vouloir ?

— Bien sûr que non,

— As-tu couché avec quelqu'un après notre rencontre sur le balcon des Pilkington ?

— Non, dit-elle prudemment.

— Et après notre toute première rencontre... à Noël au campement ?

Elle secoua la tête.

— Alors, je m'en fiche, dit Marcus d'un ton ferme. Je me fiche de ce que tu as fait avant moi. Parce que, depuis notre rencontre, tu es à moi, Penny. J'étais simplement trop stupide et en colère pour m'en rendre compte quand tu m'as parlé de ton passé pour la première fois.

— Je n'aurais pas dû te mentir, dit-elle d'une petite voix.

Les yeux de Marcus étaient doux, rassurants.

— Alors, ne le fais pas maintenant. Si nous avons tiré une leçon de tout cela, c'est que nous pouvons compter sur notre amour pour survivre à nos erreurs. Tes mensonges, mon comportement stupide... notre amour peut nous aider à surmonter n'importe quelle épreuve.

Les mots jaillirent de sa bouche.

— J'ai été violée.

Dans le silence qui suivit, le cœur de Penny tonna dans ses oreilles, et la panique envahit sa poitrine. Elle vit les flammes exploser dans les yeux de Marcus, et tout son être se prépara au pire.

— Penny. Mon Dieu!

Marcus posa les mains sur sa mâchoire. Ses mains tremblaient, mais il la touchait avec tant d'attention et de tendresse que sa gorge se noua.

— Quand?

— À peu près au moment où j'ai rencontré Octave.

Penny vit la douleur brute sur les traits de son mari. Il ferma brièvement les yeux. Quand il releva les cils, elle vit le feu s'accumuler dans ces profondeurs lumineuses. La mâchoire de son mari trembla, trahissant la force qu'il devait déployer pour contenir ses émotions. Et il le faisait pour elle.

Alors elle lui en donna plus.

— J'étais dehors tard pour vendre des fleurs. Un homme m'a dit qu'il voulait en acheter, mais qu'il avait oublié son argent chez lui. Il m'a dit que si je le suivais, il me prendrait tout ce qui restait dans mon panier. Je savais que ce n'était pas prudent, mais j'étais fatiguée, et, ce jour-là, je n'avais pas vendu ou volé assez pour acheter mon repas du soir. Je l'ai donc accompagné.

Marcus ne dit rien, il écoutait, et son silence était plus rassurant que n'importe quelle parole. Étrangement, parler de tout cela n'était pas aussi pénible qu'elle l'avait craint. Alors qu'elle décrivait les détails, ils semblaient... atténués, d'une certaine manière. Comme quelque chose qu'elle regardait se produire de loin. Ou à travers une vitre en verre dépoli.

— Il m'a forcée à entrer dans une ruelle. Ensuite, il m'a laissée là, dit-elle, la gorge nouée. C'est comme ça qu'Octave m'a trouvée.

La poitrine de Marcus se souleva, et ses mains s'accrochèrent fermement aux siennes.

— Mon Dieu, Penny! s'exclama-t-il d'une voix pleine d'émotion brute, et la jeune femme fut choquée de voir qu'il avait les yeux humides. Tu as dû être terrorisée.

— Je l'étais, au début. Mais Octave m'a dit quelque chose qui a fait disparaître ma peur. Il m'a enveloppée dans son manteau, et il a dit : *Si c'est la justice que tu cherches, viens avec moi. Je te jure de ne pas te faire de mal, et de te donner les armes pour venger ton honneur.*

— Tu n'étais qu'une enfant, dit son mari, la voix grave et menaçante, une fille blessée et vulnérable de surcroît. À quoi pensait-il ?

— Il m'avait vue à l'œuvre à Covent Garden. J'avais attiré son attention tandis qu'il était à la recherche d'un Français nommé Vincent Barone, un agent ennemi. Il était connu pour sa cruauté, son caractère impitoyable, et le plaisir qu'il éprouvait à infliger de la douleur, expliqua Penny, le cœur battant à tout rompre – elle s'obligea à poursuivre. Le destin a voulu que l'ennemi d'Octave et le mien soient la même personne. Alors je me suis consacrée à la formation qu'il m'offrait : l'art du déguisement, du combat, du codage... J'ai appris tout ce que je pouvais.

En réalité, elle avait absorbé le savoir comme une éponge. Son désir de vengeance l'avait débarrassée de son impuissance et lui avait procuré un sentiment de puissance. Quand elle se rappela combien l'approbation d'Octave pour ses progrès avait compté pour elle, elle ressentit ce vieux pincement d'amertume. Mais ce n'était qu'un pincement, atténué maintenant par l'acceptation de ce qu'elle avait été : une jeune fille qui avait besoin d'un parent, d'une figure plus âgée et plus sage. Or, l'homme qu'elle avait choisi pour remplir ce rôle accordait plus d'importance à l'ambition qu'à toute autre chose, y compris à ceux qui travaillaient pour lui.

Pourtant, d'une certaine manière, elle devait la vie à Octave.

— Trois ans plus tard, dans un bordel de Dieppe, j'ai eu l'occasion de rendre ma justice, poursuivit-elle. Barone ne m'a pas reconnue avec mon déguisement, il a bu le vin que je lui ai servi. Et alors qu'il était étendu là, à agoniser, je lui ai dit exactement qui j'étais, et pourquoi son prochain souffle serait le dernier. Je suis sortie de là en sachant que je n'étais plus impuissante.

Alors que les mots se déversaient d'elle comme l'eau d'un barrage, une angoisse monta en elle. Mon Dieu ! Elle semblait si...

impitoyable. Agressive et froide, aux antipodes de ce à quoi une lady aurait dû ressembler. Marcus était-il choqué ? Avait-elle finalement réussi à le dégoûter ?

— Ce gredin méritait de mourir, lança Marcus d'un ton féroce. Mon seul regret concernant sa mort est de ne pas pouvoir le tuer à nouveau. J'aimerais arracher les membres de ce bougre un à un et lui déchiqueter le cœur.

Alors que son propre cœur cognait dans sa poitrine, elle vit la volonté sauvage dans les yeux de Marcus et son expression féroce. C'était celle d'un homme qui pensait ce qu'il disait : il tuerait pour elle. Il vengerait les torts qui avaient été faits à sa femme. Une justice aussi brutale aurait pu heurter la sensibilité d'une lady bien élevée, mais pour Penny, c'était une révélation.

Elle *ressentait* enfin la vérité de ce qu'il lui avait dit maintes et maintes fois. Il l'aimait. Il l'aimait, *elle*. Quoi qu'il arrive, et avec une férocité qui satisfaisait ses désirs les plus profonds.

Marcus l'aimait comme elle l'aimait.

La certitude l'envahit, ainsi qu'un soulagement si grand qu'elle sentit son âme pousser un soupir. Il lui fut plus facile de dire tout le reste. Pour faire table rase du passé une fois pour toutes.

— Les deux autres hommes avec qui j'ai été, c'était pour des missions. Chenet et Martin n'étaient que des moyens pour arriver à mes fins. Octave m'avait appris à me servir de toutes les armes à ma disposition, y compris mes charmes physiques. À l'époque, je pensais que c'était une forme de pouvoir. Je refusais d'être à nouveau la victime de qui que ce soit ; c'était à moi de les utiliser. Je pensais qu'en me servant de mon corps, j'avais le contrôle. Flora a tenté de me dissuader de suivre cette voie sombre, elle m'a dit que j'échangeais un démon contre un autre. Elle a dit que je méritais bien mieux.

— Bon sang ! C'est une aile tout entière que je vais ajouter à l'abbaye de Flora.

La pointe d'humour de Marcus, sinistre et inattendue, fit jaillir un rire de Penny. Jamais elle n'aurait pu imaginer ressentir de la légèreté en parlant de son passé : c'était encore un cadeau qu'il lui faisait.

Ce fut au tour de Penny de prendre le visage de Marcus entre ses mains. Sa mâchoire piquante tremblait sous l'effet de ce qu'il ressentait pour elle, mais ses yeux brûlaient d'amour.

— Ensuite, je t'ai rencontré, ce fameux Noël, raconta-t-elle d'une voix douce, et, grâce à toi, j'ai compris la vérité dans les paroles de Flora. J'ai compris que je méritais mieux. Que je ferais n'importe quoi pour avoir ton amour, l'amour d'un homme bon.

— Je te jure que tu l'as. Je t'aime, Penny. Plus que tout au monde.

Il lui offrit un baiser intense. Un feu semblable jaillit en elle, gonflé d'une liberté pure qu'elle n'avait jamais connue auparavant. L'amour et la luxure bouillonnaient dans ses veines. Mais lorsqu'elle écarta les lèvres pour approfondir leur lien, Marcus se retira.

— Es-tu certaine de vouloir cela maintenant, mon amour? s'enquit-il d'une voix tendue, le regard attentif. Tu as traversé beaucoup de choses ce soir. Je pourrais simplement te tenir dans mes bras...

— Fais-moi l'amour, Marcus, lui demanda-t-elle, glissant les mains dans ses cheveux. J'en ai besoin. J'ai besoin *de toi*.

Le regard de son mari s'enflamma.

— Tout ce dont tu as besoin, tu l'auras.

Puis il se mit à l'embrasser, vraiment l'embrasser, lui offrant la passion qu'elle désirait, la passion intense de leur amour réduisant ses ombres à néant. Marcus repoussa les draps, s'assit contre les oreillers et fit rouler Penny sur lui. Il continua à l'embrasser jusqu'à ce qu'elle soit haletante et s'agite, délirante de désir. Son sexe, épais et dur comme le fer, palpitait contre sa cuisse; la tentation étant presque trop forte pour être supportable.

— Je te veux, murmura-t-elle.

Les narines de Marcus se dilatèrent, et ses pupilles s'assombrirent.

— Prends-moi alors. Tout ce que tu veux, Penny, c'est à toi.

Le cœur de la jeune femme s'emballa. Elle savait pourquoi il lui accordait ce pouvoir, et elle l'aimait d'autant plus pour cela... mais, bon sang! Comment allait-elle *choisir* ce qu'elle voulait? C'était comme si on lui donnait carte blanche dans une boutique de confiserie. Elle désirait son délicieux mari de toutes les manières possibles.

Elle commença par embrasser la mâchoire de Marcus, la colonne puissante de son cou. L'odeur chaude et masculine qu'il dégageait s'insinua dans ses narines tandis qu'elle se déplaçait vers le haut de son torse, faisant courir ses doigts sur les muscles maigres, se délectant de la rugosité virile de ses poils. S'abaissant, elle embrassa ses mamelons, taquinant les disques plats avec sa langue, et elle sourit quand elle entendit sa respiration saccadée.

Elle déposa des baisers sur ses côtes; les muscles de son ventre fléchirent sous ses lèvres. Écartant les cuisses musclées de son mari, elle s'y fit une place, comme le fait un chat dans un endroit ensoleillé. Alors qu'elle contemplait la virilité de son lord, elle se sentit un peu comme un félin à qui l'on aurait présenté un plat de crème des plus riches et des plus savoureux.

— Continue à me regarder comme ça, mon amour, lui dit-il, une pointe d'humour dans sa voix grave, et ce sera fini avant même d'avoir commencé.

Penny enroula les doigts autour de son vit, si droit et si dur qu'elle l'écarta doucement de son ventre.

— Par expérience, je peux témoigner de ton endurance, Lord Blackwood.

— Si tes mains continuent à faire ce qu'elles font, Lady Blackwood, tu risques d'être surprise, répliqua-t-il, les yeux mi-clos à mesure qu'elle le caressait de la base à la pointe luisante.

— Tu n'aimes pas mes mains? s'enquit-elle, faisant la moue.

— Ai-je l'air de ne pas aimer tes mains? demanda-t-il.

Une gouttelette de son essence se forma au sommet de son sexe, ponctuant son propos. La perle moite l'invita à se pencher pour la lécher, et elle le fit. Son goût salé et propre lui picota la langue.

— *Doux Jésus !*

La voix de Marcus semblait étranglée, sans doute parce qu'elle était en train d'essayer de l'avaler tout entier. Elle aimait le prendre de cette façon, avec sa chaleur fière qui la remplissait, ses hanches qui se cabraient lorsqu'il touchait le fond de sa gorge. Alors que sa bouche entamait un mouvement de va-et-vient sur son sexe, ses mains enveloppant et caressant ses lourds testicules comme il aimait qu'elle le fasse, Marcus empoigna les cheveux de Penny.

Il ne la guidait pas, ne la contrôlait pas. Il se contentait de s'accrocher à elle pendant qu'elle prenait ce qu'elle désirait.

Cela lui donnait envie de plus.

La bouche de Penny remonta, le relâchant avec un petit bruit humide. Calé contre les oreillers, Marcus la contemplait, un désir amoureux dans ses yeux bleus. Soutenant son regard, elle se hissa à califourchon sur lui, et aligna leurs corps. Elle se laissa redescendre sur lui, s'empalant d'un mouvement souple, laissant échapper un cri de plaisir.

— Oh, bon sang ! J'adore être en toi, lui dit-il, la voix réduite à un râle sensuel. Tu es si humide, si chaude, si avide de moi, n'est-ce pas ?

— Oui.

Elle haleta lorsque le sexe de Marcus tressauta en elle.

— Alors, prends ce que tu veux. Fais-moi l'amour, Penny.

Elle n'avait pas besoin qu'il l'incite davantage. Posant une main sur l'épaule de son mari, elle balança ses hanches, remontant doucement avant de redescendre d'un coup. Marcus grogna et elle recommença ; le plaisir enflait au creux de son ventre. Il se répandit partout dans son corps, dans ses membres alors qu'elle chevauchait le vit de son mari ; il la laissa imposer son propre rythme. Il lui donna tout ce qu'elle voulait. Elle se sentait aimée, puissante, libre d'être qui elle était.

Avec un abandon exaltant, elle fit tourner ses hanches et saisit ses seins.

— Embrasse-les, Marcus, l'invita-t-elle.

Il écarquilla les yeux et ne perdit pas un instant pour prendre ce qu'elle lui offrait. La chaleur de sa bouche se propagea directement jusqu'à son sexe, qui se contracta autour de lui, leur arrachant des gémissements. Il caressa ses mamelons avec sa langue tandis qu'elle le chevauchait de plus en plus vite, impatiente d'arriver à cette extase qui se profilait à l'horizon. Elle était toute proche, ses muscles se tendaient, son ventre frémissait devant l'imminence de la délivrance, mais elle ne parvenait pas à l'atteindre.

Marcus fit glisser son pouce jusqu'à l'endroit où ils se rejoignaient, juste là où elle en avait besoin.

— Oh, bon sang ! haleta-t-elle.

Elle renversa la tête en arrière et bascula dans le précipice, emportée dans une félicité époustouflante

L'instant d'après, elle se retrouva sur le dos, Marcus au-dessus d'elle. L'expression assombrie par la passion, il s'enfonçait en elle. Ses coups de reins puissants attisèrent son orgasme intense. Le plaisir perdura et elle ignorait si elle jouissait à nouveau ou si son orgasme ne s'arrêtait tout simplement pas. Elle s'accrocha, chevauchant la vague... C'est alors que le grand corps de Marcus frémit, et qu'il cria son nom. Sa chaleur inonda Penny, réchauffant son ventre.

Il s'effondra sur le lit, la fit rouler sur lui, et maintint leurs corps unis. Il lui caressa les cheveux tandis qu'elle se blottissait contre lui, la joue appuyée contre son torse. Bercée par les battements forts et réguliers de son corps, par les mots d'amour qu'il lui murmurait, elle s'endormit d'un sommeil satisfait.

VINGT-QUATRE

1827

Marcus entra dans la chambre de sa femme et sourit devant le magnifique tableau qu'elle offrait. Assise devant sa coiffeuse, elle était habillée d'une robe fuchsia lumineuse qui mettait en valeur sa silhouette séduisante. Sa femme de chambre, Jenny, se tenait à côté d'elle, un coffret à bijoux ouvert devant elles.

La domestique noua un collier de perles autour du cou de Penny, marmonnant :

— Non, cela ne convient pas vraiment non plus, n'est-ce pas, my lady ?

Apparemment, il était arrivé juste à temps. Il s'avança.

— Marcus... tu es splendide, dit Penny, ses yeux croisant les siens dans le miroir.

Il savourait le léger essoufflement de sa voix lorsqu'elle disait cela. Quand elle le regardait ainsi, comme si, pour elle, il était le seul homme sur terre et qu'elle ne voyait personne d'autre, il se sentait puissant et sacrément chanceux... et il allait devoir cesser de penser à la chance qu'il avait, sous peine de ruiner le repassage parfait de son pantalon avec une violente érection.

S'arrêtant à côté de Penny, il se pencha et l'embrassa sur la joue, respirant le subtil parfum du jasmin et du néroli.

— Je vais prendre le relais, dit-il à la femme de chambre.

Jenny, qui était à leur service depuis longtemps, le regarda d'un air entendu. Elle plaça les perles dans le coffret à bijoux, referma le couvercle et, avec une rapide révérence, elle quitta la pièce en hâte.

Marcus sortit de sa poche l'écrin plat en velours et le tendit à Penny.

— Notre dixième anniversaire n'aura lieu que la semaine prochaine, dit-elle en souriant.

— Je sais. Mais comme notre soirée d'été est sur le point de débuter et que, te connaissant, la maison sera remplie d'invités enthousiastes, répondit-il, lui adressant un clin d'œil pour lui faire comprendre qu'il la taquinait, j'ai pensé que tu aimerais étrenner ce bijou ce soir.

— Tu es le meilleur des maris, le complimenta-t-elle d'une voix tremblante.

Marcus aimait qu'elle le pense, et elle n'avait pas encore vu son cadeau.

— Ouvre-le, ma chérie.

Elle lui obéit, et le halètement qui lui échappa valait chaque centime qu'il avait dépensé pour ce bijou extravagant.

— Marcus... c'est extraordinaire, souffla-t-elle. Je n'ai jamais rien vu d'aussi beau !

— Moi, si, murmura-t-il. Laisse-moi t'aider à le mettre.

Il souleva le collier et le posa contre la peau satinée de sa marquise. Il afficha un sourire satisfait. Le bijou, constitué de gros rubis d'un rouge profond, reliés entre eux par des rangs de diamants sans défauts, convenait parfaitement à sa Penny.

Les yeux de Marcus croisèrent ceux de sa femme dans le miroir.

— Pour ma femme, dit-il d'une voix rauque, dont la valeur dépasse celle des rubis.

Les yeux de Penny brillèrent.

— C'est trop. Mais je l'adore. Et je t'aime.

— Tout comme moi je t'aime, ma chérie.

Penny se leva et passa les bras autour du cou de Marcus avec une férocité qui aurait pu renverser un homme moins fort. Il se contenta de lui serrer la taille.

— Je ne te mérite pas, Marcus. Vraiment pas, insista-t-elle, la voix étouffée. Mais je te rendrai fier, je te le jure.

Perplexe, il l'éloigna, plongeant dans ses yeux brillants de larmes.

— Tu es tout ce que j'ai toujours voulu, Penny. Je ne pourrais pas être plus fier d'être ton mari. Si tu ne le sais pas, alors c'est que *je* m'y prends mal.

— Je le sais... je le sais, répondit-elle, se mordant la lèvre. C'est juste que je... Oh ! Je suis bouleversée. Merci, Marcus. Pour le collier. Merci de m'aimer.

— Je t'en prie, répondit-il doucement, mais tu n'as pas à me remercier.

Elle souffla, lissant ses jupes. Prenant un mouchoir sur la coiffeuse, elle se tamponna les yeux.

— Juste ciel ! Je dois avoir l'air effrayante. Et avec les invités qui sont sur le point d'arriver.

— Tu es la plus belle femme que j'aie jamais vue, la complimenta-t-il d'un ton solennel.

— Ne fais pas ça... Tu vas encore me faire pleurer.

— D'accord. Je garderai mes louanges pour après la fête.

Changeant à la vitesse de l'éclair, elle afficha un sourire sensuel qui lui fit bouillir le sang.

— Oh ! Ça, tu peux le faire. À ce moment-là, je te remercierai également comme il se doit.

— Nous avons un accord, lui dit-il avant de lui offrir son bras. Prête à accueillir la foule, Lady Blackwood ?

— Bien sûr, Lord Blackwood.

Ils descendirent saluer leurs invités.

Vingt-Cinq

Un bruit de porcelaine brisée accueillit Penny lorsqu'elle pénétra dans le hall d'entrée, Marcus à ses côtés.

— C'est Ethan qui m'a fait faire ça ! s'exclama Owen, pointant aussitôt un doigt vers son frère.

— Non. Tu n'es qu'un lourdaud maladroit, répliqua Ethan.

Le visage d'Owen devint tout rouge.

— Je ne suis pas un lourdaud ! Si tu ne m'avais pas poussé au moment de passer le virage, je n'aurais pas heurté la table, et le vase ne serait pas tombé. C'est *ta* faute.

— J'ai tout vu, déclara Jamie. Owen courait trop vite, *et* Ethan l'a poussé. C'est donc leur faute à tous les deux.

— Rapporteur ! marmonna Ethan.

— *Les garçons.*

La canne de la douairière frotta le sol en marbre. Elle s'avança lentement derrière le trio qui se chamaillait ; elle plissa les yeux au-dessus de l'écume de dentelle noire qui la couvrait jusqu'au menton.

— Vous en avez assez fait. Vos parents viennent à peine d'arriver à la maison, et vous vous comportez comme les résidents de l'asile de Bedlam.

Avant que la douairière puisse les réprimander davantage, Penny intervint. Ouvrant les bras, elle dit :

— Venez dire bonjour, mes chéris.

Ils se précipitèrent vers elle. Elle les étreignit chacun à leur tour, respirant leur odeur de petit garçon et embrassant leurs joues douces et moelleuses. Seigneur ! Ils lui avaient tant manqué !

Jamie s'échappa de son étreinte pour aller voir son père.

— J'ai appris le théorème de Pythagore cette semaine, lui dit-il d'homme à homme. Je suis capable de faire une démonstration grâce à cela.

Marcus posa une main sur l'épaule de leur aîné.

— Voilà une belle réussite, mon fils.

— J'ai lu tout ce qui concerne les Romains, annonça Ethan, qui s'approcha en sautillant. Je connais les empereurs par cœur, à commencer par Auguste.

— Bien joué, Ethan. Tu nous en réciteras la liste avant le dîner, dit Marcus.

Owen s'approcha de son père en dernier. Il agita le doigt pour lui faire signe de se baisser, et Marcus se pencha obligeamment pour que leur plus jeune fils puisse lui murmurer à l'oreille. Il se redressa ensuite, le sourire aux lèvres.

— Voilà un bel exploit, mon garçon, le complimenta-t-il.

Soulagé, Owen était rayonnant.

— Tu le penses vraiment, papa ?

Marcus posa une grande main sur la tignasse sombre d'Owen.

— Absolument.

— Qu'as-tu raconté à papa ? l'interrogea Ethan.

Owen releva le menton.

— C'est entre papa et moi. Et je ne te le dirai pas, sinon tu te moqueras.

— Seulement si c'est quelque chose de stupide, répliqua Ethan.

— Je ne suis pas stupide !

— Les garçons, leur dit Marcus d'un ton ferme qui coupa court à la dispute. Passons au salon, où vous pourrez chacun me raconter le reste de votre semaine.

— Oui, papa ! répondirent les trois garçons en chœur.

Marcus adressa un clin d'œil à Penny, s'arrêta pour l'embrasser légèrement sur la bouche, et il ouvrit la marche. Se mettant docilement en rang, les garçons suivirent leur père.

— Je ne sais pas comment il fait cela, se demanda Penny à haute voix.

Sa belle-mère ricana.

— Il le fait en ne les dorlotant pas et en ne les gâtant pas.

Bien que tentée de protester, Penny décida de ne pas répliquer. Elle n'avait pas de mal à se mordre la langue, vu qu'elle flottait sur un nuage de bonheur.

— C'était gentil à vous de vous occuper des garçons en notre absence. Merci, dit-elle poliment.

— Au vu de l'état périlleux de votre mariage, je n'avais pas le choix. Alors, évitons les politesses : je suis bien trop vieille pour ce genre de bêtises, déclara la douairière, agitant impatiemment la main. Ce que je veux savoir, c'est si vous avez réussi à arracher mon fils à cette traînée licencieuse de Cora Ashley.

Penny regarda fixement sa belle-mère.

— Comment... comment avez-vous su pour lady Ashley ?

— Toute la ville est en effervescence à ce sujet. Quelqu'un vous a vue vous enfuir de votre propre bal comme si le diable en personne était à vos trousses. Quelqu'un d'autre a vu mon Marcus revenir d'un balcon et cette méprisable lady Ashley surgir dudit balcon moins de deux minutes plus tard, expliqua la douairière, dont les jointures blanchirent sur le pommeau de sa canne. Les gens ont fait le rapprochement. J'étais au courant des rumeurs avant même que vous ne veniez solliciter mon aide, mais comme vous aviez l'air aussi perdue qu'un bébé dans les bois, je me suis dit que vous n'aviez pas besoin de vous heurter à des rumeurs pendant que vous essayiez de trouver votre chemin. J'ai supposé que votre petit *voyage d'affaires* avec Marcus était une tentative de reconquérir mon fils.

La belle-mère de Penny s'interrompit, puis elle haussa un sourcil.

— Puisque vous avez de nouveau l'air de deux tourtereaux, votre plan a été couronné de succès, n'est-ce pas ?

Penny ignorait si elle devait se sentir agacée ou reconnaissante.

— Tout d'abord, je n'ai pas eu à arracher Marcus à qui que ce soit, répliqua-t-elle. Surtout pas à quelqu'un du genre de Cora Ashley. Il m'aime, et il n'aime que moi.

— Je le sais bien. J'ai élevé mon fils pour qu'il soit un homme bon et fidèle, et il ne trahirait jamais les promesses qu'il a faites à sa femme. Cependant, on tente le destin en laissant les portes grandes ouvertes et déverrouillées, à la merci de n'importe quel voleur, rétorqua la douairière avec un regard sévère. Vous devriez vraiment mieux surveiller vos objets de valeur à l'avenir, ma chère.

— Je m'en souviendrai, dit Penny, les dents serrées.

Sa belle-mère lui lança un regard.

— Eh bien, voilà qui est réglé. Il ne reste plus qu'une chose à faire.

— Laquelle ?

— Étouffer le scandale, bien sûr, dit la douairière, les yeux plissés. Nous ne pouvons pas permettre que le monde pense que quelque chose ne va pas entre les Blackwood. Je n'ai jamais aimé cette Cora Ashley. J'ai toujours dit qu'elle était beaucoup trop ordinaire.

Penny avait l'impression de sentir des creux dans sa langue, formés par les nombreuses fois où elle avait dû la mordre au cours de cette conversation. Mais... elle laisserait le passé où il était.

— Il est bien plus facile d'arrêter l'écoulement de la Tamise que de faire taire les commérages une fois qu'ils ont commencé.

La douairière ricana.

— Voilà qui prouve que vous savez de quoi vous parlez, ma fille. Mais, croyez-en quelqu'un qui a fréquenté la bonne société plusieurs décennies de plus que vous : il y a une solution à tout. Il s'agit simplement de se consacrer au problème.

— Je meurs d'envie d'entendre ce que vous avez en tête, dit Penny.

— Vous n'aurez pas à attendre, ma chère, lui dit la douairière avec un regard ironique. Je vais simplement vous le dire.

———

— Ta mère a l'esprit dérangé, annonça Penny.

Comme ce n'était pas la première fois que sa femme faisait une telle déclaration depuis le début de leur mariage, et que ce ne serait sans doute pas la dernière, Marcus répondit tranquillement :

— Oh !

Penny posa sa brosse sur la coiffeuse avec un petit bruit sec et s'avança vers le lit où il se prélassait. Il remarqua avec intérêt qu'elle ne semblait rien porter sous son peignoir de satin émeraude. Elle posa les mains sur ses hanches.

— Apparemment, les Ashley donnent un bal de Noël et ta mère pense que nous devrions y assister.

— Ah ?

Il avait raison, elle ne portait rien. Il voyait ses mamelons durs et tendus se dresser contre le tissu délicat. Il se sentit durcir sous son propre peignoir.

— *Ah !* C'est tout ce que tu as à dire ?

D'autres possibilités lui vinrent à l'esprit. *Approche-toi pour que je puisse prendre tes seins dans ma bouche. Préfères-tu me chevaucher ce soir ou devrions-nous essayer une autre position ?* Il tâcha de se concentrer sur les paroles de sa femme.

— Quel est le problème, précisément ?

— Le problème, *Marcus*, répliqua-t-elle, et ce n'était jamais bon signe quand elle prononçait son nom sur ce ton, c'est que je n'ai pas l'intention d'honorer la maison de cette traînée de ma présence.

Il était d'humeur joueuse, mais il comprit ce qu'elle voulait dire. Plein de remords, il lui dit d'une voix douce :

— Je me suis comporté comme un imbécile, mais tu sais que je ne porte pas le moindre intérêt à Cora Ashley, n'est-ce pas, mon amour ?

— Bien sûr que je le sais.

L'indignation dans le regard de Penny soulagea le nœud que Marcus avait dans la poitrine. Faisant les cent pas le long du lit, elle affirma :

— Ce n'est pas la question.

Alors qu'est-ce que c'est ?

— Aucune poule en chaleur ne s'approchera de toi en remuant la croupe pour essayer de prendre ce qui m'appartient.

Marcus étouffa un rire.

— Euh, pardon ?

— Tu m'as bien entendue. Elle est comme une bête de basse-cour qui attend que tu t'accouples avec elle, expliqua Penny, plissant les yeux. Serais-tu en train de te moquer de moi ?

Il essayait de ne pas le faire. Depuis les révélations qu'elle lui avait faites au cottage, Penny semblait plus libre, plus confiante... davantage elle-même. Des facettes d'elle-même, jusqu'alors cachées, s'illuminaient et brillaient de mille feux. S'il ne voulait pas que sa femme souffre inutilement, il ne pouvait s'empêcher de trouver sa jalousie toute féminine plutôt délicieuse, d'autant plus qu'elle faisait remonter ses seins contre son encolure et que des flammes violettes brûlaient dans ses yeux. Une image fascinante traversa l'esprit de Marcus, inspirée par l'évocation des animaux de basse-cour et leurs accouplements.

Par conséquent, il n'était plus seulement *en train* de durcir... il était totalement en érection.

— Non, dit-il d'un ton contrit. Mais ta description était plutôt... imagée.

Penny renifla.

— C'est la vérité.

— Quoi qu'il en soit, tu devrais peut-être réfléchir au conseil de ma mère.

— Quoi ? s'indigna sa femme.

— Toi et moi savons qu'il ne s'est rien passé, mais si nous n'assistons pas à la fête des Ashley, cela ne fera qu'alimenter les rumeurs. La meilleure manière de faire face à cette situation est de s'y attaquer de front. Nous y faisons une apparition, et nous repartons ensuite. Quand tout le monde verra qu'il n'y a pas de friction entre les Ashley et nous, il n'y aura plus de raison de faire un drame, et les ragots s'éteindront. Fin de l'histoire.

Marcus voyait que son raisonnement faisait son chemin... même si elle n'aimait pas cela. Soufflant, elle répliqua :

— Tu tires des conclusions hâtives.

Il haussa un sourcil.

— C'est-à-dire ?

— C'est-à-dire que tu pars du principe que je pourrai me retenir de faire usage de mon garrot sur cette maudite Cora Ashley, grommela Penny. Nous verrons ce qu'il en est des frictions ensuite.

En riant, Marcus lui prit la main et l'attira sur le lit, de sorte qu'elle se retrouve couchée sur lui.

— Ne mets pas ton garrot dans ton réticule ce soir-là, lui conseilla-t-il, et tout ira bien.

— Bon, très bien.

Comme elle le faisait toujours, la tempête était passée. Le feu qui brûlait dans ses yeux quelques minutes plus tôt avait laissé place à une tout autre flamme. Une étincelle malicieuse et sensuelle qui lui faisait bouillir le sang.

— Mon chéri, as-tu quelque chose dans ta poche, ronronna-t-elle, ou es-tu simplement *très* heureux de me voir ?

— Il est possible que cette conversation sur les accouplements m'ait donné des idées, murmura Marcus en glissant les doigts dans la soie sauvage des cheveux de Penny.

— Ah oui ? Des idées dont tu voudrais me parler ?

— Pourquoi ne te montrerais-je pas, plutôt ?

Pressant sa bouche contre celle de sa femme, il se mit en devoir de le faire.

Vingt-Six

C'était petit de sa part, Penny en était consciente, mais alors qu'elle et Marcus patientaient dans la longue file d'attente, elle observa la salle de bal avec un brin de suffisance. Le sang de Cora Ashley avait beau être plus bleu que celui de Penny, cette femme était absolument incapable du moindre bon goût. Penny voyait bien que la comtesse avait dépensé une petite fortune pour cette soirée et, avec tout cet argent, elle était parvenue à créer une ambiance à la fois excessive et peu accueillante.

Il était impossible de faire deux pas sans qu'un brin de gui suspendu ne vienne les frapper au front. L'orchestre était trois fois plus grand que nécessaire, et le volume était si assourdissant que les invités devaient crier les uns après les autres pour se faire entendre. La table du buffet était garnie de mets trop élaborés et trop gras qui n'étaient agréables ni pour l'œil ni pour l'estomac. Pourtant, aux yeux de Penny, au milieu de tout cela, la fontaine de champagne constituait le clou du spectacle.

Même de loin, elle voyait l'imposante monstruosité dorée. Elle s'élevait à environ trois mètres cinquante de haut, écumant du champagne coloré dans ce qui, elle le devinait, était supposé être une nuance joyeuse et saisonnière, mais il était impossible de nier ce à quoi il ressemblait en réalité : à du sang. Pour Penny, cette chose était aussi ridicule que peu pratique. De temps à autre, un invité sans méfiance poussait un cri lorsque la fontaine crachait et l'aspergeait d'un sanglant jet de rouge.

Cependant, lorsque Penny et Marcus approchèrent de leur hôtesse dans la file d'attente, celle-ci plissa les yeux. Quoi que l'on puisse dire des talents d'organisatrice de soirée de Cora Ashley, il ne faisait aucun doute qu'elle avait l'œil pour ce qui était de la mode. La création, blanche à volants, paraissait simple, mais avait dû coûter une belle somme; les jupes flottaient élégamment autour de sa silhouette élancée. Avec ses cheveux blond pâle et ses yeux bleus, elle avait tout d'un ange.

En comparaison, Penny avait choisi une robe audacieuse en velours cramoisi qui épousait amoureusement ses courbes. Son collier de rubis était son principal accessoire, et elle le portait avec fierté face à son ennemie.

— C'est très aimable à vous deux d'être venus, dit Cora d'une voix essoufflée, les yeux rivés sur Marcus.

Marcus inclina poliment la tête vers leur hôte et leur hôtesse, le visage inexpressif.

— Merci, my lady. Lord Ashley. Mon épouse ne voulait pas manquer ça.

Le comte d'Ashley, un petit homme chauve qui sentait si fort le cognac qu'on eût cru qu'il s'était baigné dedans, les salua d'un air indifférent et continua à fleureter avec une jeune matrone. Les yeux injectés de sang rivés sur son décolleté, il s'éloigna avec elle en se dandinant, abandonnant complètement son rôle d'hôte.

— Juste ciel ! s'écria Cora.

La pression dans les veines de Penny grimpa en flèche tandis que la blonde se jetait contre le torse de Marcus.

— Une araignée ! haleta Cora. Elle a couru sur ma chaussure !

Avec une aversion évidente, Marcus la repoussa sur le côté.

— Je ne vois pas d'araignée.

— Si un insecte rôde dans les parages, dit Penny, la mâchoire crispée, je me ferai un plaisir de l'écraser.

Tapotant ses jupes pour les remettre en place, Cora se ressaisit et adressa à Penny un sourire mielleux.

— Je ne voudrais pas que vous abîmiez votre chaussure, ma chère Lady Blackwood. Ou encore votre remarquable tenue. Puis-je vous dire que vous avez l'air très festive ? dit-elle.

La subtile insistance sur le mot «festive» laissait sous-entendre un adjectif bien moins flatteur.

— Je ne pourrais pas porter une telle robe ; peu de femmes le pourraient, d'ailleurs.

— Eh bien, je ne saurais pas porter la vôtre, répondit Penny d'un ton tout aussi mielleux. Le blanc est une couleur si vertueuse. Je crains qu'il ne fasse ressortir les véritables nuances d'une personne.

Des taches roses apparurent sur les joues de Cora. Le bras de Marcus se resserra autour de la taille de Penny.

— Viens, chérie, ne bloquons pas la file. Je vais te chercher du champagne.

Il l'entraîna à l'écart.

— Je n'avais pas terminé, fit remarquer Penny à mi-voix.

— Tu as terminé.

— Elle a eu le *culot* d'insulter ma robe ! Tu as entendu ça, n'est-ce pas ?

— J'ai entendu.

— Et il n'y avait pas de fichue araignée ! s'indigna-t-elle.

La mâchoire de Marcus se crispa, et il tourna un regard contrit vers elle.

— Je sais. Je suis navré de ne pas avoir pris conscience plus tôt de sa véritable nature. Et encore plus désolé de te faire subir ça.

Elle inclina la tête sur le côté. Tout à coup, elle sourit, comme si elle venait de comprendre quelque chose.

— Serais-tu en train d'admettre que tu avais tort au sujet de Cora Ashley, et que j'avais raison ?

— Oui, répondit-il, l'air mécontent.

— Eh bien, dans ce cas... Peut-être que venir ce soir en valait la peine après tout.

Marcus afficha un sourire réticent.

— Tu es incorrigible, tu le sais ?

— C'est ce que tu aimes chez moi, répondit-elle avec assurance.

— Puisque j'aime tout chez toi, tu as raison, une fois de plus. À ce propos, puisque nous sommes ici pour un moment, voudrais-tu danser ?

— Avec plaisir, répondit-elle, lui lançant un regard insolent. Et pendant que nous valserons, tu pourras continuer à me murmurer des mots doux à l'oreille, et à me dire que j'ai *toujours* raison.

Marcus éclata de rire.

— Tout ce que tu voudras, ma Penny. Tout ce que tu voudras.

———

Penny se disait que ce bal n'était pas aussi terrible qu'elle l'avait imaginé. Cora Ashley avait enfin été démasquée. Pandora avait valsé deux fois avec Marcus, et si sa manière passionnée de la faire tournoyer sur la piste de danse n'avait pas fait taire les rumeurs sur leur brouille, alors la bonne société pouvait aller se faire pendre. Enfin, les dames Kent étaient arrivées au bal, et Penny était à présent en train de profiter d'une excellente conversation avec elles.

Dans l'ensemble, c'était une bonne soirée. Elle glissa un regard vers Marcus ; il se tenait à l'autre bout de la salle de bal, en pleine discussion avec un groupe indéniablement masculin et viril qui comprenait le vicomte Carlisle et d'autres comparses. On aurait pu la qualifier de partiale, mais elle n'avait d'yeux que pour son mari. Elle aimait tant Marcus en tenue de soirée ! Elle avait hâte de la lui retirer après la fête, une pièce après l'autre.

— Tu ressembles à un chat qui aurait attrapé une souris... ou, dans le cas présent, son mari.

Penny reporta son attention sur son cercle d'amies, qui

comprenait Emma, Thea et Marianne Kent. Cette dernière lui adressa un sourire complice.

Penny ne prit pas la peine de cacher sa satisfaction.

— C'est vrai.

— On dirait de jeunes mariés. C'est très romantique, soupira Thea.

— Et Thea sait de quoi elle parle, intervint Emma, vu qu'elle est elle-même une jeune mariée.

— Est-ce que tu ne viens pas tout juste de danser avec Stratha-ven... une fois encore ? répliqua Thea, haussant les sourcils.

La duchesse esquissa un sourire.

— Mieux vaut danser que se disputer, comme je le dis toujours. Je crois que s'il me fait tourner aussi vite, c'est pour que je perde mon souffle et qu'il puisse avoir le dernier mot.

— Où sont vos maris, d'ailleurs ? s'enquit Penny.

Elle était habituée à voir ces gentlemen plutôt possessifs surveiller de près leur ladie. D'un autre côté, se dit-elle avec un frisson de plaisir, Marcus n'était pas différent. Il croisa son regard à ce moment-là et lui adressa un clin d'œil.

— Ils ont été affectés à la mission Violet et ils se relaient, dit Emma d'un ton détaché. Nous nous sommes dit qu'à eux trois, ils parviendraient à éviter à Vi de s'attirer des ennuis.

— Dites-moi, est-ce que c'est moi, ou est-ce qu'il fait vraiment chaud ici ? s'enquit Marianne en agitant son éventail de plumes. Lady Ashley n'a-t-elle vraiment aucune notion d'aération ? Je suis allée dans des bains romains moins chauds que cette salle de bal.

Heureusement, un valet de pied en livrée s'approcha, un plateau à la main.

— Des rafraîchissements, mesdames ?

— Oui, s'il vous plaît, répondit Thea.

Il leur tendit à tour de rôle une flûte givrée, gardant la dernière pour Penny. Ses doigts s'enroulèrent autour du pied du verre, et elle but un peu de la boisson couleur pêche. C'était agréable, frais et sucré, mais avec un arrière-goût qu'elle ne reconnaissait pas.

— Qu'y a-t-il dans le punch ? demanda Penny. Je ne reconnais pas le goût.

Fidèle à sa nature pragmatique, Emma avait un don pour la cuisine, ce qui était inhabituel pour une duchesse.

— C'est un mélange d'épices, il me semble. Je sens du gingembre, de la cannelle, de la noix de muscade… et un soupçon d'anis, aussi, énonça-t-elle en plissant le nez. Un peu trop, si vous voulez mon avis.

— Je me fiche bien de ce qu'il y a dedans, tant que c'est frais ! intervint Marianne.

Penny était tout à fait d'accord.

— À votre santé ! s'exclama-t-elle, et elle termina son verre d'une traite.

Dix minutes plus tard, elle s'excusa auprès de son groupe pour se rendre dans la salle de repos. Elle avait la nausée, sans doute à cause de la chaleur et des hors-d'œuvre gras qu'elle aurait dû éviter. Elle sortit de la salle de bal et, alors qu'elle empruntait le couloir vide, elle trébucha, se rattrapant de justesse au mur. Elle secoua la tête. Soudain, elle se sentait… étourdie.

Qu'est-ce qui m'arrive ?

Une autre vague de vertige l'envahit, et elle trébucha à nouveau. Quelqu'un lui saisit le bras, l'empêchant de tomber. La tête de Pandora bascula en arrière. Le visage de l'homme devint flou avant de redevenir net, et elle le reconnut.

Le valet de pied.

— Aidez-moi, réussit-elle à dire.

— Venez par ici, my lady. J'ai un endroit où vous pourrez vous reposer.

Bon sang de bonsoir… le punch…

Ce fut sa dernière pensée avant que l'obscurité ne l'engloutisse.

Vingt-Sept

— Avez-vous vu ma femme ? demanda Marcus au trio de femmes Kent.

— Il y a environ un quart d'heure, je crois, dit Mme Kent. Elle se dirigeait vers la salle de repos, mais elle devrait être de retour maintenant.

Tremont arriva et tendit un verre de limonade à sa marquise.

— Aurais-tu vu lady Blackwood aux tables du buffet par hasard ? lui demanda sa femme.

— Non, princesse. Pourquoi ?

— Lord Blackwood la cherche. Elle a disparu.

— Qui a disparu, Thea ? demanda Ambrose Kent, qui s'approcha de sa femme et passa un bras autour de sa taille.

— Ma femme, l'informa Marcus. Aucun d'entre vous ne l'a vue récemment ?

Tout le monde secoua la tête.

Les cheveux de Marcus se dressèrent sur sa nuque. Il connaissait sa Penny. Lors d'événements sociaux, ils ne restaient pas collés l'un à l'autre, mais ils se retrouvaient. Régulièrement. Cela ne lui ressemblait pas de s'absenter aussi longtemps sans lui dire où elle allait.

— Je vais la chercher, annonça-t-il.

Le duc de Strathaven arriva à ce moment.

— Chercher qui ?

— Sa femme, dit la duchesse.

Ses yeux brun clair s'écarquillèrent devant les nouveaux venus.

— Un instant. Pourquoi êtes-vous tous les trois ici... Où est Violet ?

— Je croyais qu'elle était avec toi, dit Strathaven à Kent.

Ce dernier se tourna vers Tremont.

— Et moi, je croyais qu'elle était avec toi.

— Bon sang ! jura Tremont.

Marcus ne s'attarda pas. Il sortit à grands pas de la salle de bal, à la recherche de sa femme. Il se trouvait dans le couloir et se dirigeait vers le hall d'entrée lorsqu'une voix essoufflée appela son nom derrière lui.

— Blackwood ?

Le diable l'emporte !

Se retournant, il répondit sèchement :

— Lady Ashley.

— Vous ne partez pas déjà ?

Sa voix tremblait légèrement. En vérité, c'était toujours le cas. Il ignorait comment il avait pu ne pas remarquer plus tôt à quel point c'était agaçant.

— Je cherche ma femme. L'avez-vous vue ?

Les lèvres de la comtesse tremblèrent. Elle joignit les mains sur sa poitrine, se tordant les doigts.

— Je... Il est possible que je l'aie vue.

Une vague de soulagement submergea Marcus.

— Où ?

— Marcus, s'il vous plaît, ne pourrions-nous pas discuter un moment ?

Ses épaules se raidirent à l'évocation trop familière de son nom. Les yeux de la jeune femme brillaient.

— Vous avez vu comment était Ashley. Il ne se soucie pas du tout de moi. Je suis si seule...

Bon sang !

— C'est un sujet dont vous devriez discuter avec votre mari, my lady, répliqua froidement Marcus.

— Mais, je veux en parler avec vous. S'il vous plaît, Marcus, si nous pouvions aller dans un endroit privé...

— Je ne déshonorerais pas ma femme de la sorte, rétorqua-t-il d'un ton acerbe. Si vous avez besoin de parler à quelqu'un, trouvez-vous une amie. Où avez-vous vu Penny ?

— Penny, répéta lady Ashley, pinçant les lèvres. Il n'y a qu'elle qui vous intéresse ?

Enfin, elle comprenait.

— Oui, affirma Marcus. Seulement elle.

— Elle n'est pas assez bien pour vous, vous savez. Elle ne l'a jamais été, même si elle vous a volé à moi, affirma Cora.

Avant qu'il puisse pleinement comprendre qu'elle supposait à tort qu'il lui avait appartenu, elle poursuivit, le tutoyant soudain, comme pour le convaincre :

— Tu n'as pas besoin de cacher ta douleur avec moi, Marcus. Je sais que quelque chose ne va pas dans ton mariage, et je suis là pour...

— Parce que c'est votre fête, je passerai outre l'insulte que vous faites à ma femme pour cette fois. Recommencez, ajouta-t-il, d'une voix glaciale, et je ne serai pas aussi indulgent. Pour la dernière fois, avez-vous vu Penny ?

Lady Ashley perdit de sa prestance et il entrevit quelque chose de dur et d'étrangement menaçant en dessous.

— Dans ce cas, je crois bien l'avoir vue monter à l'étage, dit-elle d'une voix cassante. Elle se dirigeait vers la galerie privée.

— Pourquoi diable irait-elle là-bas ?

— Je n'en ai pas la moindre idée. D'habitude, je ferme cette partie de la maison aux invités, mais parfois, ils profitent de mon hospitalité, poursuivit-elle avec un petit rire.

— Dans quelle direction ? répondit sèchement Marcus.

— Je vais te montrer.

Il n'avait aucune envie d'être en compagnie de son hôtesse,

mais si elle lui permettait de rejoindre plus rapidement Penny, alors, soit.

— Je vous suis.

———

Confuse, Penny cligna des yeux. Des couleurs et des formes floues traversaient son champ de vision. Elle tenta de se redresser, mais un étourdissement la fit retomber en arrière, sa tête heurtant quelque chose de dur et d'étrangement chaud.

— Voilà, voilà, dit une voix masculine. Allonge-toi et détends-toi. Ce sera bientôt terminé.

Qu'est-ce qui sera terminé...? Qui est-ce...? Qu'est-ce que...? Que diable...?

Ses paupières étaient lourdes comme du plomb, mais elle se força à les ouvrir. Et à les maintenir ouvertes jusqu'à ce que la pièce lui apparaisse clairement. Une galerie... une porte au fond. Des portraits encadrés de dorures qu'elle ne reconnaissait pas. Elle était au milieu de la pièce... allongée? Avec un effroi grandissant, elle remarqua le bras poilu autour de sa taille corsetée et, plus bas, ses jambes dénudées, les jarretelles de soie cerise serrées autour de ses cuisses et ses bas blancs. Sa robe de velours était drapée au bout du canapé.

Bouleversée et paniquée, elle commença à se débattre, mais le bras la maintenait prisonnière. Une seconde plus tard, la porte s'ouvrit.

— Je crois que je l'ai vue entrer par ici... *Oh, doux Jésus!*

Le cœur de Penny manqua un battement quand elle vit Marcus qui se tenait là, Cora Ashley accrochée à son bras.

— Je crois que nous avons interrompu un *rendez-vous*[1], affirma Cora *sotto voce*.

— Marcus, l'appela Penny d'une voix rauque.

———

1. NdT : En français dans le texte. En anglais, signifie rendez-vous clandestin, rencontre adultère.

La réalité de sa situation lui sauta aux yeux et, en dépit de sa torpeur, elle se remit à se débattre. Cette fois, le bras la libéra et elle se leva en trébuchant, son genou nu heurtant douloureusement la table d'appoint. Stupéfaite, elle fixa du regard l'homme qui l'avait retenue captive sur le canapé : le valet de pied, les cheveux en bataille, le torse nu, le pantalon ouvert.

Il ressemblait à un amant pris sur le fait lors d'une escapade sexuelle. Et son apparence n'était pas meilleure. Cette situation était accablante, son passé ne faisait que l'aggraver.

Son regard se porta sur Marcus, et la fureur et le dégoût qui se lisaient sur son visage lui serrèrent la gorge. La nausée lui tordit le ventre. Elle n'arrivait pas à prononcer les mots, des supplications incohérentes se bousculaient contre son crâne comme des vagues contre un rivage rocailleux.

Tu dois me croire... Ce n'est pas ce que tu crois... Non, non, non...

— Viens, Blackwood, laissons-les. Je te l'avais dit, affirma Cora Ashley, posant une main sur la manche de Marcus, un sourire victorieux aux lèvres. Elle ne vaut pas le coup de salir ton nom avec un scandale.

Marcus la repoussa. L'instant d'après, il se rapprochait de Penny. Il retira sa veste, qu'il posa délicatement sur les épaules de sa femme.

Il posa les mains sur son visage.

— Que s'est-il passé, ma chérie ?

Des flammes brûlaient dans son regard, mais ses mains et sa voix étaient tendres. Sa rage n'était pas dirigée contre elle. *Pas contre elle.* Son soulagement fut tel que ses genoux se dérobèrent sous elle, et elle serait tombée s'il ne l'avait pas attrapée par la taille, la soutenant contre sa force solide.

— Le punch, parvint-elle à dire. Je crois... qu'il était drogué. Soudain, je me suis réveillée ici.

Des flammes de rages surgirent dans les yeux de Marcus.

— Peux-tu tenir debout toute seule ? s'enquit-il.

Elle hocha la tête. Il se retourna pour faire face au valet de pied qui, ayant manifestement senti que le vent tournait, s'était relevé. Il tendit les mains devant lui tout en reculant.

— S'il vous plaît, écoutez, my lord. Ce n'était pas ma faute. Votre épouse le voulait...

Le poing de Marcus s'envola et le heurta avec un craquement sonore.

— Mon nez ! Vous m'avez cassé le nez... !

Le valet de pied gémit, se pliant en deux quand un autre coup de poing l'atteignit dans les côtes.

— Je vais te tuer, espèce d'ordure ! grogna Marcus.

Le domestique tenta de répliquer. Ses tentatives étaient aussi inefficaces que celles d'un chat qui aurait tenté d'affronter un lion, et, qui plus est, un lion enragé. Trébuchant en arrière après un autre coup puissant de Marcus, il haleta :

— Ce n'est pas ma faute. C'est celle de lady Ashley. Elle m'a offert cent livres pour droguer le punch. Pour mettre ce piège en place.

La colère gagna Penny, dissipant un peu son état de confusion. Elle avait déjà fait cette hypothèse, mais la confirmation de l'infâme complot de Cora lui fit serrer les poings le long de son corps. Les joues de Cora étaient aussi pâles que sa robe, ses yeux lançaient des éclairs et, sans un mot, elle s'élança hors de la galerie.

Marcus retenait le domestique par le cou, le plaquant au mur.

— Quelle drogue a été utilisée ?

— Une simple potion pour dormir, haleta le gredin. La maîtresse s'en sert elle-même, elle m'a dit que cela ne ferait pas de mal à la lady. Doublez la dose, a-t-elle dit, et amenez-la à la galerie pour faire croire à un rendez-vous galant. Il ne s'est rien passé, je le jure. Je ne faisais que suivre les ordres...

Le poing de Marcus s'abattit sur la mâchoire du valet qui, avec un faible gémissement, glissa le long du mur, effondré et inconscient. Marcus revint à grands pas vers Penny. Il avait toujours une lueur de rage au fond des yeux, et elle comprit l'effort que cela lui demandait d'adoucir sa voix pour lui parler.

— Nous allons te rhabiller et sortir d'ici.

Elle acquiesça, et il l'aida à enfiler sa robe, puis il arrangea sa coiffure.

— Prête ? lui demanda-t-il.

— Oui. Marcus ?

— Oui, mon amour ?

— Merci, murmura-t-elle.

Il lui toucha la joue, le regard empli de reproches envers lui-même.

— Ne me remercie pas. C'est ma faute. J'aurais dû te protéger... mais je n'aurais jamais cru que Cora Ashley serait capable d'une telle sournoiserie.

La malveillance de cette femme ne surprenait pas du tout Penny, mais elle décida de ne pas insister. Pour le moment.

— Merci de m'avoir secourue, dit-elle doucement. Et surtout, merci de m'avoir fait confiance.

Le regard de Marcus se fit moins boudeur. Tout en gardant un bras autour des épaules de sa femme, il toucha le collier de rubis qu'elle portait autour du cou.

— Ne sais-tu donc pas que ta valeur est incomparable, Penny ? Je te fais confiance et je t'aime de tout mon être.

Elle ne savait pas comment elle avait pu mériter un tel mari. Mais il était à elle. Rien qu'à elle.

— Je t'aime tellement, Marcus.

Ses yeux s'emplirent de larmes, et elle vacilla. Il la souleva dans ses bras, et l'embrassa tendrement.

— Rentrons à la maison.

ÉPILOGUE

Quelques jours plus tard, le jour de Noël, le salon des Blackwood était le théâtre d'un véritable chaos familial. Contre l'avis de Marcus, qui tenait absolument à ce que Penny reste au lit et se repose après son épreuve, cette dernière avait organisé une petite fête. Elle avait voulu fêter Noël avec leurs amis les plus proches et leur famille.

Elle était à présent assise devant la fenêtre avec Emma et Thea, à regarder les gros flocons de neige qui tombaient paresseusement dehors. À l'intérieur, le feu crépitait joyeusement, les conversations et les rires d'enfants fusaient dans les couloirs, l'odeur du pain d'épices et du lait de poule réchauffait l'atmosphère.

— Heureusement, tu t'es remise, dit Thea.

— Je me sens très bien, répondit Penny avec un sourire ironique. En fait, j'ai dormi comme un bébé le lendemain du bal des Ashley, et, maintenant, je suis plus reposée que je ne l'ai été depuis une éternité.

— La pure malveillance de Cora Ashley est tout simplement incroyable, constata Emma, dont les boucles châtains rebondirent quand elle secoua la tête. Vous imaginez, manigancer un complot aussi sournois !

— Au moins, sa punition est à la hauteur de son crime, dit Thea avec philosophie.

Le lendemain de la fête, Marcus, furieux, était allé parler à lord Ashley. Il avait informé le comte des agissements de sa comtesse et, d'après lui, la réaction d'Ashley n'avait été ni choquée ni même particulièrement intéressée.

Je m'en occupe, avait dit le comte d'une voix ennuyée.

Trois jours plus tard, Cora Ashley avait été envoyée dans une lointaine propriété en Irlande. À en croire les rumeurs, il n'y avait aucune date de retour. En privé, Marcus avait dit à Penny que c'était une bonne chose, et que Cora méritait son bannissement.

Pandora, pour sa part, n'était pas aussi magnanime que lui. Cette traînée l'avait droguée, piégée, et elle avait *essayé de lui voler son mari*; à ses yeux, cela méritait bien plus qu'un simple voyage dans la campagne irlandaise. Voilà pourquoi elle avait fait déposer un petit cadeau dans la calèche de la dame. Une douzaine d'amies à huit pattes, les préférées de Cora, pour lui tenir compagnie pendant le voyage.

Toutefois, d'humeur généreuse, Penny n'avait pas inclus de variétés venimeuses.

C'était normal, après tout. Elle avait tourné la page.

— Je suis simplement reconnaissante qu'aucun scandale n'ait résulté de tout cela, dit Penny. Je frémis à l'idée de ce qui aurait pu se passer si quelqu'un d'autre avait assisté à cette scène épouvantable.

Même si elle possédait le précieux cadeau de la confiance de Marcus, elle ne voulait surtout pas traîner le nom des Blackwood dans la boue. D'autant plus que sa belle-mère et elle étaient en très bons termes ces derniers temps. À son arrivée ce jour-là, le vieux dragon l'avait observée de la tête aux pieds, puis elle lui avait tapoté la joue en disant d'un ton bourru :

— J'ai toujours su que vous étiez une fleur résistante, ma chère. Tout comme moi. Maintenant, allez me chercher un peu de ce lait de poule, et ne lésinez pas sur le madère, s'il vous plaît.

— Pour ce qui est de l'absence de scandale, c'est peut-être Violet qu'il faut remercier, marmonna Emma.

— Violet ? s'étonna Penny. Qu'a-t-elle à voir avec cela ?

Emma et Thea échangèrent un regard.

— Il faut que tu me promettes solennellement que tu ne le diras à personne d'autre, en dehors de ton mari, bien entendu, dit Emma.

De plus en plus intriguée, Penny acquiesça. Thea se pencha en avant et parla à voix basse.

— Tu es au courant de ce qui est arrivé au vicomte Carlisle au bal des Ashley ?

Elle l'était. La bonne société tout entière l'était. D'une manière ou d'une autre, le fier et digne Écossais avait réussi à atterrir sur les fesses... *dans* la fontaine de champagne. Les puissants pouvaient tomber, eux aussi.

Penny ne put s'empêcher le jeu de mots.

— J'ai entendu dire qu'il avait fait des remous.

Emma lui lança un regard ironique.

— Toi, comme tous les journaux à ragots londoniens ont fait ce jeu de mots. En tout cas, sa mésaventure s'est révélée avantageuse sur un point : elle a détourné l'attention des machinations de Cora Ashley à l'étage. Tout le monde était concentré sur l'accident de Carlisle, et personne n'a remarqué votre départ.

— Le seul problème, poursuivit Thea dans un murmure, c'est que nous ne pensons pas qu'il s'agisse d'un accident.

— Ah ! bon ? demanda Penny, perplexe.

— Violet a quelque chose à voir avec ça, dit Emma.

— Elle aurait *poussé* Carlisle dans la fontaine ? s'exclama Penny avant d'éclater d'un rire surpris.

Se mordillant la lèvre inférieure, Emma répondit :

— Vi n'a pas voulu nous donner les détails exacts, mais elle était plutôt troublée par toute cette affaire.

— Et il en faut *beaucoup* pour troubler Violet, intervint Thea, ses yeux noisette débordant d'inquiétude.

— *Doux Jésus !*

Se reprenant, Penny espéra qu'un désastre ne guettait pas la jeune fille. Elle ne pouvait imaginer un couple plus improbable et imprévisible que celui formé par la téméraire jeune fille et l'Écossais hautain.

— Vous ne croyez pas que quelque chose... Eh bien, vous ne croyez pas qu'il *se passe* quelque chose entre votre sœur et Carlisle ? Je croyais qu'elle était amoureuse de son jeune frère Wickham ?

— On ne sait jamais avec Violet, soupira la duchesse. Ce qui est précisément la raison de notre inquiétude.

———

Plus tard, ce soir-là, Marcus câlinait Penny contre son flanc. Ils étaient au lit, nus, la peau encore chaude et humide à cause de leurs récents ébats. Même si, en réalité, c'était sa femme qui avait le plus travaillé. Il suivit la douce courbe de ses lèvres et décida qu'il voulait la même chose pour Noël chaque année.

Comme si elle lisait dans ses pensées, Penny murmura contre son torse :

— Joyeux Noël, Lord Blackwood.

— Joyeux Noël, Lady Blackwood, répondit-il, jouant avec une longue mèche couleur corbeau.

— Qu'as-tu pensé de la fête ? T'es-tu amusé ?

Avec un grand sourire, Marcus lui répondit :

— Elle était fantastique. Tu as fait un travail remarquable, mon amour. Mais, l'année prochaine, je vote pour que nous supprimions la galette des rois.

Pour divertir les enfants, sa femme avait décidé de déroger à la tradition et de servir une galette des rois le jour de Noël. Une petite couronne d'or était glissée dans le gâteau superbement glacé : le convive qui trouvait la couronne dans sa part devenait le roi ou la reine de la journée, avec le droit de donner des ordres aux autres invités.

Owen avait poussé des cris de joie lorsqu'il avait été couronné roi.

Ses frères avaient été bien moins satisfaits.

— Je crains que nous n'élevions un tyran. Ou, plus exactement, trois tyrans, dit Penny, traçant de délicats cercles sur le torse de Marcus avec son index. J'espère qu'ils se comporteront bien lorsque Agatha viendra pour les rencontrer le mois prochain.

Sachant que sa femme attendait avec impatience la visite de son amie, Marcus sourit.

— Tu ne veux tout simplement pas admettre que tu avais tort et que j'avais raison de dire que nos garçons sont de petits diables. Autant admettre ta défaite maintenant, mon amour : Agatha va se ranger de mon côté, et tu le sais.

— D'accord, je l'admets. Tu as gagné.

Penny leva la tête, arborant un sourire contrit. Ses nouvelles boucles d'oreilles en rubis et en diamants, le cadeau de Noël qu'il lui avait offert pour accompagner son collier, captaient la lumière du feu et scintillaient abondamment sur ses cheveux noirs.

Il en toucha une.

— Elles te vont bien.

— Je les adore, et je t'aime. Ce qui me fait penser que... j'ai aussi un cadeau pour toi.

Elle sortit du lit pour aller le prendre. Observant le délicieux balancement des fesses de sa femme, il agita les sourcils et lui dit :

— Ne viens-tu pas de me l'offrir ?

Elle lui lança un clin d'œil coquin par-dessus son épaule.

— C'était ton cadeau de Noël, confirma-t-elle.

Elle prit quelque chose sur sa coiffeuse et revint vers le lit. Elle lui tendit un écrin en velours.

— Ceci, c'est pour fêter notre anniversaire.

C'est à ce moment-là que cela le frappa.

— La première fois que nous nous sommes vus, c'était à Noël, murmura-t-il. Il y a tant d'années...

Penny lui sourit.

— Exactement. Ne veux-tu pas ouvrir la boîte ?

Il s'assit et ouvrit le couvercle. Une belle montre en or était nichée dans la doublure en satin blanc. Il la sortit et l'admira.

— Merci, ma chérie. C'est une pièce magnifique.

— Elle est gravée, précisa-t-elle.

Marcus retourna la montre, et sa gorge se noua. Il passa son pouce sur l'élégante écriture.

Ensemble à travers toutes les saisons.

Reposant soigneusement la montre dans son écrin, il attira Penny dans ses bras et lui offrit un long et doux baiser pour lui exprimer tout l'amour qu'il éprouvait pour elle. Ils étaient tous les deux à bout de souffle quand il prit fin.

— Tu l'aimes, alors ? s'enquit Penny, les joues rougies.

Il replaça une boucle soyeuse derrière l'oreille de sa femme.

— Je l'adore. Et je t'adore. Mais je crains de ne pas avoir de cadeau pour toi. Nous corrigerons cet oubli dès demain à la première heure. Tu peux avoir tout ce que tu désires.

— *Tout* ce que je désire ? insista-t-elle, les yeux plus brillants que les rubis.

— Tout ce que je serai en mesure de t'offrir, lui répondit Marcus d'un ton solennel.

Elle se pencha et approcha ses lèvres de son oreille. Là, elle murmura ce que son cœur désirait.

Il laissa échapper un rire rauque. Fixant les yeux de sa bien-aimée, il répondit d'une voix douce :

— Pour ce qui est de cela, je ne peux rien garantir, ma chérie, si ce n'est que je ferai de mon mieux.

Il l'embrassa, et, comme il le lui avait promis, il fit de son mieux.

Deux fois.

Et parce que Marcus était un homme d'honneur, qui tenait les promesses qu'il faisait à son épouse chérie, neuf mois plus tard, Mlle Georgiana Flora Aileen Harrington vint au monde dans la joie.

LE VICOMTE FRAPPE TOUJOURS DEUX FOIS

Cher lecteur,

J'espère que vous avez aimé l'histoire de Marcus et Penny. J'ai adoré écrire leur voyage passionné à travers toutes les saisons de leur relation. À mes yeux, c'est ce qui fait la beauté de l'amour : sa capacité à changer, à résister et à s'épanouir, tout en faisant ressortir ce qu'il y a de meilleur chez ceux qui le laissent entrer dans leur cœur. De la rencontre aux années plus tardives du mariage, l'amour véritable ne se dément jamais.

En parlant de rencontre, si vous vous demandez ce qui s'est passé entre Violet et Carlisle, ne manquez pas *Le Vicomte frappe toujours deux fois*, un roman policier à la fois torride et palpitant qui se déroule lors d'une partie de campagne !

Finaliste du prix Daphné du Maurier et du National Reader's Choice Award

En savoir plus sur *LE VICOMTE FRAPPE TOUJOURS DEUX FOIS*

« Si vous aimez les livres coquins, mais avec un fabuleux scénario de roman policier, alors ce livre est fait pour vous. C'est bien plus qu'une simple romance et je le recommande à 100 %. » — *Buried Under Romance*

« *Orgueil et Préjugés,* avec un meurtre mystérieux et sans doute la PIRE demande en mariage de l'histoire ! Très divertissant ! » — Skye, Goodreads

À bientôt,

Grace Callaway

Remerciements

J'ai la chance d'avoir nombre de personnes extraordinaires à mes côtés. Tina, Diane, Carrie, les huit de Montauk, Jesse : chacun d'entre vous me soutient et soutient mon écriture à sa manière, et je suis très reconnaissante de vous avoir dans ma vie !

À ma famille qui m'accompagne à chaque étape.

À mes lecteurs qui me permettent de faire ce que j'aime.

Et à Brian, à qui ce livre est dédié : pour toutes les saisons que nous avons traversées ensemble et toutes celles à venir. J'ai beaucoup de chance, bébé.

À PROPOS DE L'AUTEUR

Grace Callaway, auteure de best-sellers *USA Today* et à l'international, écrit des romances historiques torrides et passionnantes, pleines de mystères et d'aventures. Son premier roman a été finaliste du prix *Romance Writers of America Golden Heart®* et premier dans la liste des best-sellers *National Regency*. Ses romans suivants se sont classés en tête des ventes aussi bien aux États-Unis qu'à travers le monde. Elle a remporté trois fois le *Daphné du Maurier Award for Excellence* dans la catégorie mystère et suspense, le *Maggie Award for Excellence* en romance historique et le *Passionate Plume*. Elle a également reçu le *National Excellence in Romance Fiction Award*, le *Golden Leaf* et le *National Excellence in Storytelling Award*. Ses romans ont été traduits en plusieurs langues et sont disponibles au format audio.

Elle est titulaire d'un doctorat en psychologie clinique de l'université du Michigan et vit avec sa famille dans le magnifique comté de Marin, en Californie. Lorsqu'elle n'écrit pas, elle aime danser, manger dans des petits restaurants de quartier et vivre des aventures adaptées avec son fils *extra*-ordinaire.

facebook.com/GraceCallawayBooks

bookbub.com/authors/grace-callaway

instagram.com/gracecallawaybooks

amazon.com/author/gracecallaway